· 文 脉 中 国 散 文 库 ·

南园子记

庄悦新 / 著

中国文联出版社

图书在版编目（CIP）数据

南园子记 / 庄悦新著. -- 北京：中国文联出版社，
2020.1（2023.3 重印）

ISBN 978 - 7 - 5190 - 4240 - 0

Ⅰ.①南… Ⅱ.①庄… Ⅲ.①散文集—中国—当代
Ⅳ.①I267

中国版本图书馆 CIP 数据核字（2020）第 011149 号

著　　者　庄悦新
责任编辑　周劲松
责任校对　茹爱秀
装帧设计　中联华文

出版发行　中国文联出版社有限公司
地　　址　北京市朝阳区农展馆南里 10 号　　　邮编　100125
电　　话　010 - 85923025（发行部）　　　85923091（总编室）
经　　销　全国新华书店等
印　　刷　三河市华东印刷有限公司

开　　本　710 毫米×1000 毫米　　1/16
印　　张　13
字　　数　200 千字
版　　次　2023 年 3 月第 1 版第 2 次印刷
定　　价　75.00 元

前排：作者的爷爷　后排从左至右依次为：作者的父亲、作者的伯父

第一排从左至右依次为：作者大妹妹、作者的奶奶

第二排从左至右依次为：作者庄悦新、作者的小弟弟、作者的母亲、作者的父亲、
作者的大弟弟

第三排从左至右依次为：作者的大姐、作者的大哥

前排从左至右依次为：作者的大堂哥、作者的奶奶、作者的二堂哥、作者的二堂姐
后排从左至右依次为：作者的大堂姐、作者的伯父

序

这本书和我的关系非同一般。我是父亲的第一个孩子，它好像是父亲的另一个孩子。我们都是父亲的儿女。

这个"孩子"的经历比我复杂得多：孕育于父亲的青葱年华，降生于他的老年，更是他的"心肝宝贝儿"。

父亲今年六十八岁，两年前，不再返聘，赋闲在家，闭门谢客，专心读书、写作。他已写了六十多万字的散文和小说，拟于今年出书，并嘱我作序。

我是个美术教师，从小受父亲的影响，也爱好文学。虽然写过一些散文，但从没写过序，况且才疏学浅，怎能胜任呢？我当场推辞说："爸爸，你十年铸一剑，写这本书实在不易，岂能如此草率行事，让我这个无名小辈来写序呢？还是请位大家来写吧！"父亲听罢，沉思片刻，说道："不妥，不妥！请大家作序，无非是拉虎皮、做大旗，为自己脸上贴金罢了。咱是实在人，不可强人所难，让人违心地说假话，吹喇叭。再者，读者都是明白人，独具慧眼，何必自己过分包装呢？"我说："既如此，我且应了这份差事，可是我该如何去写呢？"父亲缓缓说道："那就实话实说吧！常言道：'知子莫若父。'你是我的女儿，我知道你的本事；相信你有能力把序写好。更主要的是，你亲眼目睹了我写作《南园子记》的全部过程，初稿中的每个字，都是你亲手打出来的。你是第一读者，知根知底，最有发言权。你只要把知道的真情如实写出来即可，切不要有吹捧之意与溢美之词，否则读者看了会生厌的。"父言如山，我只好从命，将此书"履历"，一五一十，从实道来。

父亲是位医学教授，他对文学的喜爱近乎一种天然的、本能的痴迷。自大学时期开始写诗，忙里偷闲写了大量诗词，尤其是坚持写了三十多年

"新古诗"。十年前在文友的劝导下，开始学写散文和小说。退休后，有了更多时间和精力搞创作，笔耕愈加勤奋。别人劝他："退休了，就轻轻松松地玩玩吧，何必辛辛苦苦地读书、写作呢？"他笑道："我这也是玩啊，对于我来说，读书是解闷，写作就是玩儿。"确实如此，书籍成了他最亲密的玩伴儿，纸笔成了他最喜爱的玩具。昔日的"工作狂"，如今变成了"老顽童"。不过这个"玩儿"的定义，和字典里是不一样的；我倒想起大学问家熊十力说过的话："沉潜往复，从容含玩。"父亲这一玩，一发而不可收，简直到了"三更灯火五更鸡"的程度，一天到晚待在书房里，伏案疾书，废寝忘食。母亲为了让他"到外边走动走动"，游玩散心，近两年来陪他去日照、南昌、香港、黄河入海口等处参加文学交流和采风活动。活动期间，他的散文作品共获了八个大奖：其中特别荣誉奖一个，特等奖两个，一等奖两个，二等奖两个，三等奖一个。面对这些获奖证书，父亲淡然一笑，说："这些奖励对我来说，只是个鼓励而已，让我树立起自信心，写出更好的作品。"

生活是创作的矿藏，厚积而薄发。父亲生于1950年，虽然没有经历过战争年代的动荡，但在儿童时期挨过饿，少年时代家庭曾遭受迫害，个人也受到挫折，人到中年经历社会大变革，沐浴改革开放的春风。他与新中国一起成长，与国家的命运紧密相连。父亲的生活经历、家国情怀与感恩之心，是他搞创作的源泉和不竭动力。他以个人成长史为主线，以新古诗、散文和小说为载体，用最朴实的语言写出生命的本真，抒发内心的真情。

目前，父亲整理出来的书稿，全部是原创的作品。大部分没发表过，这是第一次与读者见面。从内容看，或是回忆在家乡生活、成长的经历，或是描绘家乡的风土人情、传统文化、民俗、家风、乡愁等，应属乡土文学作品。他笔下的《南园子记》，既实有其园，更是一个精神家园。他写的是小家庭，却反映出一个大社会，内容丰富，意蕴深厚，感情充沛。因此，把书名定为《南园子记》，是纪实，是追忆，又是寄托。

说起南园子，本是块菜地，后来盖起了房子，便成了普通农家的院中之园。它不同于鲁迅的百草园，又不像萧红家的后花园，而是上世纪五六十年代在乡村里普遍存在的闲园子。儿时的我，在老家住过，也在南园子里玩过。当时并没感到南园子有什么好看的，只不过觉得在里面好玩而已。

如今在父亲的笔下，南园子却成了令人神往的伊甸园，文友们都想去看一看；然而南园子早已不存在了，父亲也只能在梦中回南园子一游了。南园子里趣事多。他一气写了六十篇童趣，童趣映童心，一片纯真与深情。欲知其详，还是请您自己到园中一览吧！

故乡离我们又远又近。父亲对我说："人离开老家，才有了故乡。身离故乡越远，心就贴得越近；人越老越想家，永远走在回乡的路上！"我听了猛然醒悟，他写的《南园子记》，正是他梦回故乡的路上风景，是对过来路的一次深情回眸。生活像魔方，又像万花筒，风光无限，变幻莫测。从多角度观察体验生活，才会发现生命的真谛，感悟人生的哲理。《南园子记》分为四卷：卷一老纺车，卷二老井，卷三老窝，卷四老槐树。写作中，父亲曾颇有感慨地说："牛羊为了活着，就要大量地吃草，还没来得及仔细咀嚼，就咽下去了，但是一旦歇下来，卧在地上，就开始反刍，反复咀嚼，重新品味那些吃下去的草。写作便是对生活的'反刍'，这样才能品咂出生活的味道，汲取更多的营养。"父亲用文字为我展现出一幅幅鲜活的画卷，我要挥动画笔，把父亲描绘的那个时代的生活画面，一一画成插图，为《南园子记》增添一抔土，浇灌一瓢水。

"爱心启迪智慧，精心塑造未来。"我爱我的老父亲，他不仅爱故乡、爱家园，还为我们创造了这个精神家园，让我们的灵魂找到了归宿，从此有了精神寄托。只要涉足园中，自会从那里找到一种澄明和宁静。此书付梓之际，抚今追昔，感慨万千。前面已经谈到，我与这本书同为父亲的儿女，都是父亲的心肝宝贝儿；能为父亲的《南园子记》写序，能为自己的"同胞手足"降生祝福，既是女儿对父亲的致敬，也是我无尚的幸福。

是为序。

庄煜光

2018 年 5 月 13 日

（2018 年散文《我给父亲写个序》荣获"中国文艺名家台湾艺术之旅暨海峡两岸文化艺术交流高峰论坛"一等奖）

目
录

南园子

　　我家有个南园子。它位于老潍县城南庄家村东南角，是农家小院的院中之园。我在南园子里度过了童年岁月。遇到过会说话的树，能染指甲的花，会唱歌的鸟，迷了路的蚂蚁，爱换新衣裳的蛇，会咳嗽的刺猬，爱串门的南瓜和会长花生的腊条篓子……

　　听父亲说，南园子是祖上传下来的。曾祖父在世的时候，还是块菜地。曾祖父是位晚清秀才，后来没再考取功名，就做了私塾先生。他很有才华，写一手好字。本是个殷实人家，可惜他英年去世，撇下孤儿寡母，从此家道中落，爷爷兄弟六个不久就分了家。爷爷没分得房产，只分得菜地的一部分，可盖两栋房子，就在菜地中间盖了四间烤烟用的笼屋。1950年父亲兄弟俩分家，父亲没房住，就把笼屋改成三间居室，余下一间作了磨屋。1954年父亲在笼屋北面建了四间新房，笼屋就成了南屋，前面的空地是南园子。

　　村子的圩子墙从西南向东北方斜行穿过南园子，将其分割成三角形，墙外是田野；西面是自家打的土墙。我记事的时候，是父亲盖屋那年。建成后，我们一家搬进了新房。爷爷、奶奶就从老宅子搬到南屋居住。南园子里有许多树，有三棵楸树，是爷爷早年栽下的，打算日后盖屋用的。父亲又相继在园子里栽下国槐、洋槐、杨树、梧桐、桃树、杏树和苹果树，满园子都是树。奶奶喜欢种瓜、种豆和养花，在树底下种满了花草：有鸡冠花、粉花、凤仙花及葵花，把南园子打扮得花红叶绿的。虽然很土气，但很朴实、温馨。

　　我在南园子里土生土长，母亲说我是天老爷用泥捏成的，扔在南沟里，是她捡来的。我信以为真，去照镜子。见自己圆头圆脸的，还留撮囟毛，傻里傻气的，滑稽可笑，真像个泥娃娃。我喜欢爷爷、奶奶，整天缠着老人讲故事，问这问那，打破砂锅纹（问）到底。别人听了都不耐烦，而爷爷奶奶却从不厌烦，耐心解答，满足我的好奇心。我像只快乐的小鸟，在爷爷身上爬上爬下，感到爷爷就像园子里那棵高大的楸树，在蓝天下为子孙们撑起一片绿荫，遮风挡雨，呵护我们成长。我喜欢爷爷种的那些楸树，树上虫多，鸟也特别多。我在树下乘凉，学大人种瓜，玩泥巴，是个名副其实的泥孩子。我问爷爷："为什么说，人是泥捏的？"爷爷说："万物土中生啊！土里可以长树，长庄稼，咱吃的用的，都是从地里来的，人也是从土里来又到土里去，土地是咱们的命根子。"爷爷牵着牛上坡种地去了，我望着他那高大的背影走出村头。爷爷是个庄稼汉，一辈子没有离开过土地，靠种地养活一家老小，用生命诠释了农民对土地的理解。

有一天刮大风，树梢"呜呜"地叫，我问哥："树会说话吗？""傻瓜，会说话还叫哑木头吗？"哥说。我去问爷爷，他沉思一会儿，说："树会说话，只是人听不懂。一刮风，天就冷，冻得树在'冷呀、冷呀'地喊。"我又问道："树知道疼吗？"爷爷答道："当然知道，你用棍子一敲，它就喊'痛、痛、痛'。""树会哭吗？"我又追问道。爷爷想了想说："你忘了，前两天你揭下块树皮，不一会儿，树就流泪了。""那是树汁呀！"我说。爷爷说："树汁就是它的泪啊！"我很佩服爷爷，他那么懂得树，就像知人一样，他把自己的心和感情都栽进了树里。冬天，爷爷把小树用草绳缠起来，生怕它们冻坏了。爷爷常说："人疼树，树疼人，要爱护树，它才能长大，栽棵树不易呀！得花十年功夫。"爷爷在南园子里不断地种树，最后把自己也栽成了一棵大树。

当树叶茂盛的时候，昆虫就多起来，有绿虫、毛毛虫、豆虫和蚜虫。眼看有些树枝上的叶子都被吃光了，鸟也多起来。鸟在树上飞来飞去啄虫，我喜欢在树下看鸟啄虫，听鸟叫。喜鹊在高枝上"喳、喳、喳"地叫，响亮而有节奏；画眉嘴巧，叫出的花样多，婉转三声，富有韵味，像个出色的歌手；燕子呢喃细语，温柔多情，出双入对，像热恋中的情人。麻雀却像个长舌婆，一扎堆，就东家长、西家短地"叽叽喳喳"的吵个不停，令人心烦……姐姐在树下教我唱歌，她唱道："树上的鸟儿成双对……"我问她："为什么鸟儿成双对？"姐说："你还小，还不懂，以后长大了就懂了。"姐，你看那只鸟儿，叫得真好听，好像在唱歌，唱的什么歌？"我问。"那是画眉，唱的是情歌！"姐姐回答。"什么是情歌？我怎么听不懂啊！"我追问道。"你还没长大，当然听不懂……"姐有点不耐烦了，没好气地说。鸟语真难懂，还得长大了才能听懂，真闷人！后来，我才明白了。有些事该问，有些事不该问，有些事只可意会，不可言传。当时我年幼无知，问得人很难以回答，真难为姐了。后来，我教女儿背唐诗："两个黄鹂鸣翠柳……"女儿问我："为什么不是'三个黄鹂'呢？"当时女儿只有六岁，和我当年跟姐学唱歌时一样大，也真把我给问住了。童言无忌啊！

我经常在树干上抓甲虫、捕蝉、捉蜻蜓，也喜欢捉蚂蚁玩。有一天，我在楸树根旁发现了个蚂蚁窝，就用小土块把窝口堵上了。树上的蚂蚁下来，找不到窝口，回不了家，急得围着土块团团转。我觉得很开心，母亲见了，说："真是作孽啊！蚂蚁迷了路，找不到家，小蚂蚁吃不到妈妈的奶，让妈妈在家多着急呀！"听母亲一说，我信以为真，为迷了路的小蚂蚁担心起来，急忙扒开窝口，在树上找回那些迷了路的小蚂蚁。蚂蚁妈妈早已在窝口接应，见了小蚂蚁，还亲昵了一阵子呢！母亲从小教我，要爱惜蚂蚁，不要杀生。在她眼里，蚂蚁虽小，也是个生灵，也有性命啊！人物是一理，都有母爱和亲情，蚂蚁有没有奶，暂且不论。孩子找不到妈，妈见不到孩子是多么的着急啊！母亲对小小的蚂蚁都如此关爱，对人就不言而喻了，母亲的话如春风化雨，滋润着我幼小的心田。

南园子的昆虫和鸟，也引来了野外的许多动物。尤其到了夜晚，蛇、刺猬、黄鼠狼、狐狸等也翻过圩子墙来园中做客，南园子成了动物们的乐园。俗话说："黄鼠狼子给鸡拜年，没安好心。"它们大献殷勤，是盯上了奶奶养的那只大公鸡了。最终还是扒开鸡窝，硬把公鸡拖去吃了。奶奶望着残留的鸡毛，伤心地落泪。爷爷安慰她："狐狸、黄鼠狼也得活啊，它们也要打捞食儿吃呀！"说着无可奈何地叹了口气……

有一天，我在圩子墙边遇到了条绿花蛇，母亲说："别惊动它，蛇胆子小，怕人。若见了人，就会脱层皮。"我问道："蛇蜕皮时疼吗？""当然疼了，但它又换了件新衣裳。"果然不久，圩子墙上树枝上又多了些白色的蛇皮。我想蛇的衣裳真美，但爱美也必须付出痛苦的代价，就像人整容虽是为了美，但总要付出沉重的代价一样。

　　记得有个夜晚，我们在南园子里乘凉，依偎在奶奶怀里，听她讲故事。忽然听到门口有"咳、咳、咳"的咳嗽声，以为来客人了，跑过去一看柴门口没人，一会儿从柴草垛里跑出只刺猬。我问哥："刺猬怎么会像人一样咳嗽？""让盐齁的。"哥说。我问："哪儿来的？""去偷的。"哥说，"它偷吃了盐，齁出毛病来，活该！"后来我才知道那是刺猬叫，也不是吃盐齁的，是哥在哄我。我好偷吃咸菜，他就这么吓唬我。

　　夏天，姐姐到南园子里"咯儿、咯儿"地一笑，满地的凤仙花就开了。她摘几片花瓣，在手心里一揉，贴在指甲上，一会儿，指甲就被染红了。姐姐总爱用花来打扮我，她先用牵牛花，编个花环，戴在我头上，然后摘些凤仙花，把我的指甲都染红了，又掏出胭脂盒，在我的两腮头上轻轻地一抹，然后用火柴杆蘸上一点胭脂，在我眉头上点上几个红点，最后，她像一位画家欣赏自己作品一样，仔细地端详着我的脸，觉得满意了，就点点头。然后抓起我的双手，像打箩筛一样一边前后晃动着，一边唱着儿歌："打箩筛，做买卖，一做做了个花脑袋……"后来，我把这支儿歌又教给了弟弟妹妹，用凤仙花染红了他们的指甲。就这样，我们兄弟姊妹用凤仙花染长了手指甲，用胭脂抹大了脸蛋，唱着儿歌，不知不觉地步入了少年时代。

　　爷爷把火镰往火石上"噌、噌"地擦了几下，就把黎明点燃了。爷爷坐在马扎上，嘴里"吧嗒、吧嗒"地抽着烟袋。我绕在爷爷膝下，自己掀开衣襟，露出肚皮，让爷爷捏起我的肚皮，"啪、啪"地打了两个响瓜，就偎依在爷爷怀里，捋着他的山羊胡子，悄悄地问："长果长出来了吗？""你等着，我去看看。"他笑眯眯地答应着，把烟袋锅往鞋底上轻轻地磕了磕，别在腰里，起身进了屋。从高处搬下个肚大口小的腊条篓子，伸进手去扒拉了半天，才抓出了十几个秕花生。我两手接住，坐在马扎上吃起来。爷爷在我身旁收拾着牛套。一会儿，花生吃完了，我又伸出手，问"还有吗？"爷爷说："没了，还没长出来。明早儿你再来吧。"我信以为真，天天早起，每天能吃到篓子里长出的花生，我把这个秘密告诉哥哥，哥不信，说："傻瓜，篓子里怎能长出花生？"

　　奶奶喜欢带我去西邻二大娘家串门。真奇怪！连奶奶种的南瓜秧也爬过墙头来串门子。立秋后，南瓜秧疯长，一直爬过西墙，还在二大娘家结了两个胖南瓜娃娃呢！秋后收获了，奶奶把摘下的南瓜送给四邻，大家都夸奶奶种的南瓜又大又甜。奶奶年年种南瓜，她种的南瓜秧带着一片真情，把乡亲们的心连接在一起。

一夜秋风劲，吹落黄叶满地金。我和弟弟每天到南园子拾树叶，用针和线把叶子穿起来，一串串地挂在屋檐下。树叶上有虫咬的缺口和霜打的痕迹，每片叶子都有各自不同的经历。冬天下雪了，我仍然可以到南园子看墙上挂着的那些树叶。母亲要拿去烧掉，我不舍得，直到来年楸树又发了芽，我才拿去让母亲烧火做饭。爷爷见了很满意，对我说："人生一世，草木一秋。一年才长片树叶，还要经过风吹雨打的，蚊叮虫咬的，一到秋天就叶落归根了。"那时候，我还听不懂爷爷说的话，只是见树叶很美，拾树叶好玩，冬天看秋叶很开心。无意间，却为后来感悟人生提供了标本。在人类历史的长河里，一个人的生命是短暂的，我感到自己也仅是片小小的树叶啊！是爷爷那棵楸树上的一片叶子，经历了人世沧桑后，叶片上还留下了不少虫咬和霜打的痕迹哪。

南园子历经百年沧桑，爷爷、奶奶早已过世，父母已搬往城里居住，老屋已易主，圩子墙倒了，最后一棵楸树被伐掉，那些鸟、蚂蚁、蛇、刺猬等都已无影无踪，南园子也不复存在了。而今，我又像童年拾树叶那样，把难忘岁月中的生活碎片一一拾起……

（2016年散文《南园子》荣获"首届蔡文姬文学奖"散文类一等奖）

打火石

　　爷爷是位农民，下了一辈子庄户地。为了养家糊口，他只好整天去黄土地里刨食吃。虽然辛苦了一辈子，也没攒下点儿值钱的东西，但是他却曾有三件宝：火石、铜烟袋、烟荷包。小时候奶奶告诉我，铜烟袋是曾祖母留给爷爷的一个念想；烟荷包是奶奶亲手给他缝的；而那块天赐的火石则是他从东坡自家地里捡来的。爷爷非常珍爱这三件宝，无论是上坡种地，还是在家忙家务，总是把它带在身上。

　　儿时的我，很受爷爷的宠爱，经常跟着他去东坡里种地，亲眼目睹了爷爷在黄土地里辛勤劳作的情景。他干累了，就坐在地头上歇一会儿。从腰里抽出铜烟袋，摘下黑色的烟荷包，装满一烟袋锅子碎烟叶，烟叶是自家地里种的，把好的烟叶卖给烤烟厂，孬烟叶留下自己抽。他含着玉石烟袋嘴，再用大拇指轻轻地摁住锅里的碎烟叶，又从荷包里掏出火石、火镰和火筒来打火点烟。他从火筒里抽出根细莛秆，头上带着点儿着过火的烟灰，俗称为"火头绒"，用左手捏住火石和火头绒，火石在上，火头绒在下，右手捏住火镰，在火石上斜着向下"噌、噌"地蹭了两下，只见火星飞溅，正落在火头绒上，在这时候，灰色的火头绒就开始发红。他把它放在烟袋锅上，用力一吸，火头绒一闪就把烟叶点着了。爷爷打火的动作相当娴熟，就像位魔术师表演了一场魔术一样的精彩。

　　爷爷点着了烟，把火头绒往火筒里一插，拧上盖子，火就熄灭了。他"吧嗒、吧嗒"地吸着烟。我依偎在他的怀里，盯着那块小小的火石，感到十分好奇。我忍不住动手抓起火石，仔细地看了看，火石约有蚕豆粒大小，扁扁的，呈紫红色，不禁问道："真奇怪！这么个小玩意儿，怎么一打就冒火星呢？"爷爷答道："这是块好火石，里头藏着好多火星。"我又问道："它怎么发紫呢？"爷爷答道："它火气旺，是块牛肝火石。"我求爷爷说："让我试一试，行吗？"爷爷说："中，小心别打着手。"我学着爷爷打火的动作，试着打了两下，结果打偏了，不仅没有打出个火星，还把自己的指头打疼了。爷爷手把手地教我，他对我说："在打火时，要看准了再打，火镰、火石和火头绒要保持一定斜度，才能打着。"

碎烟叶已化为灰烬，烟油子在烟袋锅里发出"滋滋"的响声。爷爷把烟袋锅往鞋底下"叭叭"地磕了两下，倒掉了烟灰，把火石、火镰和火筒一起装进荷包系在腰带上，又把烟袋往腰带上一插，拍拍屁股上的土，仅歇了一袋烟的工夫，就又下地干活去了。我望着他高大的背影，心里还惦记着他身上那块小小的火石，我渴望在地里也找到一块像爷爷的牛肝火石。从此，我盯上了爷爷那块心爱的火石，一见爷爷要打火吸烟，我就去抢过火石、火镰，争着替他打火，后来我终于跟着爷爷学会了打火。

记得有一天中午，天气十分炎热，在南园子楸树上的知了叫得特别响。吃罢午饭，爷爷就上炕躺下了，一会儿就打起了呼噜，鼾声如雷，与蝉鸣奏起了交响乐曲。我瞅了瞅放在桌子上的烟荷包，蹑手蹑脚地走上前去，掏出火石、火镰和火筒，装进衣兜，又悄悄地溜出屋门，就进了南园子。我坐在树荫下，掏出火石、火镰和火筒练习打火，没有爷爷在跟前守着，心情也放松了，可以尽情地打。我一遍又一遍地练着，直到熟练地打着了火头绒，然而那根莛秆也快要烧完了。在这时候，我已汗流浃背。仰头一看，楸树干上已落满了知了，它们一边叫着，一边倒着往下爬。我把火石、火镰和火筒一起装回衣兜，起身去找来根竹竿，一拴上马尾，就开始套知了。

套知了是我玩的强项，不一会儿，我就把树上的知了一一套下来，装进了小木匣里，没套住的知了飞到圩子墙上的枣树上。我又爬上圩子墙去套枣树上的知了，直到把知了全套光了，我才放手。回到南园子，我才想起衣兜里的火石。伸手一摸，糟糕的是，火镰、火筒还在，火石却不见了。衣兜漏出个指头，我才发现衣兜的底部有个小豁口，可能是被棘子刮破的。当时我只顾套知了，也没在意，火石小，也不知在何时何地就从小豁口漏掉了。

丢了火石，我心里十分着急。我又爬上圩子墙头，见墙上杂草丛生，棘子满墙，火石又小，因此难以寻找。我拨草寻径，找遍了每棵棘子底下，又下到圩子墙沟里，也没找到。在这时候，日已西斜，快要起响，来不及继续寻找了。我想：这可糟了，找不到火石会让爷爷生气的，怎么办呢？有了，先糊弄过去再说。我打算在圩子墙沟的垃圾堆里找块碎石来代替一下，恰巧刚有人倒下一堆废砂石，我捡了块形态、大小、颜色与爷爷的火石大致相似的石子。用火镰蹭了几下，也能打出个火星。

进了屋，见爷爷刚从炕上爬起来，坐在炕头上。我急忙把烟袋递给他，又慌慌张张地给他打火，结果也没打着。爷爷接过火镰、火石后，也没打着火，仔细地看了看说："这不是火石，是花岗岩石，那块火石呢？"我结结巴巴地说："丢——丢了。"爷爷问道："怎么丢了呢？"我拍了拍衣兜说："看，从这儿漏出去，就找不到了，俺只好又去捡了它来顶替。"我低下头，提心吊胆地如实道来，爷爷安慰我，说："别害怕，俺不怪你。"我抹了把眼泪说："对不起，都怪俺贪玩，一不小心，就干了错事。"爷爷抓起身边的毛巾，为我擦了擦头上的汗，安慰我说："别难过，丢块火石算得了什么？俺再去地里捡块，若是你丢了心，就不好找了。"

爷爷又上东坡锄地，我也跟着他去地里找火石，在黄土地里只见少许白干垢，却没见一块碎石头的影子。我问爷爷："黄土地里又不长石头，怎么会出火石呢？"爷爷答道："是天上掉下来的呀！"我听了百思不解，心生纳闷。

夜幕降临，星光闪烁。吃罢晚饭，我依偎在奶奶的怀里，正看着星星眨眼。突然，发现一颗流星，从我头顶上空划过，落在东坡。我问爷爷："落地的星星变成啥了？"爷爷答道："化成灰，或变成了石头，叫陨石。"我又问道："能变成火石吗？"爷爷又答道："当然能了，那块牛肝火石就是俺在东坡地里捡到的。"我说："俺怎么捡不到呢？"爷爷说："火石又少又小，不用心是捡不到的。"我问爷爷："别人家的地里有吗？"爷爷答道："没听说过，俺捡的火石都送了人。"我又问道："都是牛肝火石吗？"爷爷说："不，大都是些褐色的火石，仅捡到这么块牛肝火石。"我恍然大悟，爷爷仅有的一块心爱的火石，还让我弄丢了，真可惜！他虽然没责备我，但是，我感到非常内疚。我想，一定要找回那块火石，但是令人遗憾的是，过了好几年，直到爷爷去世，我也没有找到那块丢失的火石。

火石是上天赐给爷爷的火种，是让爷爷薪火相传。爷爷用火镰在火石上，"噌"地打它一下，就点燃了黎明。奶奶把火头绒"呼"地一吹，就着火了。点上柴火做饭，就这样，一天的农耕生活就开始了，虽然家里的日子过得紧巴，但是我觉得当年的生活还比较充实，是有滋有味的。当时已有了火柴，可是爷爷吸烟连根火柴都不舍得用，仍靠用火石打火点烟，用辛勤的汗水，回报上天的恩赐。这就是农人的良心。

六十多年过去了，虽说是往事如烟，人生如梦，但留给我的记忆却是更多的反思，牛肝火石早已被历史的岁月湮没，也许它仍埋在故乡的黄土地里，它毕竟是上天赐予的火种。我相信，它将会星火燎原，让庄户人家的日子越过越红火，世世代代薪火相传。

我明知爷爷的牛肝火石已不可失而复得，当我回到故乡时，仍在黄土地上苦苦地寻找着。然而，如今我去寻找的不再是当年丢失的火石，而是寻找自己当年的那颗童心和爷爷的良心。这才是当今世上难得的无价之宝。

老纺车

　　奶奶用过的纺车到哪里去了？我寻找了多年，仍没有着落。这是我心头至今没有解开的一个结。奶奶去世已半个多世纪了，我还在怀念她生前用过的那架老纺车。

　　在我的印象里，奶奶用过的纺车，是一架极为普通的，而且是相当破旧的纺车。据说是祖传的，是曾祖母用过的。那架黑色的纺车，小巧玲珑，是用楸桐木制作的，很结实，但不知为何，车把曾经断过，是爷爷修好的。它虽然破旧，但奶奶却十分爱惜它，闲着时，就把它放在衣柜的最高处；需要用时，再去小心翼翼地把它搬下来。每次搬动都是她老人家亲自动手，不许别人碰，惟恐别人一不小心摔坏了。

　　奶奶在晚年患了白内障，自我记事起，她就视力很差，看不清我的脸庞。当时，由于家里穷，看不起病，医疗水平也低，一直没有得到有效的治疗。而且又遇上三年饥荒，村里吃食堂，家里没得吃，没得烧，在饥寒交迫的困境中挣扎，尤其自爷爷在 1961 年 8 月病逝后，奶奶由于哀伤过度，眼疾加重，几乎是在黑暗中摸索着熬日子。可能是奶奶自幼年就失去父母，苦日子过惯了。长期寄人篱下，端别人家的饭碗，养成了那种逆来顺受的性格。世上无论什么样的苦，她都能吃；什么样的屈她都能忍受。把泪水都吞到自己的肚子里，我从没听她抱怨过什么，也不曾听到过她一声叹息。我一向把奶奶看作极平凡的一个人，是生活在社会最低层的一位普普通通的家庭妇女。在小学时，我喜欢写作文，写英雄、写模范，就是没有写过奶奶。因为，那时认为奶奶平凡得像一棵野草，根本不值得一提。一根草还有自己的名字，而我那可怜的奶奶，直到她离开人世，竟没有起上一个名字！奶奶是个闲不住的人，虽然眼不好使，已不能做针线活，但还能摸索着纺线。可能是因为家里穷，为了省点灯油，经常摸瞎纺线习惯了。但她毕竟老了，手脚不灵了，粗粗拉拉地将就着干点事，也好打发日子罢了。她纺出的线，总是粗一段细一截的，既不能用来织布，又不能用做针线活。

清明节，老家有放风筝的习惯。那时家庭生活困难，饭都吃不饱，哪有钱买风筝和线呢？我和兄弟们只好用破笆子，劈开制成风筝骨架，糊上旧报纸，自己动手制成"八卦风筝"。歪歪扭扭的，找不出平衡，就很难放飞的。不使劲跑，风筝是起不来的，这叫"跑破鞋风筝"。放风筝需要结实的线，而且不宜过粗又不宜过细。奶奶纺的线，单用就细，双用就粗些，两根线搓起来就成了根绳，实在不合适，这下子可愁坏了奶奶。于是，她翻箱倒柜，终于从箱子底下找出了一大堆乱丝来，她就开始用蚕丝纺线。这可不是件容易的事。因为丝和棉不大一样，丝一乱，就很难理出个头绪来的。她无论是白天还是黑夜，都坐在炕上，用那架纺车，"嗡、嗡"不停地纺风筝线。就这样，一直忙了大半个月，直到把那堆乱丝都纺成了风筝线。我抱起那一大团风筝线，激动得流下了热泪，我问奶奶说："奶奶，你为俺纺的这根风筝线有多长呀？"奶奶笑了笑说："傻孩子，我也没法量啊！"当初，她在纺这根风筝线的时候，父亲常常在外出差，几乎跑遍了祖国的大江南北。奶奶就是用这根丝线来表达了自己对儿子的思念和牵挂啊！而且纺得是那么结实，即使风再大风筝也永远挣不断。奶奶把全部的苦心都纺进了这根扯风筝的丝线，等孙子长大了，终究也要放飞。后来，我长大了，仿佛变成了一只放飞的风筝。这么一晃，就在外地漂泊了三十年！无论我飞到哪里，觉得自己始终都被奶奶纺的那根丝线拴着。即使奶奶不在了，但还有母亲紧紧地牵着它，甚至我坐飞机出了国，也还有这种感觉。

奶奶很慈祥、善良，但是她的命是那么的苦，受了一辈子累和苦。因为挨饿，使她体质消瘦，面容憔悴，易逝岁月，折叠成一道道皱纹，爬满了她的脸。风霜染就了她那一头白发。但是，她仍支撑着，像一棵大树，为儿孙们撑起一片绿荫。我就像一只小鸟，在她身上跳来跳去，感到安全快乐和温馨。我最喜欢在灯下欣赏她在纺线时映在白色粉墙上的身影。晚上我在炕桌上油灯下写作业，她总是坐在炕头上与我面对面。她右手不停地摇着纺车，左手牵着棉絮团和线，一上一下的，头上挽着的那个小鬏鬏，也在随着身体不停地晃动着，纺车发出"嗡、嗡、嗡"的声音伴奏着。我不禁停下手中的笔，凝视着墙上的身影和纺车的影子，就像看了一幕精彩的皮影戏。就这样，奶奶把岁月的影子挂在了墙上，也印在我的脑海里。在她去世多年后，我还在粉墙上，去寻找这些岁月的影子。

受到奶奶的熏陶，我从小也热爱劳动，也喜欢那架纺车，经常学着奶奶纺线。有一天，我逗着小弟弟在炕上玩，我戴上奶奶那黑色太太帽，戴上老花镜，模仿她的姿态，盘起腿来，摇着纺车，唱起《南泥湾》歌曲。我一边唱，一边表演，可把弟弟给逗乐啦！他不断地挥着小手，为我打拍子。当我表演到："又织布来，又纺线，三五九旅是模范……"弟弟身子朝后一仰，就滚到炕下去啦！只听见"哇"的一声，弟弟就哭了起来，头上磕了个大包。我急忙抱起他，安慰他。这时母亲在院子里听到弟弟的哭声，急忙跑来，用笤帚疙瘩搂了我两下。1963 年我上中学，就离开了奶奶，奶奶也病情加重，患了中风不语，不久就病逝了。从此失去了奶奶的呵护，放假回家也没有再见到那架纺车……

纺车呀，你究竟在哪里？我多么想在你身上找回奶奶留下的汗迹和那些岁月的影子啊！假若找到你，我要摇动着你，再唱一下当年奶奶教给我的古老歌谣："嗡、嗡、嗡，纺棉花，一纺纺了个大甜瓜。爹一口，娘一口，一咬咬着孩的手……"

（2017 年散文《老纺车》在践行中国梦优秀文艺作品征评活动暨庆祝香港回归 20 周年大型诗书画文化节活动中，被评为特等奖）

童　趣

　　好玩是儿童的天性，玩是儿童的乐趣，玩不仅使儿童得到快乐，还可以开发儿童的智力。玩也是儿童们的权利，任何人都没有资格剥夺儿童玩的权利。应当保护儿童的这种权利，使儿童得以健康快乐地成长，有个幸福、欢乐的童年。痛苦不属于儿童，儿童应当享受快乐。无论贫穷，还是富有，只要活得快乐，就是金色的童年。玩包括玩游戏、玩玩具，甚至还包括花草、树木、昆虫、鱼鸟等，都可以玩。玩具可以个人玩，也可以与朋友一起玩，而游戏就必须和大家一起做。

　　我从小就喜欢玩，尤其是愿意和小朋友一起做游戏。做游戏不仅和大家共享快乐，还可以学会与小朋友交流感情、交朋友，使自己融入到集体中去，并且最有趣味，最有激情。

　　儿时的我，虽然家里贫穷，买不起玩具，但是我家有个南园子，南园子里有许多花草、树木、昆虫及鸟。家乡还有广阔的大平原和山川。我可以就地取材，因陋就简，自制各种玩具。我和兄弟姊妹们，及小朋友们，玩出了五十余项玩法。这些童趣，伴我度过了欢乐的童年时光，留下了许多美好的童年记忆。

　　我的童年，正处在农耕文明时期。庄户人家，靠天吃饭，是数着节令过日子的。大人们，日出而作，日落而息，是按农时进行劳作的。因此，对四季二十四节气相当重视，孩子们玩也是如此，都是按四季的变化，适时地选择玩的项目和内容。要知道什么季节该玩哪些，不该玩哪些，玩也是很有季节性的，要符合时宜，否则，人家就会笑话你的。在玩之前，首先要熟悉玩具的制作和性能，掌握玩的技巧。玩游戏要自觉地遵守它的规则，否则人家就会说你不懂规矩，不会玩，小朋友就不喜欢找你玩。既然玩不起来，就不开心，还有什么童趣可言呢？

穿越六十多年的时光隧道，让我把你带到当年的南园子里，来感受一下农耕文明的生活，分享我童年的快乐。

春天的童趣

春天是个多梦的季节，人们辛勤地耕耘，播下了丰收的希望，童趣随之周而复始了。

冬去春来，气象更新。自立春以后，春归大地，万物复苏。农历正月初一是新年，春节是我国最隆重的传统节日。因此，老百姓常把过春节称为"过年"。

我从小就喜欢过年。过年好，吃水饺；穿新衣，戴花帽；挂灯笼，贴春联，放鞭炮；欢欢喜喜，真热闹。在春节期间，孩子们可以尽情玩，对吃穿不太在意，在意的是玩得开心，玩得尽兴。过年最喜欢玩的是放鞭炮、玩火枪。一直玩到正月十五，过元宵节吃汤圆、做巧巧饭，观灯、赶庙会。不知不觉，就玩出了正月。二月里春风一刮，大人们就忙着去春耕了。小孩们也走出家门，把童趣开始转向田野。

春天的脚步，一踏进南园子，圩子墙根下的残雪就开始融化了。小草偷偷地从地里钻出来，嫩嫩的、绿绿的。地里已开冻，踩上去软软绵绵的。风一吹，树梢一摇晃，枝头上芽就醒了。就在这时候小鸟也飞来了，我们兄弟姊妹们和邻居的小伙伴们在南园子里，一起唱歌、跳舞、做游戏，还跳绳、踢毽子、扔沙包、跳房子、拾拨构、弹琉璃球等，当桃花开杏花落的时候，就是阳春三月。清明节到了，我们走出南园子，到野外踏青吹柳哨、放风筝。三月三是女儿节，姐姐教我打秋千。

春天是美好的。农谚道："春到寒食六十日。"就是说从立春以后到清明整好是两个月的时间。过了谷雨，就是立夏了，再也没有冷天气了。昆虫也多了起来，孩子们的乐趣又转移到昆虫身上，开始玩蚂蚁，捕蝴蝶。

过大年

儿时的我最巴望的就是过大年。

城里人喜欢把过年说成是"欢度春节",而庄户人家把过年挂在嘴边叫"过大年"。小时候还不懂得为啥叫"春节",为啥又叫"过大年"的,管他呢! 只要好玩就喜欢! 因此,我从小就喜欢过大年。这就是唯一的理由。

在孩子的眼里,过年是非常神秘的事,越神秘的事,孩子们才越好奇。我不禁问奶奶:"年是啥?"奶奶答道:"传说是天老爷叫神某造的个男娃娃,这得从灶王爷说起。在很久很久以前,老百姓的日子本来就很苦了,这一年不知咋的,又出了个叫'夕'的怪物来到人间,专门祸害人。老百姓让它害苦了,就来求灶王爷。腊月二十三是他的生日,他带上人们供奉的糖瓜,就上天言好事了。他见了天老爷,先给了天老爷个糖瓜吃,才把民间发生的事说了。天老爷心想:这事还用跟我说? 他吃着糖瓜,就想训灶王爷。可是牙让糖瓜给粘住了,张不开嘴。他就指了指神某,用眼神说,'这事就让他去办吧!'神某有许多子女,就请示天老爷,叫谁去办? 天老爷好不容易才把牙给挣开,说了句'好黏!'就退朝了。神某没有叫'好黏'的儿子,他只好用黍秸扎了个小孩子,取名叫'年'。交给他除'夕'的本领,给他带上爆竹和红绫做法宝。腊月三十,灶王爷就带着'年'下界报平安了。怪物'夕'一来,'年'就晃动起红绫子,又用爆竹打它。爆竹里发出火花,烧着了'夕'的毛,闪红光的红绫耀疼了'夕'的眼,爆竹'噼里啪啦'地打跑了怪物,人们就平平安安地'过年'了。后来人们就把腊月二十三叫过小年,又叫'辞灶';腊月三十,叫'年除';害人的怪物叫做'夕',所以又称这天为'年除夕';半夜里老百姓把年迎到家里叫'过年',正月初一就是新年了。"我听了不禁惊讶地说:"啊,过年还有这么多来历呀! 爆竹是啥?"奶奶说:"就是炮仗和鞭炮啊,以前是用竹子做的。"我又问道:"红绫子是啥?"奶奶回答:"就是如今贴在门上的春联啊。"我说:"俺明白了,这就是过年为啥要放鞭炮、贴春联的来历。"奶奶说:"过年的道道还多着哩,还有年五更老年人守岁,晚辈来拜年,供养天地先祖,串亲访友,初二走亲戚,新媳妇走娘家。初五迎财神,正月十五闹元宵,赶庙会,正月二十五打囤,一直闹出正月才算完。"

一入腊月门,我们兄弟们就盼着过年了。"冬至十日阳历年"。阳历年就是元旦,庄户人家是不过阳历年的,只过农历年。庄户人家过年的时间特别长,从腊月开始一直持续到正月底才结束。过了二月二龙抬头,就不能再提拜年的事,老家有句歇后语是:"二月二拜年——晚大了"。

年的气息,是从孩子们的手中发出的。不知是谁家的孩子偷偷地放起了鞭炮,"噼啪噼啪"地一响,就打破了冬天往日村里的寂静。大人们在家里就坐不住了,开始去赶集上店,筹办年货。庄户人家虽然没有钱,但也要去赶闲集,捡点儿便宜货。母亲一听到鞭炮声,晚上就愁得睡不着觉了。她开始起早贪黑,忙着拆洗一家人的棉衣被子,在院子里晒不干,晚上就放在炕头上烙,一干了就动手缝。她一直忙到大年三十晚上,让我们兄弟姊妹过年都能穿上她翻新的棉衣。每年都把我们打扮得干干净净、整整齐齐的,欢欢喜喜过大年。

在那艰难的岁月里,母亲只能给大姐和大哥做件新棉衣。她把大姐大哥的旧棉衣拆洗后,把衣服面一翻,缝起来就像件新棉衣一样。老大的给老二穿,老二的给老三穿……就这样,我和弟弟妹妹们年年穿的都是翻新的棉衣。常让母亲感到头疼的是,我们的旧棉衣上那个大窟窿该怎么补上?家里连块像样的补丁也找不到呀!实在没办法,只好在青色的棉衣上补块花补丁,也总比露着棉花头好看吧!更让母亲犯愁的是,巧妇难为无米之炊,吃食堂的那几年,家里孩子们吃不上过年饺子,母亲心疼地流泪。记得我10岁那年春节那天早上,母亲含着泪对我们说:"孩子,怨娘无能。盼了一年,也没能让你们吃上顿饺子!"哥哥安慰她说:"全村人都挨饿,谁家还能吃上饺子呢?你就不要伤心了。"从此,我知道娘最伤心的事,就是没的给孩子们吃,让孩子们饿着肚子。说实在的,当时我对吃穿孬好都不在乎。在乎的是玩得好就行。过年只要有个炮仗就心满意足了,若实在买不起,听听人家的炮仗响声也行,那就算是闻到年味儿了。

　　父亲每年总是给我们买顶帽子，买双鞋。记得那年春节前，父亲对我们说："今年钱紧，买不起新帽子，就给你们兄弟们理个发过年吧！"家里只有把剃头刀，他平素只用它来刮胡子。他先用母亲做针线活的剪子，剪掉我头上的长发，然后用刀子剃，刀不快，刮得头皮生疼，也只好忍着点儿。理完发拿镜子一照，留的发型就像个茶壶盖儿一样难看。兄弟们你笑我，我笑你，笑着笑着就抹起了眼泪。我心里想道：这让我怎么出得了家门呢？只好又捂上个破帽子。过年到街上玩，被风一吹，帽子落地，露出的发型，让人看了就发笑，羞得我赶紧捂着头，狼狈地逃离人们的视线。从此，我最怕理发，一理发，就好多天不敢出门见人。直到如今，我还怕理发，仍然护头。

　　那年夏天，村里的食堂终于散伙了。从此，我家不再挨饿了，仅靠吃地瓜来填饱肚子，到了过年才吃上顿素饺子。记得第二年春节，母亲包的饺子是杂面的，白菜馅儿的，没有肉。母亲说："年五更吃素水饺，日子过得肃静。"我想，这只不过是自圆其说而已。谁不知道猪肉香？庄户人家吃不起肉，也只好吃素水饺来自我安慰。

　　年的气息总是年年来，年的气息总是年年新。母亲把灶里的火烧得越来越旺，家里的日子也越过越红火。我们兄弟姊妹六个也一天天长大了。哥哥、姐姐为了养家糊口，减轻父亲的负担，小学一毕业就下学务农，在生产队里挣工分。从此，就不用父亲拿钱去队里买口粮了。那年我们不仅吃上了玉米，也吃上了小麦，过年还吃上了白菜猪肉水饺，这可是正宗的过年饺子，是山东名吃。我记得那年年底分红的晚上，哥哥、姐姐高高兴兴地把分得的72元钱，如数交给父亲。他皱着眉头，拿出账本和算盘，"噼里啪啦"地一打，就眉开眼笑了。他一高兴，就给了我两元钱，去买点儿鞭炮过年放。在过年期间，父亲请朋友来家里照了一张全家福。这年爷爷已经去世，奶奶还在，小妹妹还没出世，我们兄弟姊妹六个，全家共有九口人，这是我家第一次照全家福，也是唯一的全家福，瞬间却成为永恒。相片上还记录着照相的时间，"一九六二年春节"。这是个终生难忘的日子。过了年，父亲终于松了口气，说："今年咱们才把盖屋欠下的债还完！"仅200元的债，就像块大石头一样沉重，竟然压在父亲的心头上，整整八年了。当时我还小，只知道贪玩，怎能理解父亲当年的心情呢？

我自从有了记忆以来，这是父亲第一次给我钱去买鞭炮。老家有个俗语："过了腊月二十三，就乱了杆子，天天都是集。"我也满怀喜悦的心情，投入到庄户人家进城赶集的人流。我的唯一的目的就是买鞭炮，于是，我就直奔鞭炮市场。

当时鞭炮市场，还设在潍坊体育场西面的杨树林里，西面濒临白浪河。还没进体育场，就听到"噼啪噼啪"的鞭炮声，一进体育场，就看到西边树林里硝烟弥漫。

杨树林里已停满了马车，车上载满了鞭炮，大的、小的、长的、短的，应有尽有，还有一盘盘的大炮仗，也叫"雷子"。一点上火，就像打雷一样响起来，真是惊天动地。

东边马车上有人高声喊道："俺又点上了，这才是真正的则儿庄的炮仗。不响不要钱。"刚说完就听到"轰"的一声巨响，把耳朵震得嗡嗡作响。接着西边马车上也有人高声喊道："俺又接上啦，不比不知道，一比吓一跳，比比谁家的肯响。"还未等他说完，就听到一声巨响，马也惊得跳起来，差一点儿把他从车上掀下来。东边马车上的人又喊道："泰山不是垒的，牛皮不是吹的，咱则儿庄的炮仗——个顶个，都是响当当的。"说着又用烟头点着了芯子，鞭炮就像放机关枪一样，接连不断地响起来，鞭炮皮炸得零零碎碎，就像雪花一样纷纷落地。一群小孩抢上前去，结果在地上一个没响的鞭炮也没有捡到。西边马车上的人还不服气："俺真豁上了，今天咱就比个高低，看谁先草鸡。来吧，咱又接上了！"鞭炮齐鸣，此起彼伏，唱起对台戏，越演越烈，鞭炮市场热闹非凡。我把两块钱已攥出了汗，还在犹豫不决，拿不定主意，不知买哪家的好。在这时候，我身边的马车上堆放的小鞭炮，不知怎的突然"噼噼啪啪"地响了起来，眼看就要打到马屁股上，惊得马又蹦又跳，卖鞭炮的人急忙上前用力一推，就把那堆小鞭炮推到地上。真可惜，我就眼看着这一大堆鞭炮，白白地自己燃放掉了。有个小鞭炮在我耳边炸响，我感到这里太危险了。如果马的缰绳没拴牢，马一受惊，马车一跑，准会伤人。于是，我才下了决心，买上一串则儿庄的大鞭炮、六个大红炮仗、一串小鞭炮，急忙离开树林。在回家的路上还害起了后怕。当年，则儿庄做的炮仗，相当有名，都是响当当的。至今民间还流传着个歇后语："则儿庄的炮仗——个顶个"。那天，我亲身感受到了，留下了深刻的印象。

回到家中，弟弟们都在盼着我。大弟弟问我："买到了吗？"我答道："买到啦！"小弟弟问道："看看行不？"我说："可以，但不能放，留着过年那天才能放。"我拆开那串小鞭炮，分给他们一人一个大炮仗和几个小鞭炮。大鞭炮要留着年五更下饺子的时候放。小弟问我："哪天过年？"我拿过月份牌，掀开几页说："你看，过了除夕，这天是过年初一。"小弟说："俺记住啦！"说着就把初一那一张日历折起来一角，做了个记号。

从此大弟弟和小弟弟每天抢着撕月份牌儿。过了两天，我去墙上看月份牌儿，发现它已被提前撕到春节。我问大弟弟："谁把它提前都撕光了？"大弟弟说："这还用问吗？当然小弟弟啦！你已告诉他哪天过节，他盼望过年心切，就撕光了月份牌。"小弟弟刚过了三周岁生日，他天真活泼，有谁能比得上他盼年的急切心情呢？

母亲对我说："小孩盼过年，大人如过关。"有了过紧日子的经历，才有了本真生命的体验。年前那几天，可忙坏了母亲自己。她虽然体质较弱，但是她却很要强，事事都追求完美，家里的大事小事，她事必躬亲，尤其是忙年，她就更细心料理，而且做到了尽善尽美。她不喜欢别人插手，因此就更加辛苦了。她不仅要忙着做全家过年穿的衣服，还忙着蒸馍馍、蒸年糕、包水饺。她一晚上就能缝一件棉衣，而且对每一针每一线，都非常认真仔细。她蒸的馍，又大、又白、又香、又甜，包的过年饺子更讲究，从和面、调馅、擀皮儿，到包成饺子，都是她独立操作，从不放松每一个环节。她说："过年饺子是个吉祥物，象征着全家的团圆，马虎不得，务必要包好。"她包的过年饺子，皮儿薄，馅儿多，又好看，就像一件件精美的工艺品。而且煮出来，一个也不让它露馅儿。一旦煮破了，就觉得很不吉利，因此，她亲自下饺子，煮饺子，直到安全出锅，保证不破一个过年饺子。母亲用笊篱捞出第一碗饺子，先供养天地。姨母说我母亲，从小就心灵手巧，无论做针线活还是做饭菜，都很细心。大家都夸她是七仙女下凡，巧夺天工。我却只知道母亲一年到头很辛苦，她是个为别人活着的人，从不要求儿女们回报她什么。我们唯一能为她效劳的事，就是在她闲下来时，为她捏捏腿、捏捏胳膊、捶捶背，她就感到心满意足了。

爷爷是当年秋天去世的，父母就让我去陪伴奶奶过年。奶奶患了中心型白内障，视力越来越差，白天瞳孔缩小，几乎看不到事儿，晚上瞳孔放大，却能看到点人影。年前又添了个毛病，手足发麻，是得了半身不遂，自己不能穿衣服和脱衣服。我每天伺候她，早上帮她穿衣服，晚上帮她脱衣服，还要给她打洗脸水、梳头、端尿盆儿、送饭。晚上用烫婆子给她暖被窝儿。这样我便获得了更多的机会来亲近奶奶。人一上了年纪就爱唠叨。本来奶奶就有一肚子古老的传说、神话故事。一到晚上她就睡不着觉，喜欢和我唠叨，把我的耳朵磨起了茧子，我只好忍着。她虽然不信佛教，但是在她的心里，却有一尊佛，她敬天地，畏鬼神，一心向善，从不恶语伤人，最爱说过年话。记得有一次，我在大声背课文："天上没有玉皇，地上没有龙王，我就是玉皇，我就是龙王，喝令三山五岳开道，我来了！"奶奶听了，一脸不高兴，她问："你在胡说些啥呀？"我答道："俺在背课文呀！"她说："书上说的对吗？你的脑子呢？怎么不动动脑筋就跟着胡说呢？"奶奶说："头上三尺有神灵！"我问道："俺怎么从来没看到过呢？"奶奶答道："神灵是人看不到的，他能看到人，信则有，不信则无。"我说："这是迷信。"奶奶说："咱一不烧香磕头，二不装神弄鬼去骗人钱财，怎么是迷信呢？"我说："老师不让我们搞封建迷信活动。"奶奶说："对呀，宗教也不是封建迷信呀！"当时我还分不清什么是信仰，什么是迷信，奶奶信天老爷，天老爷让她行善，也从没让她干坏事，我应当尊重她的信仰。在农耕文明时代，庄户人家都是靠天吃饭，过节就是感恩天地，祭祀祖先的日子。岂能说成是封建迷信呢？人不能没有良心，更不能数典忘祖。春节就是老百姓的感恩节。

除夕之夜，没有月光，地上没有明亮的灯光，只见满天是星光灿烂。奶奶穿上过年的衣服，坐在炕头上，虽然爷爷不在了，但是她独自一人也照样为全家人守岁，祈祷天老爷，保佑我们全家平安幸福。我虽然不知道哪颗星星是爷爷的，但是我相信爷爷在天之灵，一定在看着我们，默默地祝福儿孙们幸福安康。爷爷生前患了营养不良性水肿，那是饿出来的病，刚不挨饿，他却走了。他虽然没留给我们任何金银财宝，却留给我们一大笔精神财富。记得他最喜欢贴的一副春联是："忠厚传家远，诗书继世长。"一位老农把做人看得如此重要，实令我辈感到汗颜，过年时缅怀祖父的恩典，百感交集，个中滋味就不言而喻了。

当地有个风俗，家中当年有老人去世，是不能贴春联的。初一那天大人也不能出门拜年了。有父母在家守着奶奶，我们就可以出去玩儿了。三年没吃上过年饺子，一旦又吃上了，就别提庄户人家心里有多恣了。村里大街小巷都是拜年的人群。本来大家都是乡亲、邻居，这天见了面就像变了个人似的，如同初次相识、彬彬有礼、客客气气的，又是作揖，又是鞠躬，又是握手，相互祝福着。那些本家本户的大人们，一见了面，就像劫后余生，或久别重逢一样，那一火车的过年话，就像决了堤的洪水，一下涌了出来。平常大家见了面，那句最经典的问候是："吃了""喝了"，这时也完全被"过年好""恭喜发财"所取代。让孩子们看了，真是迷惑不解。"大人们今天是怎么啦？"堂弟问："难道是让一顿过年饺子给撑乎乎吗？"我说："哪有那么大的作用啊！如果真是如此，那就让人们天天吃过年饺子吧！"堂哥说："那，哪能成啊！吃多了就不起作用了。"我问道："为啥，天天像过年一样不好吗？"哥哥说："过年好呀！天天过年就不是年味儿了，就没有新鲜感了。"

过年饺子，一年只吃一次，过年话，也仅能在正月里说，一过完年就恢复原样。人们相互打招呼，还是照样"吃了，喝了"地问个没完。也许是前几年人们饿怕了，只关心吃饭问题，连平常打招呼嘴边总离不开问人家"吃了？"好像再也找不出更恰当的词儿，来表达这种亲切的问候。曾记得刚开学那一天，下了课间操，我和同学们去上厕所。在厕所门口与老师正撞了个满怀，前面的那位同学急忙与他打招呼："老师，你吃了吗？"后面的七八位同学也跟着用同一句话，一一与他打招呼。这一句问候就把他问懵了，他也不知该如何回答。当时场面十分尴尬，他红着脸，支支吾吾地匆匆离开了厕所。我问道："在这里，咱们问老师吃了啥？叫他如何回答呢？"同学们听了都情不自禁地笑了起来。后来学校规范学生礼貌用语，虽然把这些不合适的问候给去除了，但是大家早已习惯了过去的礼貌用语，很长时间也纠正不过来。真想不到一句经典的问候，也能体现出那个时代的风貌，反映出当时人们的生存状态。

在过年期间，人们称呼讨饭的为"送财神"，大年初一这一天，家里是不兴关门的，谁家乐意把财神拒之门外呢？若有送财神的人上门，是个吉利事，还要打发他些过年饺子吃。在吃食堂期间，自己还吃不饱，哪有余粮舍得送人呢？因此，多年来村里见不到个要饭的，自从食堂散伙后，来村里要饭的逐渐增多，尤其是入冬以来，家里几乎天天有上门来讨饭的，听口音不像当地人，我好生纳闷，不禁询问起他们的来路。原来都是外乡人，据说家是广饶北部的，黄河发大水，秋田被淹，颗粒不收，只好离乡背井，来逃荒要饭。他们晚上找个场院屋子，避避风寒。白天出来沿街乞讨，过年也不能回乡与亲人团聚，困苦不堪，也无可奈何。

记得大年初一那天上午，我和弟弟上街回来，一进门，弟弟顺手就把街门关上了。我问道："为啥关门？"他答道："后面来了个要饭的。"我说："别关门，送财神的到了，哪有不接之理呢？"我到屋里掀开锅，见篦子上还有早上剩的饺子，就抓了把，约有两三个饺子，去了街门口。见门外站着中年汉子，他衣衫褴褛，挎着个篮子，里面盛着刚要的一口口的碎干粮，还有半碗饺子。他一见我就开口道："大哥，俺给你送财神来了！"我说："好啊！俺接着。"我把饺子放在他碗里，说："饺子还热，你就趁热吃吧！"他说："谢谢大哥，还有老人和小孩在等着，俺要回去吃。"他没舍得吃一个水饺，一转身就走了。我望着他的背影，心里想道：人在饥饿的情况下最能露出他的真性情，不用问，这人一定是个孝子，也是位好父亲。为了养活一家老小，他不得不放下架子，沿街乞讨。饥饿不是某个人的专利，只有经历了挨饿的人对"饥寒交迫"这个词才有更深刻的理解，才会对挨饿的人发点儿善心。

回到屋里，弟弟对母亲说："二哥拿饺子打发要饭的。"母亲说："知道了。他做得对，要饭的也是人，也要过年，也馋过年饺子。"我说："那人真好，自己饿着，还挂着老人和孩子，没舍得吃个饺子就走了。"母亲说："当父母的都会疼孩子的，咱挨饿的那些年，俺也想挎起篮子去要饭，给自己的老人和孩子吃。那时候，村村都没吃的，到哪儿去要呢？"弟弟说："那多丢人呀！俺就是饿死，也不能让娘去要饭。"娘说："俺不去偷，又不去抢，为了不让孩子们饿死，才向人讨口吃的，有啥丢人的？过去你姥娘家，遭了饥荒，为了活命，你姥爷带着舅舅们，在年初就逃荒，要着饭，去闯关东了。家里只剩下你姥姥和俺姊妹俩，年五更俺都哭成了泪人。如今，咱们刚不挨饿了，就看不起要饭的，对吗？"我说："不对，人不能嫌贫爱富，要饭的也有自尊心，他已苦不堪言，**俺不能再雪上加霜**。"说完我又从锅里抓起个饺子，细细地品味着。我觉得母亲那年包的过年饺子，特别有味道，不仅特别香，还有股浓浓的人情味儿。若吃了它，真能让人牢记一辈子。

大年初一下午，同学们约我去虞河玩。那年是年前打春，春来得特别早，农谚道："春打六九头，吃穿不用愁。"一立春就是春天，下个节气就是雨水了。记得初六那天还下了一场春雨。但在过年的时候，天地还一片苍茫，去虞河又有什么好玩的呢？这又不是清明节可以去野外踏青，其实则不然，只要人有个好心境，冬日也可踏青。

我们沿着虞河边，来到杨树林。树梢已经开始发青，河里的冰也消融了，岸边的柳条虽然没有发芽，但已经开始发青。我在草地上蹲下来，扒开草根，露出嫩嫩的芽，我终于找到了春天。我摸了摸衣兜，掏出几个小鞭炮，只舍得放了一个，响声不大，也算是给虞河增添了点年味儿吧！

欢乐的时光瞬间即逝，傍晚我们回到村头，从远处传来了几声狗叫，村里已经三年听不到狗的叫声，也听不到一声婴儿的啼哭声。我驻足在村头一家门前，见门上贴着一副春联是："江山千古秀，祖国万年春"。横批是："春满人间"。门楣上还贴着许多红红绿绿的栏门钱儿，也叫挂签儿，就像彩旗一样，迎风招展。我想这才是年的气息，也正是我想要寻找的春天气息。刚从严冬熬过来的人，谁不渴望温暖的春天呢？

那年是虎年，也是我的本命年，到了夏天，我将年满十二周岁。欢乐的童年即将过去，我忽然觉得自己长大了，不能再贪玩，该干点儿正事儿了。开了学，我就上小学五年级下学期的课。再过一年半，我就小学毕业了。当时考中学很难，一个班里只能考上一两个学生，那年我立志勤奋读书，争取考上中学。"一年之计在于春。"这就是我那年的主要计划。催春的战鼓已经擂响，龙腾虎跃的时刻来到了，不拼命一搏，更待何时呢？

1962年春节，是个充满了年味儿和充满了希望的年。从此，我一辈子也不会忘记儿时过大年的滋味。虽然，它略带点苦涩，但仍是甜蜜的。我想那才是过大年真实的滋味。如果没有浓浓的亲情和乡愁还有过年的味道吗？

做巧巧饭

小时候，我老家有个习俗，在每年正月十六晚上，姑娘们都聚在一起，自己动手做一顿夜餐，叫"巧巧饭"。当时，我不懂得什么叫"巧巧饭"，为什么要选在那天晚上做"巧巧饭"。这对我来说一直是个解不开的谜。我想亲自去参与其中，一探究竟，来揭开这个谜底，以满足我的好奇心。这是女孩子们的秘密，我是个男孩，因此，我是难得机会去探秘的。

机会终于来临了。我六岁那年正月十六，轮到我大姐做东，就要在我家里做"巧巧饭"。正月十五晚上，堂姐提着灯笼来到我家，与我姐姐"嘀嘀咕咕"地说了一番，我只偷听到了几句是关于做"巧巧饭"的事。得到这个消息后，我兴奋得一夜没合上眼。心里想道：往日里，一家人都是吃娘做的饭。大姐还上学，她是没机会替娘做饭的。我盼望大姐做顿"巧巧饭"，让我也沾点光，尝尝"巧巧饭"究竟是啥味道，让我也解解馋。

正月十六日中午，我就不再吃饭了，打算留着肚子，晚上好吃顿"巧巧饭"。既然要在我家做，那就是"近水楼台先得月"，到那时候，饭在我家锅里，我就不客气了，先吃上碗"巧巧饭"，一饱口福。

一过了正月十五，学校就开学了。十六日下午一放学回来，姐姐和堂姐就拿起面瓢，先在本过道里挨家挨户去攒米了。我偷偷地跟在后面，看她们是如何攒米的。

堂姐与我姐是同龄人，又是一个班的同学。她比我年长八岁，是三大娘家的大女儿。她扎着两条又粗又长的辫子，说话粗喉咙大嗓门，走起路来一蹦一跳的，见了生人，也从不怯生，出门办事也不打怵，走门串户，未见其人已闻其声。她与我姐姐亲密无间，情投意合，攒米这个差事，交给她去办，再合适不过了，真是小菜一碟，容易得很。

在那个年代，天下太平。村里夜不闭户，路无拾遗，家家户户都是大门敞开着。一进邻居家大门，堂姐就高声喊道："五婶儿，俺来攒点儿米。"五婶急忙答道："好闺女，快进屋吧！俺给你拿米。"大姐上前递过瓢，婶子从米缸里抓把米，放在瓢里，说："坐会儿吧！"堂姐姐说："不坐啦，天不早了，俺还要到二大娘家攒米。"婶婶送出家门，姊妹俩又到二大娘家去了。就这样，她们就像出家人去化缘一样，在本过道里挨门挨户地攒米，不一会儿，没出本家过道，瓢里已经攒满了米。都是些五谷杂粮，多是高粱和玉米，还有些豆类。"这些囫囵粒子怎么去下锅做饭呢？"堂姐看着瓢里的米问道。大姐说："这样下锅，一晚上也煮不烂呀！"她们来到老井，见井西边放着个舂臼，大姐说："有办法了，我去家里拿杵头，把米捣碎，就好煮饭了。"

在舂完米之后，已是掌灯时分。母亲已做好了饭，我仍不想吃饭，只想吃姐姐们做的"巧巧饭"，姐姐要去拿柴火，我就跟了上去。

做"巧巧饭"烧的柴火是有讲究的，必须是姑娘亲自去别人家偷拿的，最好不要让人发现。若是被人发现了，人家知道是姑娘们要做"巧巧饭"用的，也不会拿怪的。在吃晚饭的时候，街上行人少，姐姐们趁着这个机会，去偷柴火正合适。她们来到村东头，在柴火垛上抽出两捆玉米秸，一人一捆，一扛起来就往家跑。在路过二大娘家的土墙时，大姐还顺手抓下一把墙头草，用来当引柴火。

做"巧巧饭"用的水也很讲究，必须用姑娘亲自去井上打的新鲜水。刚打上来的水，桶不准落地，人不能回头乱看，大姐和堂姐把水抬回家。母亲已把锅刷好，她们桶不着地，就直接倒入锅中，余下一半儿，又倒入大瓦盆里备用；又把攒来的米，倒入锅里一多半，盖上锅就可以生火做饭了。在这个时候，北邻家五大娘的堂姐，东邻二大娘家的堂姐和堂妹，一起来到我家。她们手里拿着几根苤秆和豆秸。随后还来了两位陌生姑娘，是大姐的同学，关系很亲密，家在后街。大姐把她们让到西里间，说："咱们的人已到齐了，正好是'七位仙女'，欢迎大家来我家做巧巧饭！"堂姐说："米已下锅，只等生火，大姐掌勺，我烧火，剩下的姐妹们在西里间做手工，现在就下手吧！"

我拿起豆秸看了看，又拿根苤秆问道："这有啥用？"二大娘家的堂姐一把夺过去，说："别乱动手，这是女孩子们的东西！"堂姐与我哥同龄，堂妹与我同龄，我们经常在一起玩。堂妹年龄虽小，但她心灵手巧，是其中最小的七仙女。她拿起莛秆，一会儿就做了支笔。堂姐做了杆红缨枪，另一位堂姐，做了一把锄头。大姐的同学，一位做了个算盘，另一位做了个锤头，还差两件，堂姐又做了根黑色莛秆。最后放上了根豆秸，七件手工都做好。我看了迷惑不解，不禁问道："做这些玩意儿是啥意思啊？"堂妹刚要开口，堂姐摆手说："别说，天机不可泄露啊！"堂妹把食指放在嘴上"嘘"的一声，悄声对我说："这是个秘密，不能告诉你！"我讨了个无趣，朝她做了个鬼脸，怏怏离去。

我到外间去帮堂姐烧火，风箱太重，拉不动，我只好帮着她往灶里添柴火，火越烧越旺。一会儿屋里蒸汽弥漫，大姐掀开锅，说："哎呀，水少了！"母亲听了说："加水！"大姐端起盆，"呼啦"一声全倒入锅里。又盖上锅烧了一会儿，姐又掀开锅，她大声惊呼："糟糕，又太稀了！"母亲在东里间喊道："再加米！"姐又把瓢里剩下的米"唰"的一声全倒入锅里，大姐说："快添柴火，把火烧旺！"堂姐用力"咕咚，咕嗒"地拉着风箱，我不断地往灶里添柴火，火苗伸出来舔着锅沿，又过了半小时，母亲在里间闻到了糊味儿，高声喊道："饭糊了，赶快停火！"大姐掀开锅，糊气味在屋里弥漫开来，她拿起勺子，舀起一点儿饭，尝了尝说："坏啦，怎的饭糊了，米还夹生，怎么办？"母亲说："在饭里插上几根葱叶，盖上锅，再焖它半个小时。"

夜深了，哥哥写完了作业，与弟弟妹妹们都在东里间睡觉了。西里间七位姑娘还在叽叽喳喳地吵个不停，就像喜鹊窝被戳了一杆子一样热闹。母亲把七个大碗放在锅台上，每只碗里放进一件用莛秆插的手工玩意儿，再舀满饭碗，一一端入西里间。大姐把油灯吹灭后，让大家各人摸上一大碗，再把灯点上，才开始吃饭。我的眼皮已发紧，口里流涎，还不住地打哈欠。母亲催我说："还不赶紧去睡觉！"我说："我想尝尝'巧巧饭'行吗？"母亲说："你是个小子，去跟女孩子们掺和啥？"我听了，心里觉得不好意思的，就饿着肚子去南屋睡觉了。

第二天，天刚放亮，我就饿醒了。见院子里晒着床湿褥子，也不知是谁在上面画了张大地图。进了北屋，见母亲和大姐刷锅、洗碗。西里间静悄悄的，我问道："人呢？""都走啦。"姐姐答道。我又问道："巧巧饭呢?"大姐又回答:"都喝光啦,只剩下这块锅巴。"我抓起盆里一小块锅巴,"嘎嘣嘎嘣"地嚼了起来,感到嘴里有股糊气味儿,还带有苦味。心想:这难道就是我忍饥挨饿,盼了一天的"巧巧饭"吗?这明明是笨笨饭,苦苦饭!母亲从没做出这种糊锅饭。奇怪得很,这些仙女们,怎么能咽下去这么一大锅糊气饭?而且还吃得精光,喝得太多了还尿了炕,俺娘啊,这真是不可思议!我当时找不出答案。

而今我与老伴儿回忆起当年做"巧巧饭"的往事,我问她:"你小时候做过'巧巧饭'吗?"她答道:"当然做过,还是在俺娘家里做的。"我又问道:"为何叫'巧巧饭'呢?"她答道:"七数为巧,恰巧七个姑娘做的饭,不就是'巧巧饭'吗?"我又问道:"怎么还有这么多讲究?"她答道:"这是上辈子传下来的,增加些神秘感,才让人虔诚。"我又问道:"为什么在饭里还要放七件东西?"她答道:"这可以预测姑娘未来的婚姻和命运。如果谁吃到支笔,将来找的丈夫可能是位教书先生;若谁吃杆枪,就可能找个当兵的;若谁吃到个锄,就可能找个下庄户地的;若是吃到个锤头,就可能找个当工人的;若是吃到个算盘,可能找个账先生。"我又问道:"若是吃着豆秸或黑色的莲秆呢?"她答道:"吃个豆秸,找个秀才;黑莲秆代表根碾管心,可能找个黑脸大汉。"我又问道:"你当年吃到的是什么?"她说:"这还用问吗?"我问道:"能有那么灵吗?"她说:"心诚则灵!"我又问道:"当年我只不过是个穷书生,你怎么能相中我呢?"她说:"这是天意,人没有不犯错误的!上天让我来监督你,让你少犯错误!""你认命吗?当时你不担心我上了大学以后会变心的吗?"我又问道。她想了想,答道:"我相信人有命运,命运也会改变的,虽然说知识能改变人的命运,但是不一定能改变人的良心,咱们从小是青梅竹马,又是同学,咱又在农村同甘共苦过,是知己知心的。"我说:"真是的,我这个倒霉蛋,今生遇到你这么个厉害媳妇,也算是很有福气的,我就认命吧!"

听到老伴儿的一席话,我恍然大悟。一碗"巧巧饭"是如此的神奇,当年做"巧巧饭"的"七仙女"们,是否还能回味起那碗饭的味道?我相信,做"巧巧饭"的记忆是终生难忘的。它寄托着"七仙女"们的心愿和对未来美好的憧憬……

放风筝

　　春天是个多风的季节。二月里刮春风，又大，又猛，可谓寒风料峭。不过，一到了阳春三月，风儿就变得柔和了。春光明媚，天气转暖，清明节来临，孩子们放风筝的时候到了。

　　父亲和哥哥在南园子里忙着挖坑，埋柱子，扎秋千；母亲和姐姐在家里擀饼，煮鸡蛋，熬高粱米饭；我和弟弟也忙着扎风筝。虽然家里的日子过得紧紧巴巴的，但是为了让孩子们快快乐乐地过清明节，大人们总是忙里偷闲，宁肯自己辛苦，也要让孩子们感到家庭的温馨和幸福。

　　在那时候，集市里摆满了各种各样的风筝，有老鹰、仙鹤、燕子、蝴蝶、蜻蜓、金鱼、鲤鱼及各种人物等，且绘画精致，色彩艳丽，栩栩如生。虽然价廉物美，但是庄户人家是舍不得花钱去买的，只好自己动手扎风筝。

　　扎风筝是一种讲究技巧的手工活，不是人人都会扎的。我从小是跟哥哥学的，哥哥心灵手巧，扎的风筝精致，独具匠心，扎出的风筝，既受看，又好放飞。我的父辈们大都是能工巧匠，哥哥的天赋是来自父母的遗传，非后天功力能及，我从小拙笨，仅学得一点皮毛而已。

扎风筝，要先做好骨架，风筝骨架是用竹篾子扎成的。先把竹竿劈成竹篾子，粗细要均匀一致，再用小刀刮得十分光滑。若没有竹竿，就用破竹笆，拆下数根旧笆齿，劈成竹篾子，若没有破竹笆，也可以用旧竹帘，拆下数根竹篾子，不过这种竹篾子太细、太软，扎的骨架不坚挺，易变形，不易放飞，因此，扎风筝骨架是关键，用料是很讲究的，自己扎风筝是就地取材，因陋就简，只好将就着用了。

扎鱼、鸟以及人物风筝的骨架，用料多，结构较为复杂，不容易扎成，扎"八卦"和"田"字形风筝，用料少，结构简单，扎起来就容易多了。"田"字形风筝，先扎个正方形，再扎个"十"字，然后把十字骨架摆上去，绑在正方形骨架上，就成了"田"字形风筝。八卦是先扎两个同样大小的正方形，交错成八个角，摞在一起，绑牢，然后把十字形骨架绑在中间摞出的方形骨架就成了。世上的事情总是："看起来容易，做起来难。"虽然"田"字形风筝最简单，也容易扎，但是扎好却非易事。越简单的事，越不省心、省力，要求标准更高。八卦和"田"字形风筝，都是自己扎的，复杂的风筝多数是由专业艺人扎成的。

骨架扎好了，即可糊上风筝纸，一般是用又薄又结实的毛头纸或宣纸，若买不起这么好的纸，用废报纸亦可，不过报纸太厚，又脆，容易破；油光纸又薄又脆，亦非合适的选择。为了省钱我们只好选用废报纸来糊。先打好浆糊，以小麦面最好，也可以用地瓜干面或玉米面代替，这种浆糊不粘，糊得不够牢固，而且不美观。风筝纸不宜糊得太紧，若太紧了，纸容易干裂，还会使风筝发生变形。糊完风筝，放阴凉处，慢慢晾干，不宜暴晒。待晾干后，再用彩笔画上八卦图案，在中心画上太极图，再晾干后，拴上脚线和飘摇，就算大功告成了。

扎风筝需要好几道工序，每道工序都关系到风筝的质量，细节决定成败，因此，在操作时要求十分严格。要做好每道工序，尤其是扎骨架，一定要绑紧，否则骨架就会松散，一般需要两个人来完成。小时候，是哥哥用线绑，我当助手。和弟弟一起扎风筝，我绑骨架，他当助手，就这样兄传弟，扎风筝的手艺就传下来了，成为老家的一种传统手艺。

扎好了风筝，找出放风筝的拐子和线，就算是万事俱备，只欠东风了。农谚道：“清明难得晴，谷雨难得雨。”雨天是绝对不能放风筝的，清明时节，总是雨纷纷的，因此一过了清明，就不宜放风筝了。只有在清明节前两天，最适合放风筝，若没有风，风筝飞不起来，风太大，风筝也飞不稳，容易被大风刮跑，微风最适合放风筝。在放风筝之前，先抓把土，往空中一扬，辨别一下风向如何。风筝是逆风而上的，因此，放风筝者，必须牵着线迎风跑，才能放起风筝。每逢下午五点钟，学生们放学了，就聚在南崖头上一起放风筝，有的风筝飞得又高又远，已飞过圩子墙，飞到南园子上空；有的越过南屋顶，飞到我家后院上空。我期待着哥哥放学回家，带我一起去放风筝，我的心早已飞向蓝天。

激动人心的时刻终于来到了。哥哥一放下书包，我就拿着风筝一起跑到麦田里。在这时候，麦苗才开始返青，还不怕踩，地里也没有许多电线杆，地头上也没有栽树，不用担心风筝被障碍物挂住。

哥哥举起风筝，我牵着线，他大喊一声，“快跑!”我迎着风，拽紧线向后跑，只听“呼”的一声，风筝就飞上天空，我就一边跑一边放线，风筝越飞越高，与哥哥放八卦风筝，既轻松又愉快，那真是一种享受。我仰起头，噘着嘴，望着蓝天上的风筝，手舞足蹈，这是我们亲手扎的风筝，放飞了我们童年的梦想。

我和弟弟们扎的风筝，远比不上哥哥扎得好，放飞得也不尽人意，尤其是我和小弟弟扎的风筝，尽管我们费了九牛二虎之力，鞋子也跑破了，还是放不起来，我们称这种风筝为“跑破鞋风筝”。可想而知，放它是很费劲的，小弟弟牵着它，在麦地里不住地跑，它就像一头犟牛一样，与人较劲，总不肯走正道。一旦飞起来，就不停地打转，就像纺车一样，纺起了棉花，然后一头扎下来。我们以为是飘摇太轻，就拔棵麦蒿，拴在飘摇上，又太重了，更飞不起来。经过几番折腾，风筝就被弄破了。回家再用浆糊粘，实在没指望了，只好拆了重新扎。经过几次失败与教训，我们开始动脑筋想办法，找出失败的原因。主要是我把扎“田”字风筝看得太简单了。骨架没扎好，若骨架不正，就很难达到平衡；若拴得脚线角度过大或过小，兜不住风，风筝就飞不起来。扎风筝，不仅使我练习做手工，还使我悟出来个道理：世上看似简单的事，却最难做好，就像练步伐一样，尽管我们走了一辈子的路，也不一定能练出好步伐。

风筝年年扎，年年放，过清明放风筝的习俗代代相传。上世纪 80 年代初，我和女儿把自己扎的风筝，放飞到黄河上空；后来潍坊风筝不仅跨越了黄河，还放飞到五洲四海；每年 4 月份，都在潍坊举办国际风筝节，吸引了千千万万的国际友人，不远万里，来潍坊参加放风筝比赛。

银线连四海，风筝传友谊。意想不到的是：我赠送老乡的潍坊风筝，漂洋过海，飞到了华盛顿，还为那位海外游子，找到了失散了 60 多年的亲戚。

1987 年春天，全省放射学术会议在潍坊召开。国内的放射界部分专家教授，也应邀来潍坊进行学术交流。记得有一天中午，中华放射学杂志陈总编辑找到我，说："我有位同事，老家在潍坊，叫高恩荣，她托我给她买点儿潍坊特产带回北京，她将要去美国看望一位亲戚，也是个潍坊人。"我满口答应，说："行、行、行，这儿也是我老家，当地的风土人情我都熟悉。这事好办，你就放心吧！"吃罢午饭，我立即骑上自行车，赶到伯父家中，说明来意。伯父是潍坊市工艺美术研究所的老艺人，是从事篆刻和风筝工艺研究的。他沉思了一下，说："咱们到门市部买个风筝，不就得了吗？"我说："好，这样又有纪念意义，又便于携带，再合适不过了！"

在门市部里，柜台上摆放着各种工艺品，琳琅满目，墙上挂满了潍坊风筝，鱼、鸟、人物的各种风筝应有尽有。伯父拿起一个仙鹤童子风筝，说："这个风筝很吉祥，价格也合适。"我看了标价是人民币 35 元。我拿起风筝，掂量了一下，仔细地看了看，风筝十分精致，装在古香古色的盒子里，也便于携带，是件称心如意的礼品。当时，我每月工资仅有 40 元，我是舍不得花钱给女儿买这么昂贵的风筝的。我当即付了款，然后小心翼翼地带回了宾馆。陈总编辑接过风筝，看了看，说："谢谢你，这个风筝太好了，很有纪念意义，我给你钱。"我急忙推辞说："陈老师，您是我最尊敬的老师，多年来您热心帮助我搞学术，我却没机会报答师恩，您的同事和她的亲戚都是我的老乡，如今送给老乡个风筝，一是看您的面子，二是让他不忘乡情。我们潍坊人是讲义气，重感情的，我若是收了您的钱，咱还有什么师生情谊可言呢？尽管你操了心费了力，老乡也不感这份乡情的。"她再三礼让，我坚持不收钱，她也只好作罢。

时隔不久，老乡高恩荣与其亲戚相继来信致谢，其亲戚从华盛顿来信说：他叫张树武，是潍坊市东关人，是位建筑工程师，现居华盛顿。他有位姑母，嫁到了城南庄家村，姑父叫庄俊伟。自1948年，张就去了美国，与姑母家一直失联，迄今已六十多年没通音信，他已七十多岁，十分想念姑母一家，问我是否与姑父家是同村的，求我回老家时，帮他打听一下，若打听到了就回信告之于他，以便及时与亲人联系。

小时候，我就听街坊庄俊华四爷爷说过，他的大哥叫庄俊伟，早年离开家乡，现在邯郸定居。为打听庄俊伟的详细地址，我专程回了趟老家。父亲告诉我："我认识张树武，他是庄俊伟的内侄子，二战后，曾在潍坊飞机场工作，当时去青岛的铁路一度交通中断。我曾找他代买过一次去青岛的飞机票。后来，一解放潍县，他就随美国人去了美国。如今庄俊华已去世，可能他的家属及子女们，还能知道庄俊伟的下落，你可以到他家中打听一下。"并再三叮嘱我："这是件行善积德的大事，你要把它作为自家的事去尽力办好啊！"

四爷爷庄俊华的家，离我家不远，仅隔着一条大街。四奶奶还健在，她也不知道其大伯庄俊伟的详细地址。后来，她打发儿子来告知庄俊伟的家庭详细地址，据悉两位老人都还健在。

我立即写信给庄俊伟和张树武，并写明两人的通讯地址，让他们通信联系，后来他们分别来信说，已按我提供的通讯地址联系上了，我才放下心，在一年之后，张树武终于回国与姑母一家团聚，后来他们曾多次给我来信致谢，要亲自到滨州来看我，还打算帮助我去美国留学。我婉言谢绝了。我想，本来我送他个风筝，又帮他找到失散多年的亲戚是助人为乐，是无条件的，是义不容辞的，如今怎么能一改初衷，见利忘义呢？

当时我真想不到，我送给他那个小小的潍坊风筝，竟然引出了这么一个悲欢离合的故事，我扪心自问：这难道是个缘分吗？若没有我童年放风筝的因，还有今天以风筝来结缘的果吗？当年伯父帮我挑选的那个仙鹤童子，真是吉祥，它就像潍坊老家派出的一位友好使者，漂洋过海，不负使命，引领那位年近古稀的海外游子，终于找到了回乡之路，他迫不及待地登上飞机，飞越太平洋，回国与亲人团聚。虽然我没能亲眼目睹他们久别重逢的动人情景，但我相信，我们都是炎黄子孙，同根同祖，一脉相承，血浓于水，骨肉相连，中华民族的亲情和乡情，是永远割不断的。

我爱故乡的蓝天和大平原，更喜欢潍坊风筝。它不仅放飞了我童年的梦想，还时刻牵着游子们的心。如今它已成为风向标，也好像飘在蓝天上的一朵朵彩云，带着我们的思乡梦，引领我们回归故乡的精神家园。

（2018 年散文《放风筝》荣获"中国文艺名家台湾艺术之旅暨海峡两岸文化艺术交流高峰论坛"特等奖）

打秋千

过清明，放风筝是男孩们的强项，而打秋千则是女孩们的强项。秋千一悠荡，南园子便成了女孩子们的天下。姐姐邀来邻居堂姐妹及她的同窗好友，南园子打破了往日的寂静，一下子就热闹起来了。南园子挤满了女孩，成了名副其实的"女儿国"。姐姐自然就成了她们的国王，都尊重她，真心实意地拥护她，听从她的指挥。她大胆泼辣，热情好客，诚恳待人，助人为乐，因此，她很具有人格魅力。大家都喜欢找她玩。她当仁不让，开始发号施令，维持好秩序，保障大家的生命安全，共同分享打秋千的快乐。

南园子的桃花开了，一群蝴蝶在花间翩翩起舞，桃花映红了少女们的笑脸。她们都扎着两条小辫，辫梢上系着个蝴蝶结，打扮得利利索索的。虽然都没有好看的衣裳穿，但朴素整洁也是一种自然美。不施铅华，不涂脂抹粉，素面朝天，天生丽质，这是当时姑娘们的真实写照。她们围着秋千，嘻嘻哈哈地闹着，争先恐后地抢着打秋千。大姐让她们自觉地排好队，轮流打秋千。一树桃花，一群蝴蝶，一群少女，相互辉映，光彩照人。南园子里充满了生机与活力，恰巧展现出一幅清明打秋千图。它的构图巧妙，色彩搭配合理，诗情画意浓，与众不同的是，这幅画卷展现的是纯天然的动态之美，让人看了那是一种美的享受。

打秋千，最能展现出少女们的青春魅力。当年我还是个不懂事的小屁孩，姐姐已是楚楚动人的少女了。她不仅喜欢唱歌，跳舞，还爱打秋千。我从小就跟着她玩儿，就像个跟屁虫一样，与她形影不离。她精心地照料着我，哄着我玩儿。我喜欢撒泼、耍赖，搞点恶作剧，她总是宽容我。她打秋千我也去掺和，甚至去乱搅和，让她无可奈何，她先把我抱上秋千，让我抓住绳子，然后轻轻地悠荡一会儿，让我过过瘾；再让我坐在一边，看她打秋千，我很喜欢看她打秋千。

　　姐姐打秋千，相当出色。与众不同的是，她在打秋千的时候，先脱掉棉衣、棉裤和鞋子。当时连件毛衣也没有，只好穿件秋衣、秋裤或花布衫和袜子。她抓住秋千绳子，向后倒两步，引体向上一蹿，双脚就踩在秋千板上。再用力向前一蹬而就，秋千就悠荡起来。在秋千往回荡的时候，她就把膝关节略微弯曲，向前弯腰下蹲呈弓状，这样就形成一种张力，然后腰腿一伸直，用力一蹬，秋千板就引体向上了。这样的动作连续三至五下，就把秋千荡平口了。秋千荡来荡去，越荡越高，她如同只蝴蝶一样在空中飞来飞去，脸上泛起了红云，就像刚抹上了层胭脂一样好看。黑头发也飘了起来，辫梢系着的蝴蝶结也随之飞舞着。我在地上为她鼓掌、喝彩、加油。她笑了，笑得非常灿烂，腮上笑出了两个酒窝窝。当时在我眼里，大姐是南园子里最美丽的姑娘。蹴罢秋千，大姐的衣衫已经被汗湿透。她气喘吁吁地跳下秋千，就像一只矫健的燕子，轻轻地落在地上。秋千板向前一荡，她又抓住绳子，稳住秋千，防止它伤人。

　　大姐不仅擅长单打秋千，还经常与姐妹们进行双打，那就更精彩了。两个少女面对面，同时踩在秋千板上，紧密配合，轮流使劲。秋千板向前后摆动，一蹬而就，就荡起来了。秋千架被压得吱吱作响，我在地上惊呼起来，逗得姑娘们"咯儿咯儿"地笑了起来。银铃般的笑声惹得墙外小伙子心里发痒，他们想偷看一下，刚一露头，就被姑娘们的喊声吓得缩回去了。"今天是三月三女儿节，又是过神仙的日子。臭小子滚一边，不要亵渎神灵，神女是不容侵犯的，否则老姑对你就不客气了。"

　　大家闺秀打秋千，风情万种，在李清照的笔下已描写得淋漓尽致。她在一首词《点绛唇》里写道："蹴罢秋千，起来慵整纤纤手。露浓花瘦，薄汗轻衣透。见客人来，袜划金钗溜。和羞走，倚门回首，却把青梅嗅。"真把打秋千的千金小姐写活了。小家碧玉打秋千，也不逊色。她们清纯、率真、大胆泼辣，还带点儿野性。她们敢于张扬母爱情怀，勇敢地追求自由幸福和快乐，维护女权独立和尊严，与封建时代女性含蓄情怀形成了鲜明的对比。这难道不是现代女性的至善至美吗？

　　记得有一天下午，姐姐们正在打秋千。我溜进南园子缠着大姐与我打秋千，大姐说："你太小，秋千打高了会有危险，你就会害怕的。"我坚持要打，说："有大姐在，俺怕啥？"大姐说："好吧，咱试试看，不行快喊停。"她让我坐在秋千板上，抓牢秋千绳。她抓住绳子，纵身往上一蹿，糟糕，膝盖磕在秋千板上，她"哎呦"一声，然后她把辫子一甩，用牙咬住，又纵身往上一蹿，一蹴而就，两脚正巧踩在我两边露出的秋千板上。她不敢用力打秋千，还没有打得很高，我就喊停了。她安慰我："抓牢绳子，闭上眼睛，你是男子汉，勇敢些，秋千停稳了，咱们就下去。"下了秋千，堂姐上前接着我，又刮我鼻子，又刮脸，问道："咦，还是个男子汉呢，羞不羞？"我耳根发热，低头不语，再也不敢逞能了。后来我发现姐姐的膝盖碰得发青，都是我惹的祸，我心里好疼的，也很后悔。姐姐疼我，我也应该疼她，这才是姐弟情深。大姐那颗赤诚的心，也感动了我，这才是大姐的大美之处，相形之下我自惭形秽。

"春达寒食六十日。"自立春到清明整两个月。除了过春节和正月十五"闹元宵"之外，清明节也算是春天的一个重要节日，与其他节日不同之处是，对大人来说，这并非是个快乐的节日，而是一个痛苦的节日，是个举国悲痛，祭祀逝世亲人的日子。这几天，大人们都要忙着去扫墓、上坟，缅怀祖上的恩典。自春秋以来，晋国的先民们就把寒食作为介子推的纪念日，举国上下禁生烟火，只吃冷食，以表示对先贤的敬意。唐代诗人杜牧，曾在诗里写道："清明时节雨纷纷，路上行人欲断魂……"老天都在悲哭落泪，去上坟扫墓的行人失魂落魄、含悲忧伤的样子，不正是对那个时代先民的真实写照吗？千百年来，过清明的习俗流传至今。小孩不知愁滋味，只知道过清明，放风筝、打秋千，尽享幸福快乐，却不知大人们沉痛心情，相形之下，倍感父母的仁慈之心和宽容的胸怀。他们强忍内心的悲痛，也要让儿女们快快乐乐过好每一天。这才是人间的大爱。大爱总是无私的，因此它才经得住历史的考验，成为世间的永恒。

过清明，男孩们放风筝。放飞了童年的梦想，把生活的烦恼早已抛到九霄云外；而女孩们对秋千则情有独钟，这究竟是怎么一回事呢？

上溯到六百多年前，我们祖先还是巴蜀之人。明洪武二年，他被官府抓去，强行移民，押解到山东潍县，在城南庄家落了户，让巴蜀农耕文明，世代薪火相传，也融入了齐鲁文化，形成了独特的风土人情。三月三，过神仙，是王母娘娘的生日。三月三还是古代的女儿节。过女儿节，大人们就让女孩们打秋千，秋千在空中荡来荡去，如同仙女们在空中腾云驾雾，好不令人快活。高大的转秋千更为过瘾，女孩们抓住秋千绳，一转动起来就像仙女飞天一样，腾空飞舞，女孩们感到自己也飘飘欲仙了。打秋千，打出了女孩们飞天的梦想。

我真奇怪，三月三，打秋千，不知为何不叫打春千，而叫做打秋千，你能猜得出这个千古之谜吗？

跳　绳

跳绳是国内小学生的一种传统的体育运动项目，在小学体育课里，还作为一项体育考核内容。

跳绳用具十分简单，只需一根小绳或半截绳子头就足够了。当时，我用的跳绳是就地取材，从家里随便拿根麻绳就行。现在市场上有卖的小学生专用跳绳，是用线编成的，还带有各色花纹，两头还带着木把，样子美观，使用方便，并且符合体育用具标准，已成为小学生必备的体育活动用具。

跳绳不需要很大的活动场地，无论在室内或室外，只要能抡开绳子即可进行。在活动空间里没有障碍物，随时随地都能跳绳。因此，在儿时，跳绳就非常流行，至今儿童们及青少年们仍继续在跳绳。不论男孩和女孩，都可以跳绳。当然，女孩比较灵巧，跳出的花样多，姿态优美，更具有优势。它既简便，又安全，绝大多数女孩从小就喜欢跳绳，上了小学女生们跳绳更出彩，也能藉以展现个人的才艺。

跳绳是一门技巧，它的花样多多。可以单人跳，可以双人跳，也可以多人同在一根大绳里跳。单人跳绳最随意，不受任何限制，比较自由，更能发掘个人的优势。可以单腿跳，双腿跳，走着跳，原地跳，正着跳，反着跳。双手交叉，绳子呈麻花状，作为一种花样跳，这种难度较大，非常技巧。双人跳，较受限制，必须两人同步，紧密配合，才能成功。多人跳，必须由两个人来抡动一根又粗又长的大绳，是在学校里举行拔河比赛用的大粗绳。一般利用赛前或赛后的时间，由两位男生，各自抓住大绳的两端，抡动大绳，可正转，也可反转，必须两人动作一致。其他同学按顺序进入，可以单人跳、双人跳、多人跳，并可以一边跳，一边唱，一边手舞足蹈，场面非常热闹。

儿时的我初次跳绳，几乎是随便乱蹦乱跳，根本不懂跳绳规矩，更不会运用技巧，基本是野路子。上了小学，老师教，同学们相互交流学习，才得以纠正，走上正路，并掌握了一定技巧。技巧是可以练出来的，虽然勤能补拙，熟能生巧，但是跳绳也是很有艺术性的，如同杂技和舞蹈一样，必须具有艺术天赋。天赋是天生的，不是练出来的。我天生笨拙，脑子总不开窍。无论怎么刻苦努力地跳绳，就是跳不好。不过我喜欢欣赏，因为跳绳具有舞蹈美，也是一种动态之美，很能展现学生们的青春魅力，所以它具有很强的吸引力。欣赏跳绳也是一种艺术享受。

在上小学六年级的时候，我的同桌是位女生。她是班里年龄最小的一位同学，我比她年长一岁。她性情温柔，是位典型的淑女。虽然我们同窗六年，以前可以说是青梅竹马、两小无猜，但不知怎么的，到了小学六年级，我们男女生思想一下子就变得封建起来，彼此之间陌生了。在桌子上还要划上一条"三八"线，谁也不准越过这条线。男女生不敢当着别人交谈，否则就会遭到非议。只好各自埋头学习，只有在班里组织活动时，才有机会交流一下，纯粹是同学之谊。

曾记得有一天上体育课，班里要举行跳绳比赛，我的同桌穿着一条非常漂亮的花裙子，裙子是紫红色的，有白色方格，镶着白色花边，当时是条非常流行的连衣裙，是她父亲从青岛买来的。她平常舍不得穿，只有在过节或有重要活动时，才偶尔取出来穿一下。后来在照毕业像时，女同学们都借她这条裙子，各人照了一份毕业证件像。可见当时这条裙子在女生心目中的分量。

常言道："人是衣裳马是鞍。"那天，她穿上这件连衣裙，显得特别精神，也特别显眼，成为女生们的亮点，大家都投以羡慕的目光。比赛开始后，她抓着小绳闪亮登场。她抡起小绳，一分钟跳了七十多下，而且还带着花样，这根普通的绳子好像是根魔杖，使这位淑女也疯狂了。她轻轻地抡着绳，雨点般地打在地上，发出"叭叭"的响声。她轻轻踮动脚尖，就像蜻蜓点水一样轻盈。两足尖交替着，原地跳动着，又好像是有节奏地拨动着一根琴弦。全身的动作十分敏捷而又协调，两条又粗又黑的辫子上还扎着两个白色的蝴蝶结在胸前飞舞着。她不像是在跳绳，而好像是在跳芭蕾舞，优美的舞姿，怎一个"美"字了得呢？这是我第一次关注自己的同桌，是个非常优秀的女生。她不仅温柔善良，还心灵手巧，学习也很优秀。

我从此不敢小瞧她，而且开始欣赏她，尊重她。最后比赛结果，她在班里荣获跳绳冠军。观赏她的跳绳真是一种美的艺术享受，给我留下了极其难忘的印象。后来，这位同桌和我一起上了中学，毕业后又一起回乡务农，成了我的初恋情人，现在是我的老伴儿。至今我还经常回忆起当年她跳绳比赛的情景，半个多世纪过去了，我仍记忆犹新。

跳绳很有趣，更有趣的是当年同桌的纯洁友谊，给我留下了美好的回忆。

踢毽子

近些年，当你去公园晨练或散步时，常遇到一群中青年人围成圈踢毽子。说不定突然一只毽子朝你飞来，如果你也会踢，就会情不自禁地飞起一脚，"叭"的一声，把毽子踢给对方，立刻引起众人一阵喝彩声。

踢毽子，既是一种游戏，又是一项传统体育运动项目。它在我的老家潍坊非常流行，大人小孩、男孩女孩差不多都会踢，女子更胜一筹，是天生踢毽子的健儿。近年踢毽子越来越成为深受中青年青睐的健身娱乐项目。

毽子的制作工艺十分简单，只需两枚青钱、几根鸡毛而已。把鸡毛用布包起根部，捆结实，然后插入钱眼内，再用针线固定即可。鸡毛要选色彩艳丽的鸡翅或鸡尾毛，由于鸡的品种不同，做成的毽子可谓五彩缤纷。有道是"有钱能使鬼推磨"，"孔方兄"又显神通，能使鸡毛飞起来。不过这回可是冤枉了"孔方兄"，它只充当挨"踢"的主儿，却让踢它的人获得健康和快乐。

毽子形象美观，小巧玲珑，便于携带。装在衣兜里，随时掏出来踢一踢，灵活而随意。其用武之地也很广阔，室内、庭院、大街小巷、公园广场都可以玩。可以单人踢，可以双人踢，还可以多人踢——大家围成圈，轮流交叉踢来踢去，场面何其热闹！个人踢毽子，花样繁多，可单脚踢，也可双脚互相交换着踢；可以正踢，也可以转身反踢或侧身踢。脚一踢，鞋子与铜钱相撞，发出"叭、叭"的响声，清脆悦耳，富有节奏感和音乐感。降落时，羽毛形成一定的阻力，降落缓慢，腾空的毽子像小鸟一般在空中飞来飞去地穿梭。除了打秋千、跳绳，踢毽子最能展现少女们的青春魅力。她们眼尖反应快，体态轻盈，动作敏捷，踢毽子具有天然优势。每每看到，正值豆蔻年华的踢毽女孩旋转腾跃，顾盼生辉，毽子与辫子齐飞，花羽与花裙同色，任何画家如实描摹下此情此景，就是一幅人间最美的画图！

你看过舞蹈《丝路花雨》吗？英娘一边翩翩起舞，一边弹着琵琶，琵琶声声，勾魂摄魄；突然一个鹞子翻身，她将琵琶倒立起来，纤纤玉指在弦上轻轻一拨，一手反弹琵琶的绝技弹出了她飞天的梦想。就这样，她飞入了敦煌壁画里，成为丝绸之路上流传千古的佳话。在南园子里，姐姐和她的同学们也做起了飞天梦，她们不仅能用秋千荡出飞天的高度，还用毽子踢出了飞天的梦想。她们脚穿绣花鞋，上面绣着花草、小虫，毽子像小鸟，总想啄上面的小虫。她们不停地踢，那只鸟就不停地啄。大姐不耐烦了，用力一踢，一下把小鸟踢得老高，小鸟仍不死心，又朝她头上的蝴蝶结扑来。说时迟，那时快，她把头一闪，突然张开双臂，鹞子翻身之后紧接金鸡独立，另一条腿迅速抬起，用足跟"叭"的一声，把小鸟再次踢飞。这便是"雏鹰展翅"。"反踢"毽子，也可以说是我们的《南园子花雨》吧！

我非常敬佩广场上和公园里踢毽子的中青年人，无论酷暑严寒，她们仍在坚持踢毽子。尽管毽子早已淡出现代文明生活，但是她们却仍在顽强地坚守着这块边缘阵地，试图把踢毽子这项传统的体育运动项目长期保留下来，并传承下去，防止失传。

踢毽子很有趣，而且很美，但愿我们能踢掉生活的烦恼，踢出飞天的梦想。

拾拨构

小时候，我在村头的碾盘上，水磨盘上，大街及小巷门前的石墩上，都经常看见两个小女孩在玩一些小沙袋。一般是五个小沙袋，约有枣子大小，她把这些小沙袋往光滑的石面上一撒，就散开了。然后拾起其中一个，轻轻地向上一抛，不等它落下来，又迅速拾起其中一个，再去接住落下来的那个小沙袋。第二次拾两个，第三次拾三个，就这样反复地抛，反复地拾，直到把五个沙袋，全部一起拾到手。小手的动作十分娴熟，不知道的还以为她是在玩魔术，其实两个女孩正在轮流玩拾拨构哩！明明是在玩小沙袋，怎么称作是"拾拨构"呢？这究竟有何来历呢？

"拾拨构"是潍县老家的方言土语，人们常常把碎瓷片、碎瓦块、碎石子等统称"拨构瓦碴"，有时就干脆省略，就称为"拨构儿"，这些在大人眼里一文不值的破烂东西，常被倒入垃圾堆里。然而不久却又被小孩捡了回来，并且装在衣兜里当宝贝玩。久而久之，把衣兜就磨破了，手也被划破。一旦被大人发现，就又给扔掉了，不允许再玩了。小孩的心理就是如此不可理喻，越是大人不让玩的东西，就越喜欢玩。怎么办？再去捡回来，偷着玩。碎瓷片易扎手，就捡些五颜六色的碎石头，最好是沙子里的小鹅卵石，光滑不扎手；还有虞河里出的一种小蛤蜊贝壳；还有杏核、桃核；都是男孩喜欢玩的东西。女孩们就缝些小沙袋，这些小玩意儿仍然通称为"拨构儿"，因此女孩玩小沙袋，还习惯叫"拾拨构儿"。这也许就是拾拨构的来历吧。现已被生活淘汰，名字的由来也无从考证了。

儿时的我，也曾经玩过"拾拨构儿"，是姐姐教我的，她的手巧，适合玩这玩意儿，我手拙就不太喜欢玩"拾拨构儿"。经常与哥哥、弟弟玩蛤蜊、杏核儿，我们叫做"拨蛤蜊""拨杏核"。在地上挖个小坑，用食指在其一侧用力一拨，"蛤蜊"就被弹入坑内，拨"杏核儿"也是如此拨法，觉得很好玩。

上了小学，班里的女生们大都会"拾拨构儿"，并且玩得很火。一下课，就从衣兜里掏出来，在桌子上玩一会儿。一上课就赶紧收起来。记得有位女生，课间活动"拾拨构儿"还没来得及收拾起来就被老师没收了。真是的，当时老师不了解那位女生的真实情况，使这位女生的自尊心受到了严重的伤害。她竟然在一怒之下，扛起凳子就回家了，结果小学没毕业就辍学了。从此这位女生郁郁寡欢，非常自卑，直到出嫁时，人们都没见过她有个笑模样。后来，我才得知，她父母重男轻女，本来就不愿意她上学，只让她弟弟上学，她很郁闷，又受到老师的批评，她失望了。

本来拾拨构儿是种简单而又重复的动作，让别人看来相当枯燥的游戏，道具仅有五个不起眼的小沙袋，玩的规则也十分简单，如果中途没有按规定拾起相应的拨构儿数量，或在拾的过程中碰了不需要拾的拨构儿，就算失败，再由下一个女生来拾，若遇到个手拙的女生在拾拨构儿，我在一旁看了真替她着急，看了一眼就想离开，是耐不住心烦了。

我的同桌是位"拾拨构儿"的能手。她十分娴熟，小手非常灵巧，她就像位魔术师一样神出鬼没，让人感到惊奇。她那纤纤玉指如同带有磁性，还没看到指头碰到桌子上的拨构儿，就一个个地吸在手心里了。动作极其敏捷，迅速，准确，一会儿桌子上的拨构儿就一一被拾到了手。接着向桌面上一撒，五个拨构儿均匀散开，又从头开始拾起……真让人目不暇接，把我也惊得目瞪口呆，至今也找不出合适的词来形容她，怎一个"好"字了得？不过，后来她做了裁缝，做出的衣服，巧夺天工，深受人们的喜爱，我想她如此心灵手巧，是否与小时候"拾拨构儿"的经历有关？但我相信，"拾拨构儿"能使人眼明手快。勤能补拙，熟能生巧，灵巧的手是干出来的，是从小就练出来的。

当我回忆起"拾拨构儿"这段经历的时候，感慨良多，既有欢乐，也有忧伤，但还有些酸楚。这才是当时真实的生活，说实在的，这也不愧是个金色的童年。

弹料蛋

琉璃球，又叫玻璃球，俗称"料蛋"，是我在儿时经常玩的一种小玩意儿。"拾拨构儿"是女孩们玩的强项；而弹琉璃球则是男孩子们的强项。

琉璃球是人工烧制的工艺品。大的可供人观赏，小的直径约有 2 厘米，如同麻雀蛋一样大小，圆圆的、滑滑的，晶莹剔透，中心有红绿色花纹，是供小孩们玩的。个头小的称"蛋"，因为是用玻璃烧制而成的，所以称它为"料蛋"。

儿时，我玩的"料蛋"多是从收废品的货郎手中换来的。虽然它并不值钱，但是在小孩眼里可真看成是宝贝。偶尔大人开恩，在用废品换"洋针儿"时，给带上两个。装在衣兜里，没事就掏出来玩玩，有时候与小朋友们一起弹料蛋，也只是玩玩而已，但从来不敢论输赢，唯恐输掉以后就没得玩了。

在两人弹料蛋时，先在地上挖个小窝，每人掏出个料蛋，放在窝的附近。在剪刀、石头、布之后，赢者先弹。先弹者右手食指略屈成弓状，大拇指在食指中节后下方，形成一弓状，左手将个人的料蛋，放在右手拇指与食指形成的弓状窝里，蹲着或趴在地上瞄准。手上的料蛋和窝边的料蛋，与地上的小窝形成一条直线。然后把大拇指用力向前一弹，射出的料蛋击中地上的料蛋，若被击中的料蛋落入窝内，就算成功了。若击中，却没把它打入窝中，还可再击。若没击中另一料蛋，则换对方弹料蛋。一般就是这样轮流弹着玩。两人在弹之前，必须先声明，只是弹着玩，不论输赢，不做赌博，否则就会吃亏上当。

记得有一天，我与本街的一位小朋友弹料蛋。本来我们事先声明，不论输赢，只是弹着玩玩。两人弹了半天，谁也没击败对方。后来，他家来了个亲戚家的表兄，比我们年长两岁，表兄也要与我们弹一下料蛋。他掏出料蛋，"啪、啪"两下就把我们的料蛋击入窝内。突然遇此高手，一下子就把我们惊呆了。他乘机把我们的料蛋装入自己的衣兜里。我上前制止，说："我们只是弹着玩，不论输赢，你不能拿走！"他蛮横地说："哪有这规矩，不论输赢还算来弹料蛋的吗？"说着就挥动拳头，要打人，路过的大人看见了，急忙上前制止。我也事先没跟他声明一下，自知理亏，他又是个外村的，也不懂我们村的规矩，在大人的劝说下，就不欢而散了。从此我知道赌博是无情的，只认输赢，愿赌服输，不准反悔。只好远离赌博，绝不染此陋习。也罢，仅一次教训就够了，它让我长记性，日后遇有赌博行为的娱乐，我一概不去参加。

凡是有赌博行为的玩意儿，如：来宝、扇画及弹料蛋等等都有一定的诱惑力。让孩子们不知不觉地染上这种赌博陋习，影响一生。在学校，孩子的不良行为也引起了老师的关注。尽管加强教育并严格管理，但是学生们仍然暗中进行弹料蛋。后来，邻村学生发生了一起因弹料蛋误伤他人的事件，引起了学校及家长的高度重视，从此弹料蛋才被强行禁止。事情的经过是这样的：有两个小学生趴在地上面对面地弹料蛋，弹者瞄准地上的料蛋，用力一弹。糟糕！料蛋弹飞，正击中趴在对面同学的一只眼睛。结果把眼球打爆了，致使眼睛失明。谁曾料到，原来弹料蛋还存在这样大的危险性。若没有亲自经历，小孩子是不会认账的，一旦受到伤害，后悔就来不及了。

弹料蛋饶有趣味，但是也有危险性和赌博性质，那就无趣了，因此它注定要被生活淘汰的。

吹柳哨

春姑娘对杨柳情有独钟，她轻轻的一个吻，垂柳就醒来了。它伸伸懒腰，梳理着秀发，东风一吹，柔软的枝条上就发出许许多多的嫩芽，再等鹅黄的叶子一吐出，枝条的皮，就开始"离骨"，我做柳哨的时候到了。

儿时的我喜欢吹柳哨。柳哨又叫柳笛，是用柳枝上的皮做成的。呈管状，上面没做笛孔，应叫柳哨。

我折根柳枝，用力一拧，皮就松动了，这就叫"离骨"。用小刀环切一下，捏着末端，轻轻地一抽，皮就完整地脱下来，呈细管状。然后把细管远端的外皮，用刀刮掉，只留下一层薄薄的内皮，再把细管的近端切断，截成寸长，柳哨就做成了。

我把柳哨的远端放在嘴里，鼓起腮，用力一吹，就会发出"呜"的一声，把树上的鸟都惊飞了，我心里却感到美滋滋的。我给弟弟妹妹都做了一个，让他们在南园子里一吹，就引来了许多小伙伴儿。我一连做了十几个柳哨，分给他们每人一个，他们心里都乐开了花。

柳哨发出的声音十分单调，没有一点儿乐感，它毕竟不是件乐器。吹柳哨不像吹喇叭，吹唢呐，吹号那样能吹出个调，这些乐器发出的声响，有节奏，调有高低，悦耳动听，让人听了是种美的享受；而柳哨发出的声音却没有音乐的美，总不着调，就像个五音不全的人，不是在唱歌，而是直着嗓子在喊叫，所发出的声音，几乎是种噪音，让人听了，感到不太舒服。

柳哨又短又细，发出的响声越高越尖；柳哨又长又粗，发出的响声越低沉越粗壮有力。十多个柳哨，粗细长短不一，发出的响声则高低不一，有的高亢激昂，有的低沉雄壮。让十多个孩子同时一吹，就可奏成一支五音不全的交响乐了。闹出的动静，也颇具有震撼力的。

孩子们拿着柳哨，兴高采烈地跑进南屋。奶奶正坐在炕头上闭目养神，她已耳聋眼瞎，大家对着她猛地一吹，只听到"呜"的一声，奶奶惊得一哆嗦，大声问道："谁呀，闹得啥动静？吓了俺一大跳！"我急忙爬上炕头，抚摸着她的肩头，大声安慰她，说："奶奶，是我呀！对不起，让你受惊了，刚才我们在吹柳哨，别害怕！"真奇怪，天上打雷、打闪她都听不见，看不着，怎么今天能听到柳哨的响声呢？我把柳哨递给她，她摸了摸柳哨，笑着说："咦，这么个小玩意儿，在屋子里吹太肯响了，你们就到外面吹去吧！"

我们出了屋门，进了后院，大家又对着猪圈猛地一吹。惊得猪忽地爬起来，直碰圈门。它"哼、哼、哼"地叫着，好像在问："啥动静？"在圈旁边的鸡窝里，有只母鸡正在下蛋，也吓得飞出了鸡窝，落在墙头上，不停地喊着："咯哒，咯哒！"好像在对我们说："该打，该打！"小狸猫听了柳哨声，吓得爬上了树；大花狗一急，就跳过了墙。在这时候，母亲拿着笤帚疙瘩追了出来，对我厉声喊叫："你领着这么多孩子在家里作孽，惹得鸡犬不宁，还不快到外面去！"我急忙打开街门，让十多个小伙伴蜂拥而出，未出过道，大家又吹着柳哨，然后奔向街头。

俗语说："七岁八岁狗也嫌。"那时候，小伙伴们大都处在这个年龄段，在我家里闹翻了天，惹得大人心烦。我想，一个小小的柳哨，就让孩子们闹出了这么大动静，我觉得自己很有成就感。作为小孩子，就是爱闹点儿恶作剧，好让大人们注意我们的存在。否则，大人们一忙起手中的活，就会忘记孩子的存在，忽视了孩子们的感受。孩子们这么一闹腾，既开心又能引起大人的注意。这才是孩子爱闹的心理所在。其实大人们也能谅解孩子们的心情，只是忙的事情太多，有点儿心烦罢了。

柳哨是春天的进军号，我们吹着柳哨冲出了村庄，奔向一望无际的田野……

后来，我远离了故乡，来到黄河岸边。每逢清明节，在我带着女儿去黄河滩踏青的时候，我总是折根柳枝，给她做个柳哨。她吹得大堤翻柳浪，吹得黄河起浪花；我却吹出了思乡情。

如今，我成了个老顽童，六十多岁了仍然童心未泯，童趣不改，又给外孙儿做柳哨。让他吹出欢乐的童年，我却吹出了缕缕的乡愁。

踏　青

小时候，记得有一天早上，姐姐悄悄地告诉我，说："春天来啦！"我问道："在哪里？俺怎么没见呢？"她神神秘秘地说："可能藏在南园子里，你快去找找吧！"

我一走进南园子，就去问杏花，"春天在哪里？"杏花一听就乐了，还笑掉了颗门牙。桃花在一旁，骨朵着嘴，听了也偷偷地咧开了口。柳树听了，仅用柔软的柳条拂了一下我的脸蛋，就冒出了许多嫩嫩的芽。我去问爷爷，他正赶起牛车，拉着犁去东坡耕地。他听了我的话，挥了挥鞭子，指着墙外那片地说："你到坡里去找吧。"

吃了早饭，我领着弟弟要到坡里寻找春天。当路过井台时，看到辘轳架子上落着两只燕子，听它们呢喃了几句，又飞到井台上衔了口泥，就飞到二大娘家垒窝去了。我们越过圩子墙，来到麦田里，麦苗返青了，绿油油的麦田，一眼望不到边。南崖头上站着一群孩子在放风筝，已快要飞到天没影了。我们穿过田间小路来到南沟头，远远望见沟里有一片绿草地，当我走近时，却见不到绿草了，只有些茅草的干叶子。我踩上去，感到脚底下软绵绵的，就像踩到棉花上一样，走起来感到很吃力。我蹲下来歇歇脚，发现茅草根部钻出些尖尖的嫩芽。我拨开干叶，用力提出嫩芽，尖儿发青，根粗，呈嫩绿色。剥去外皮，里面是白絮状的花蕾，我们叫它"谷荻"。当我提出它时，就会听到"咕"的一声响。我把它放进口里，嚼了嚼，还有股甜丝丝的青草味。我招呼弟弟蹲下来拔"谷荻"，蹲了半天才拔出一小把。我们又沿着沟崖头回家，崖头上有棵歪脖子柳树，我折下根细柳枝，掏出把小刀，坐下来做了两个柳哨。我们吹着柳哨，回家吃午饭。

姐姐已在家门口等候，一见我就笑着问道："找着了吗？"我抓了抓头皮，说："没找到春天，连个影子也没有，只好拔了这么些谷荻。"姐姐抿着嘴笑了笑，说："啊，你说什么？俺看见你已经找到了。"我问道："在哪里？我怎么看不到呀！"姐姐一本正经地说："就在你的眼里，在你嘴里，在鼻子里，在耳朵里，还有手上和脚上都有呀。"我疑惑不解，又问道："俺怎么没觉得呢？"姐姐问道："在南园子里你看到杏花、桃花都开了吗？柳树发芽了吗？燕子衔泥垒窝了吗？到麦地看到麦苗返青了吗？你踏进草地拔了些谷荻吗？看到天上的风筝了吗？你嘴里吹的柳哨，鼻子里闻到的花香，耳朵里听的燕子呢喃和柳树上的风声，不都是春天吗？现在已是阳春三月了，到处都是明媚的春天。趁着大好春光，我和同学还要去虞河春游呢！"我听了姐的话，恍然大悟，说："姐，俺明白了。俺以为春天是个人儿，还与我捉迷藏呢！怪不得有人起名叫春光的，就是没有叫春天的。"姐姐忍俊不禁，"噗嗤"一声就笑了出来，说："俺娘呀，真给俺养了个好弟弟，真逗人！今儿好不容易找着春天了。要瞪大眼睛盯住它，千万别让它跑了！"

从此以后，我天天在南园子看杏花、桃花、柳条，看飞燕，到麦地里看麦苗，在草地里踏青，在南崖上吹柳哨，看风筝。我看着看着，桃花谢了，柳芽抽了穗，开了花，吐了絮，麦子秀了穗，蓝天上的风筝也无影无踪了。就这样，过了谷雨，大好春光还是在我眼底下悄悄地溜走了。我也无可奈何。天越来越长了，夜越来越短，天越来越热，就连我在中午阳光下的影子，也越来越短了。姐姐又悄悄地告诉我："夏天来了。你还去找吗？"我红着脸，说："不上你的当了，小蚂蚁出来了，蝴蝶飞来了，俺要找它们玩去。"

春天是美好的，我爱明媚的春光，我爱去田野里踏青。我爱温柔的春风，在充满希望的田野里，抓把春风就发芽，尽管天有不测风云，但我仍憧憬着美好的未来。

韶光易逝，岁月无痕，时光老人常提醒我："要惜时如金！"我少年立志，要以雷锋叔叔为榜样，把有限的生命，投入到无限的为人民服务之中去。我发誓决不让光阴虚度，让青春永驻。在故乡的路上留下一串深深的脚印。

玩蚂蚁

　　小时候，母亲对我说："蚂蚁是天老爷的马子。"我问道："天老爷有多高大，怎么能骑这么小的马呢？"母亲答道："天老爷神通广大，能大能小，别看蚂蚁在地下很小，说不定到了天上会变得很大，可不要小瞧蚂蚁呦！"在南园子里有很多蚂蚁，我喜欢找它们玩，蚂蚁成为我最亲密的玩伴儿。

　　蚂蚁虽然很小，但它们却是南园子中最庞大的家族，到处都有它们的窝。无论在地上还是在树上、花上、草上等，随时随地都能见到它们的身影。因此我找蚂蚁玩十分方便，不但非常随意，而且玩的时间最长久。

　　蚂蚁喜欢温暖，不喜寒冷。农谚道："冷到寒食，热到秋。"在惊蛰以后，一声春雷，有少数昆虫从梦中惊醒，在地下开始蠢蠢欲动，虽然想从阴暗、潮湿的洞穴里爬出来，但又怕在料峭的寒风里冻死，谁也不肯挺身冒险。待到杏花开放的时候，蝴蝶和蜜蜂经不住花香的诱惑，捷足先登了。清明节前，鲜见蚂蚁的身影，节后就是阳春三月，天气转暖了，蚂蚁才敢倾巢而出，一个蚂蚁窝可容纳成千上万只蚂蚁。我在南园子里折根柳条做个柳哨，吹响了春天的进军号，又站在树下，期待着蚂蚁大军的到来，接受我的检阅。

　　庄严的时刻到了。有几只蚂蚁先爬出洞口，小心翼翼地围着洞口转了一圈，才爬向树干探了探路，又返回了蚁洞，它们可能是侦察兵，先出来侦察一下洞外情况，再回洞里向蚁王汇报。蚁王一声令下，蚁兵就倾巢出动了。它们沿着树干浩浩荡荡地向树上挺进，树干很快变成了蚂蚁的高速公路，蚁兵们通过高速公路迅速地抢占制高点，直达树梢，甚至每一个芽，或每一朵花。

　　看蚂蚁上树，对大人来说是件无聊的事，对儿童来说却是件很有趣的事。儿童对什么都感到好奇，很想知道有关蚂蚁的秘密。为什么有的蚂蚁喜欢爬树，有的喜欢在地上跑？为什么有的蚂蚁大，有的蚂蚁小？蚂蚁是如何生活的？它们为什么那么忙？蚂蚁窝里是什么情况？我还不得而知。因此，我带着许多问题去接近蚂蚁，和它们玩才能揭开这些谜底。

蚂蚁无论在树上还是在地上，都是为了生存，要想活着就要找食吃。蚂蚁是杂食昆虫，它什么都吃，无论植物还是动物它都吃。别看它个头小，胆子可不小，什么都敢吃，而且很有力气。在南园子里，我经常见到一只小蚂蚁咬着比它大好多倍的东西往窝里拖，许多昆虫都被一群蚂蚁咬死吃掉了，甚至受伤的鸟和老鼠等身上都爬满了蚂蚁。总之，蚂蚁是个贪食的昆虫，比苍蝇还贪婪。我想，多亏它个子小，还不太可怕。如果它和人一样大或和马一样大，将由谁来主宰世界呢？那才真可怕了。后来我曾听过蚂蚁与大象的寓言故事：有只小蚂蚁爬到大象的耳朵上，悄悄地对大象说："大象，我爱你，我要嫁给你！"大象一听就晕倒在地上了……有一天，小蚂蚁在路上遇到了一头大象，别的动物说："大象来了，快躲开！"小蚂蚁不慌不忙地说："别怕它，看我伸出腿，绊倒它！"结果，小蚂蚁被大象踩在了脚底下。小蚂蚁成为大家赞美的勇士，实在是超级搞笑，比螳臂挡车还离谱。不过，小蚂蚁是神，因为它是天老爷的马子，所以它才这么牛气吧！

我在南园子里常见到三种蚂蚁：大蚂蚁、中蚂蚁和小蚂蚁。大蚂蚁是黑色的，腿细长，跑得很快，可谓千里马。马跑累了还得歇歇脚，吃些草料，我却从没见过大蚂蚁停下来吃点儿东西。它总是不停地干活，有时候，我捉起只蚂蚁，想和它玩一会儿，它总是挣脱掉，又去忙它的了。对这么个工作狂，我真没办法。中蚂蚁身子大，腿短，走起路来慢悠悠的，不慌不忙的，很有耐性，我愿意与它玩。小蚂蚁个头最小，多为棕色，别看它小，却是最厉害的一种，它最喜欢爬到人身上咬人，一咬就起个大疙瘩，它经常钻到小孩的裤裆里，专咬小鸡鸡，又肿又痒痒。我讨厌这种小蚂蚁，喜欢捉弄它，甚至使点儿坏，用尿泚它的窝。

蚂蚁似乎能预测气象，只要蚂蚁一搬家，就会下大雨，再就是蚂蚁垒窝，若见到在它的窝周围出现新环堤，如同米粒大小的湿土，天就快要下雨了。蚁窝口小，洞深，神秘莫测，我感到非常好奇。小孩儿戳尿窝，还是常玩的事，但用尿泚蚁窝的事，就太淘气了。记得有一次，我对准蚁窝撒尿，蚁窝里迅速钻出许多蚂蚁，它们对突然来的山洪暴发没有思想准备，都慌慌张张地逃命，我看了很开心。这时候，被我母亲发现了，说："别作孽，用尿溮蚂蚁窝会肿小鸡鸡的！"母亲心里有尊佛，她经常用神来吓唬我，目的是劝我从小要行善，不做恶事。一泡小孩尿虽是微不足道的，但对于小蚂蚁来说，就像遭遇了一场山洪暴发一样可怕，是一场灾难，就会生灵涂炭。

我站在树下，看着络绎不绝的小蚂蚁，心里想道：虽然蚂蚁像蜜蜂一样勤劳，有时也伤人，但是毕竟不像蜜蜂的刺那么可怕。这些小精灵，既可爱，又可怜，也可憎。我应当善待它们，不可伤害它们的性命。后来我长大了，才懂得在世上好人少，坏人少，不好不坏的人最多。我应当学会怎样与不好不坏的人相处好，才是我最大的难题。蚂蚁是个不好不坏的昆虫，有优点也有缺点，是可以包容和原谅的。

捕蝴蝶

蝴蝶是昆虫界著名的舞蹈演员，常在空中翩翩起舞。蝴蝶是个流浪者，它没有家，居无定所，终日无牵无挂，自由自在，天生丽质，多彩多姿，最擅长舞蹈。它一展开双翼，经常独来独往，偶尔结伴成双，在空中对舞交欢，不一会儿，又分道扬镳，各奔东西了。它喜欢花，花是它的大舞台，有花的地方，就有它的身影。花因它而美丽，它因花而潇洒。它不像蜜蜂那样忙碌，似乎很悠闲，不急不躁，日子过得从容不迫。它以游玩为主，兼吸花露，且性情温柔，从不伤害同类及其他昆虫。因此，我从小就喜欢它，爱看它的舞蹈表演，为它鼓掌喝彩。我是它的忠实粉丝，愿意和它玩。

南园子是蝴蝶的重要驿站，无论是野外来的，还是从村里飞出的蝴蝶，只要路过这里，都要在南园子里停下来，歇一会儿。南园子里树多，花多，来的蝴蝶也多，我见的蝴蝶就多，只要当地有的，我在南园子里几乎都见过。最常见的是粉蝶，还有少见的小紫蝶、凤蝶，另外还遇到过几种极为罕见的大蝴蝶。粉蝶个头不太大，有白色的和黄色的，有清一色的，有的在两翼上还杂有黑色的斑纹。白色的蝴蝶就像一位穿白裙子的少女一样，纯真、活泼、朴素、大方。它虽然不如凤蝶那样美艳，但是朴素是一种纯洁的美，高雅的美，美得更有气质和品位。

当杏花满枝头的时候，我早已在树下等候粉蝶的到来。这时候，成群的蜜蜂"嗡、嗡、嗡"地飞来采蜜了。在大人的眼里，蜜蜂是只可爱的小精灵，它勤劳，从早到晚，只知道在花上忙着采蜜，一直倍受人们青睐和赞扬。但是，在孩子们的眼中，蜜蜂却是个既可怕又令人讨厌的小家伙。它不但是个毫无情调的工作狂，还会用毒刺蜇人，我从不敢招惹它，怕被它蜇着，对它只好远而敬之，尽管如此，我还曾被它蜇过。在料峭的寒风中，我终于盼来了粉蝶。

我在杏树下，拍着手，欢呼着："蝴蝶，蝴蝶，你落落，给你个板凳，你坐坐！"粉蝶似乎也理解我的感受，在空中为我表演了一会儿舞蹈，然后慢慢地落在枝头上，它喘息一会儿，又飞到另一个枝头上，用细管吸了点花露，就张开双翼飞过墙头。我若有所失，无可奈何地叹了口气。

一会儿，又从圩子墙头飞来一群粉蝶，我又兴奋起来。粉蝶们飞入花间，落下来吸花露，还不停地扇动两翼。我怕它们很快就会飞走，想捕一只留下来和我玩一会儿。我盯着它们，粉蝶们从这根枝飞到另一枝上。我围着树蹑手蹑脚地转来转去，寻找最佳时机，准备出手。突然，一只白色的粉蝶落在我面前的一根矮树枝上。我迅速地伸出双手，扑了过去，把蝴蝶与花枝一起扑在手中，张开手一看，蝴蝶从指头缝里逃走了，从枝头上掉下来数朵杏花，没捕到蝴蝶，虽然惋惜，但是我仍不灰心，又在树下寻找时机。一会儿，矮树枝上又落下一只蝴蝶，我不慌不忙的，屏住呼吸，待它正在采花蜜时，再迅速出手。我这次避开花枝，两手一合，粉蝶一飞起，正落入我手中。粉蝶在我掌心里挣扎着，我捏着它的翅膀，看了又看，它不停地挣扎着，我手上也沾满了微小的鳞片。看它如此可怜，想撒手放开它，但又不甘心，好不容易捕到一只，又舍不得马上放手。我去南屋里找了个小纸盒，把它放进去。我把小纸盒放在耳边听了听，粉蝶还在不停地挣扎着，发出"噗啦噗啦"的响声。我想粉蝶被关进纸盒里，肯定很不开心，就把纸盒拿到杏树下，打开纸盒，把粉蝶放飞了。它就像出狱囚徒一样，又获得了自由，在空中飞舞着。后来，我觉得捕蝴蝶不好玩，蝴蝶不开心，我也不开心。美的东西欣赏一下就可以了，何必去捉弄它，不仅伤害了蝴蝶，也破坏了自己快乐的心情，得不偿失。

花开花落，一直到了秋天。我在南园子里见过蝴蝶无数，除了粉蝶以外，还见到过几只凤蝶。凤蝶很美，它不仅个头大，后翼上还有个翼突，色彩艳丽，赏心悦目，让人看一次就记住它了。但是不幸的事也时有发生。我亲眼目睹小鸟捕蝴蝶的情景，有时是蝴蝶在吸花露时被小鸟突袭的，有时是蝴蝶在空中飞舞的时候遭到小鸟的追捕的，还有时是一不小心，蝴蝶自己撞到蜘蛛网上，被蜘蛛捕杀了。我想，蝴蝶活得也不容易，有那么多天敌都在算计它，到处都布下了天罗地网，想置它于死地。蝴蝶是个倒霉蛋，也非常可怜。

"可怜之人必有可憎之处。"蝴蝶也是如此。蝴蝶是昆虫界的弱者，它不仅漂亮，擅长舞蹈，还非常善良单纯。在它眼里，似乎世间一切都是美好的，到处是鲜花、掌声，它只知道尽情飞舞，张扬自己的个性。它从不害人也从不设防，一遇见鲜花和掌声，就得意忘形。岂不知生活处处是陷阱，那些躲在阴暗角落的阴谋家——毒蜘蛛，正在等着蝶去触网呢！还有躲在树叶后面的螳螂，也正举着大刀想要砍下蝶的脑袋，尤其悲惨的是，当一只美丽的蝴蝶，正在空中飞舞，忽然飞来一只小鸟，出其不意地捕杀了它。鸟的喙，像一把钳子，蝴蝶再拼命挣扎也无济于事，已难逃厄运了。这都是蝶自己惹的祸，蝶最大的优点就是美丽、善良，最大的缺点也是太美丽、太善良、太单纯。正因为如此，才引起别人的羡慕嫉妒恨，这已经埋下了祸根，再不注意设防，就容易落入陷阱和罗网，最后惨遭天敌杀害。这就是蝶的命运。

蝶是美神，是美的化身，是爱情的种子，人见人爱。庄周化蝶已成千古一梦，我赞美蝶，它给了我美的享受。当年我在南园子里也曾做过化蝶的梦，我在阵痛中脱茧蜕变，终于张开双翼，飞出南园子，周游列国去了。

夏天的童趣

　　夏天是个热闹的季节。布谷鸟一叫，夏天就到了。大人们忙着种瓜种豆，播种谷子。在田野里，麦子开始秀穗。一立夏，天就一天比一天热，昼长夜短，草长莺飞。在南园子里已是芳草萋萋，枝繁叶茂了，昆虫和鸟也逐日增多，已成了虫和鸟的天下。在这期间，我除了在南园子里玩蚂蚁、捕蝴蝶以外，还捕蜻蜓、捉甲虫，还跟奶奶学种瓜种豆。过端午节插艾、吃粽子。过芒种就忙麦收，去地里拾麦穗，收完小麦，就过夏至，即入伏了。蝉一出来，我就捉蝉玩，还下河洗澡、游泳、摸鱼儿、捉虾、捉蟹等。另外，还玩泥儿，摔泥袋，捏泥人，还偶尔去偷桃、偷瓜，偷着乐。

　　昆虫是我的好朋友，在小孩眼里还没有益害之分。即使是害人虫，我也不妨与它们玩一玩。虽然与昆虫不是同类，没法用语言与它交流，但是我对昆虫特别感兴趣，整天捉它们玩，与它们做游戏，捉弄它们，甚至还使坏点子，让它们吃点儿苦头，觉得十分开心。我也曾捅过黄蜂窝，尝过挨蜇的滋味。

　　别忘了，我上了学，还过上了"六一"儿童节，这可是儿童最重大的节日。那就先了解一下，当年我是怎样过的"六一"儿童节吧。

过"六一"儿童节

"小鸟在前面带路，风儿吹向我们，我们像春天一样，来到花园里，来到草地上。鲜艳的红领巾，美丽的衣裳，像许多花儿开放……"《快乐的节日》这首歌曾唱遍了大江南北，唱红了半个多世纪，至今在幼儿园和小学的儿童中仍在传唱着。每当我听到这稚嫩而优美的歌声，我就陶醉在童年幸福的回忆之中。

儿时的我，家住农村，没曾进过幼儿园，当时还不知道过"六一"儿童节；上了小学，在学校里每年才过起了"六一"儿童节，还没过瘾，就步入了少年。虽然欢乐的童年是短暂的，但是过"六一"儿童节却给我留下了深刻的记忆。

刚上小学，我还不知道过"六一"儿童节是怎么一回事儿。老师告诉我，说："六一儿童节是儿童的节日，因为是全世界的儿童都要过的节日，所以叫'六一国际儿童节'。"我听了很感动，觉得我们儿童真幸福，世上还有儿童自己的节日。上小学二年级，在跃进的锣鼓声中，老师给我戴上了红领巾。记得她像母亲一样叮嘱我："你现在是一名少先队员了，应当努力学习，时刻准备着，为共产主义而奋斗！"我记住了老师的话，在队旗下，高举起右手，庄严地宣誓，至今记忆犹新。

当时过"六一"儿童节，极其简单，没有美丽的衣裳，只有鲜艳的红领巾；没有好吃的食物，只有菜团子，要按定量供应，还吃不饱；没有节日礼物和像样的玩具，只有自制的玩具，有个泥娃娃就算不错了；没有电视看，能看场电影和自编自演的节目就心满意足了。不过，当时爱国主义教育和忆苦思甜活动是不可缺少的。

在上小学三年级的时候，记得过"六一"儿童节那天，老师语重深长地说："你们生长在红旗下，长在红旗下，是在蜜罐里长大的。要知道，全世界还有四分之三的人民还处在水深火热之中，等着你们去解放，就连美国的儿童也在受苦，你们长大了，要发扬国际主义精神，去支援世界革命！"听了老师的谆谆教导，同学们都大为感动，决心饿着肚子，也要去美国拯救那些受苦受难的儿童。

我初次看的儿童电影是《海娃》《红孩子》，儿童木偶动画片是《孙悟空大闹天宫》《人参娃娃》还有《太阳公公的小客人》。因为是初次看电影，所以印象特别深刻，那些美丽的画面，还一幕幕地浮现在我的脑海里。我感到自己真幸运，生长在和平年代，没有战争苦难与恐怖，只是挨了三年饿，但还是很幸运的，我的童年还算是个金色的童年。儿童就是单纯，只要能填饱肚子，能快快乐乐地玩，就知足了。

自编自演的"六一"儿童节节目，还是很有趣的。记得邻村小学同学表演的节目是《大实话》和《说反话》，那些天真活泼的少年儿童们，脸上贴着胡子，手里拿着根长烟袋，颤悠悠地扮成老头儿，开口唱道："冬天里下大雪，戴上个耳帽子真暖和呀，嗨嗨，呀呼嗨，嗨嗨……"一直唱到末了，句句都是大实话。而唱反话的则一开口就是："说俺俏，俺就俏，大年五更立了秋；正月十五发河水，冲得满地蜀黍头……"与大实话形成了鲜明的对比，实话真，反话假，真真假假却都反映了那个年代的真实生活。在那时候，大人们的头脑都很简单，只想一家人平平安安过日子，没有过多的欲望，因此小孩们也不复杂，简简单单地过日子。也从不攀比，吃好吃孬并不在乎，只要能吃饱，不饿肚子就得了。而且学习负担也不重，家长们也没有过分加压，也不逼迫孩子们去拿诺贝尔奖，还允许孩子们玩。

后来，我不过"六一"儿童节了。学习生活就紧张起来，思想也紧张起来，一切都紧张起来。我的欢乐童年不知不觉地过去了，不再用儿童的眼光看世界，感到世上的事一下子变得复杂多了。我开始发现有些大人在说谎，而且是言行不一，我感到很困惑。在家里一出门，母亲就嘱咐我："在外面少说话，别惹是非！"在学校老师对我说："做人要诚实，不要说谎话，做个诚实的孩子。"我问母亲说："老师说得对吗？"母亲答道："对啊，但是对自己家人要讲实话，对外人就不能说实话！"我又问："为啥呢？"母亲回答："俗话说：'说了实话，误了自家。'长大了你就明白了。"后来，我发现，世上本来就存在许多是是非非，可是历代都有些奸臣却喜欢把是非颠倒，搞成是非非是，指鹿为马，欺君罔上，愚弄百姓。我感到做个诚实的人真难！尤其是别人都在讲假话的时候，你还敢说实话吗？在童话《皇帝的新装》里，那个孩子说了一句实话，就遭到大臣们的追捕。当实话不敢说，假话不能说的时候，大人只好闭嘴，保持沉默，但儿童头脑简单，实话实说，容易闯祸。

过"六一"儿童节真好，如果能回到童年，我最想做的事就是好好地过个"六一"儿童节，找回童年的欢乐和那颗纯洁的心。

捉甲虫

甲虫是昆虫界的武士。它们身着铠甲，威风凛凛的，在南园子里耀武扬威，横冲直撞的，不可一世，令人望而生畏。穿金色铠甲的是金龟子，穿绿色铠甲的，胖乎乎的，我们叫它"胖孩儿"。还有一种身穿银灰色铠甲的，头戴两根雉鸡翎的是天牛。它们虽然外貌丑陋，一副凶神恶煞之相，但是其实并不伤人。因此，儿时的我，不仅不怕甲虫，还喜欢和它们玩。尤其是金龟子和"胖孩儿"，经常从野外来南园子里做客，我有许多机会捉它们玩。

圩子墙上有棵小榆树，一到清明，榆树枝上就挂满了一串串的榆钱儿，甜丝丝的，招来许多昆虫，其中也有金龟子和"胖孩儿"。到傍晚，它们就在榆树上聚会。由于它们身穿铠甲，行动不便，又笨手笨脚的，起飞动作缓慢，我很容易捉到它们。金龟子的甲壳很硬，它在我手心里，前抓后挠的，让人感到发痒。我把它放进瓶子里，有时插在席篾儿上，吹它一口气，它就张开翅膀，在原地做飞行表演动作，既好捉又好玩。它傻乎乎地趴在树枝上，你戳它一下，它才向前爬一下，就像个懒汉一样，不戳它就不动一动。我捉到它，放在一根杆上，逼它爬杆，它不肯爬就戳它的后腔。就这样逼着它爬上爬下，我很开心。这是个治懒汉的好办法，从此我成了懒汉甲虫的克星。

甲虫们还有个绰号叫"瞎碰"。夏日里，当我们在院子里吃晚饭的时候，经常会听到"嗡嗡嗡"地飞来只"瞎碰"，突然听到墙上"嘭"的一声响，紧接着地上传来"吧嗒"一声响，不用问就知道，是"瞎碰"撞在南墙了。又过了一会儿，响声又重复一次，就这样一连重复了好几次。哥说："今儿，怎么遇到这么个笨蛋，撞了南墙不回头，还撞上瘾了，真让人受不了啦！"我拿起父亲的手电筒，到南墙根下照了照，果然见到一只"瞎碰"，正仰面躺在地上，翻不过身来，它急得挣扎着，我拾起来，把它放进瓶子里，先关它一夜禁闭。

屎壳郎才是撞在南墙不回头的笨蛋。它闹出的动静更大，不仅又笨又犟，还太臭了。这个不速之客，总是在大家吃饭的时候来访，实在令人恶心。遇到这种情况，我赶紧拿锨，把它铲到院外处理掉。

关了一夜禁闭后，"瞎碰"不敢再闹腾了。这个笨蛋将军能屡败屡战，忠勇可嘉，我看它一副狼狈相，既可怜，又可笑，忽生恻隐之心，还是趁早把它放了吧！

小时候，我捉到甲虫，玩一玩就把它放了。后来听大人说，甲虫的幼虫叫"蛴螬"，生活在土里，专吃农作物的根和茎，我就对它不客气了，一抓到甲虫，就拿去喂鸡了。

后来，我惊异地发现，貌似强大的甲虫，其实是相当软弱无能的。常常在小小的蚂蚁群阵前，不堪一击，丢盔弃甲，败下阵来，甚至甘当俘虏，最终丧失性命。尽管甲虫的铠甲又厚又硬，也阻挡不了蚁群的死缠烂打，一旦遭到蚁群的围攻，甲虫就会厄运难逃了。

昆虫世界亦是弱肉强食，战场上狭路相逢，勇者胜，怯者败。在小小的蚂蚁面前，甲虫只不过是只外强中干的可怜虫而已。

捕蜻蜓

"小荷才露尖尖角，早有蜻蜓立上头。"蜻蜓立在荷尖上的瞬间情景，却在千古名句中成为永恒，如此鲜活的意境，不仅感动了诗人，也感动了我。因为我曾有过这种经历，所以，一读此诗句就很容易在我心中产生共鸣。

立夏之后，蜻蜓就像位守信的朋友一样如期而至。它相貌十分独特，就像架直升机一样，乖巧灵活，优美。它长着个大脑袋，两只明亮的大眼睛，一张大嘴就占据了大半边脸。宽阔的背上长着四个长长的翅膀。腿粗壮，腹部细长，呈分节状。它起飞快，落地稳，飞行起来很少见翼动，似乎是在空中滑翔。我曾羡慕过大雁的翅膀，也曾羡慕蜻蜓的双翼，十分欣赏它精彩的飞行表演。我以为蜻蜓是位天生的飞行家。

小时候，我常见有两种蜻蜓，一是大蜻蜓，二是小蜻蜓，两种蜻蜓在各方面上有很大差别。大蜻蜓不仅个头大，在着装上与小蜻蜓迥然不同，我们称它为"马蜻蜓"，呈青色、绿色、银灰色，飞起来就像一架武装直升机。虽然它体形大，但动作灵活，飞行速度快。它喜欢单独飞行，尤其喜欢在水上飞，小荷露出的尖尖角是它的落脚点，宽大的荷叶无疑是它的飞机场。它起飞动作相当敏捷，不用滑行就能迅速腾空而起，我最欣赏蜻蜓点水表演。农历六月是北方的雨季，记得一天下午雷雨过后，圩子墙外沟满壕平，湾里也积满了水，东坡上空飞架起一道彩虹，斜阳里柳树倒映在水面上，时而传来蛙声一片。在这时候，从青纱帐里钻出只大蜻蜓，在水中天里飞来飞去，蓝天上还飘来几朵残云，大蜻蜓时而俯冲到水面轻轻一点，时而又腾空而起，看大蜻蜓点水做飞行表演，给我留下了美好记忆。

小蜻蜓，它的个头比大蜻蜓小得多，身上的颜色也大不相同，多为棕色、橙色和红色的。它体小轻盈，飞行动作更机动灵活，就像架民用直升机小巧玲珑。小蜻蜓喜欢群居，雨后天晴，在场院里麦穰垛里钻出成千上万只小飞蛾，就会引来成群结队的小蜻蜓，上百只小蜻蜓在空中编队，就像机群发起了一场空战，一会儿俯冲，一会儿腾空，不断地向飞蛾发起攻击，一会儿，小飞蛾就败下阵来，各自逃命去了。小蜻蜓是小飞蛾的天敌，哪里有小飞蛾出没，哪里就有小蜻蜓的影子。

蜻蜓以昆虫为食，除了吃飞蛾以外，还吃苍蝇蚊子。它在空中不停地飞来飞去是为了觅食，一遇到飞虫就张开大嘴，把它吞掉。它们交尾也是在空中进行的，我经常看到一对蜻蜓交尾还在空中飞行着。它们不像蝴蝶飞蛾那样藏在树叶底下偷偷交尾，蜻蜓做什么事，总是光明正大。

对儿童来说，捕个大蜻蜓绝非易事，只有当它落在枝条上歇脚时，才有机会捕它。我曾捉过一只大蜻蜓。记得有一天上午，我在圩子墙上玩，看到不远的枣树枝上落着只大蜻蜓，我蹑手蹑脚地靠近它，迅速伸出右手，一下子捏住了它的尾部，它一转身就趴在我手背上，一口咬住了我左手的虎口部位，我急忙用右手抓住它的翅膀，向上一拽，结果把它的脖子根拽断了，头还咬在我手上不松口，从此我才知道，蜻蜓急了还会咬人，就不敢轻易对它下手了。

小蜻蜓较容易捕捉，每逢傍晚时，成群的小蜻蜓就会排着队落在一根枝条上。我伸手一捏，就捏住了它的翅膀，其他的惊飞了，但是过了一会儿，它们又落在原处，还可以再捕。它在飞着时，只能用扫帚捕，在它迎面向你飞来时捕。我常拿着扫帚在南园子的柴火垛边捕飞蜻蜓，捕到后，玩够了再放生。捕蜻蜓很开心，只不过是玩玩而已。

捕　蝉

　　蝉是昆虫界的流行歌手。它的嗓子有点沙哑，且五音不全。虽然它天生没有个金嗓子，但它却非常喜欢唱歌，且很有毅力，唱了一夏天，还是那一个调子。它在夜间，偷偷地爬上柳树，把金色的外衣一脱，露出新鲜的双翼，等到太阳出来一晒，翅膀就变硬了，它就飞上高枝，开始"知了，知了"地叫个不停。它把杏子的脸都吵红了，吵得石榴花咧开了嘴，吵得小麦发了黄。我站在高高的圩子墙头上，听着蝉鸣，吃着香甜的红杏，望着金灿灿的麦田，心中十分惬意。

　　农谚道："芒种三日见麦茬。"一过芒种，小麦就熟了。农忙季节来到，农人开始收割了，蝉也粉墨登场，唱起了丰收的歌。第一位演唱者是蝉中最小的那个流行歌手。俗称"哨钱儿"，别看它个头小，灰不溜秋的一个小不点儿，叫起来像稚嫩的童音一样，尖声尖气的，却一鸣惊人。它喜欢在杨柳树干上演唱，我一伸手就能捕到它。尽管我攥着它，但它仍唱歌不停。不过它有保护色，酷似块小树皮，若是不叫，是很难被人发现的。

夏至时节，是蝉们大合唱进入高潮期。歌手们是最常见的一种金蝉，个头大，蝉蛹脱壳变成个黑色的蝉。它的歌声更嘹亮，调子单一，整天"知了知了"地叫个不停，人们俗称它为"大知了"。当你步入杨柳树林中，就可听到它们的大合唱了。如果是成千上万只知了一起唱起来，就会声势浩大，震耳欲聋了。如果分别唱起了对台戏，就更热闹了，歌声在林中此起彼伏，犹如山歌对答，令人应接不暇。天越热，它们唱得越起劲，真是乐翻了天。整个夏天，它们唱着同一首歌。虽然很单调，声嘶力竭，但是毕竟是它们的一曲生命赞歌，是具有强烈震撼力的。你想一想，蝉蛹在黑暗的洞中，孤独地待了少则三年多则十几年，一旦钻出地面，蜕化成蝉，重见光明，怎不令它们激情满怀，纵情高歌呢？

我捕蝉的机会来啦！每到傍晚，蝉蛹们用利爪撕开洞口，偷偷地钻出，又小心翼翼地爬到树根部，待到夜深人静的时候，又偷偷地爬上树干和树枝。傍晚是抓蝉蛹的好时机，我每天傍晚或吃了晚饭，到南园子树下摸蝉蛹。每天晚上能摸到十个八个的，玩够了就拿去喂鸡。儿时的我，只知道让鸡吃了它能下蛋，却不知它还是人的一道美味佳肴。

白天捕蝉是件更有趣的事。知了每天上午躲在高树枝或树叶底下歇息，至中午移向树干，天越热叫得越响，因此上午不便于捕蝉，到了中午在树干继续下移，位置更低，更易捕捉到它。捕蝉的方法有以下三种，一是只用手捕，虽然方法简单，但易被蝉发现而逃掉，捕到的机会少。二是用蜘蛛网或面筋粘，做蜘蛛网和制作面筋较麻烦，且浪费面粉，又脏，不便于使用。三是用马尾来套，先把一根马尾绑在细竿梢上，在其远端打个活结，做成一活的套环。用套环去套住蝉的头部，这种方法既简便，效果又好。我常用此法，不过，这需要掌握套的技巧，就像钓鱼一样，熟能生巧。只要摸到蝉的活动规律，就不怕它不上套。

记得有一天中午，天气特别炎热，在我家院子里的两棵大楸树上落满了知了。它们叫个不停，吵得人难以入睡，我用马尾共套了二十多只，把它们关进了木匣里。套不到的知了也被我赶跑了。我又到南园子里套了三十多只知了，都把它们关进了木匣里。我走进南屋，见奶奶正在扇蒲扇。我把木匣放在她耳边，轻轻一拍，里面的知了突然一起惊叫了起来。奶奶惊讶地问道："了不得啦嗨！你咋捕了这么多知了呢？"我答道："不多，才五十多个，你听到它们叫了吗？"奶奶说："这么多知了一起叫，俺咋能听不见呢？"奶奶已是古稀之人，患有高血压、白内障，不仅视力差，还耳聋得很，我得知她能听到知了叫，心里很高兴。为了给她解闷，我不停地拍木匣子，让她多听一会儿知了叫。奶奶叹了口气，说："唉，你这个淘气鬼！晚上摸，白天套，这不让它们绝种吗？"我答道："别担心，我玩一会儿就放了它们。"在奶奶劝说下，我把蝉全部放掉了。

在入伏以后，南园子里又飞来一种蝉，个头比常见的黑知了略小一点儿，呈浅灰色，翼上有绿色花纹，叫得声调长，且有节奏感。它一落在树干上就"伏了伏了"地喊叫着，它是告诉人们已经入伏了，所以人们称它为"伏了"。它一住声，立刻就飞走了，我从来没有捕到过它。

农谚道："冷在三九热在中伏。"一过了夏至，就入伏了，入伏以后是中伏，是夏季最热的日子。在这时候，南园子里最后飞来一种蝉，它与"伏了"的形状、大小、颜色大致相似，只是叫的声调不同罢了。它的声调更长，且低沉，富有节奏感，它一落在枝干上就"纹影，纹影，哇……"一旦叫完，立刻就飞到别处去了，不等人们发现它，它就悄悄地转移了，我根本没有机会捕到它，只是偶尔遇见过。母亲说："纹影叫一声，婆娘惊一惊。"一听到"纹影"叫，母亲就在楸树底下铺张席子，开始忙着为全家老少缝被褥，做棉衣。她一边不停地飞针走线，一边哼着《孟姜女哭长城》的民间小调，时而树上传来一声"纹影哇"那悲怆的叫声，母亲的心就急碎了。我望着母亲身边的一大摞棉衣、棉被，就无心去捕蝉了。只好留下来陪着母亲做针线活，帮她递递拿拿东西，以尽微薄之力。

母亲告诉我："知了一喝了秋天的露水，就会死了。"果然是在立秋不久，就见地上落下蝉的遗体。过中秋节，南园子里的蝉已销声匿迹了。它也只不过是南园子的一位匆匆过客而已。

蝉的生命是短暂的，它只在世上活了一个夏季，有幸的是它活在一个最热闹的季节里。它一出场，仅看到了世上最光明的一面，就"知了，知了"地唱起了赞歌。虽然唱得单调，就像直着嗓子大喊大叫一样，声嘶力竭。根本没有任何艺术可言，也成不了百年经典。但是蝉很喜欢凑热闹，脸皮厚，也不怕出丑，也很自恋和自负，它"知了、知了"地喊了一夏天，最终嗓子都喊哑了。世上一些浅薄的人，何尝不是如此，究竟它在世间知道了什么？我不得而知，只有天知道。

捅黄蜂窝

常言道："七岁八岁狗也嫌。"我一到这个年龄，胆子就越来越大了。不但敢去"狗不咬使棍捣"，而且还敢去捅黄蜂窝了。多亏我老家没有马蜂窝，否则，我还不知道要惹下多大的祸呢！

初夏的南园子，虽然昆虫和鸟都多起来，但是，我养的雏燕也在一天天长大，食量也不断地增多。燕子是吃活食的，我只好去野外捕蚂蚱。当时蚂蚱还很少，捕不到蚂蚱。雏燕饿得"叽叽"叫，怎么办？我去找哥，哥说："好办，去捅蜂子窝，幼虫可喂燕。"我只好硬着头皮，拿起竹竿去寻找蜂子窝。

老家的黄蜂比较多，它们一般喜欢在屋檐下或树枝上做窝。黄蜂窝呈蘑菇状，有一蒂悬吊在檐下或树枝下，好像盏小灯笼一样，高高挂着。虽然用竹竿一戳，它就掉下来，但窝上常有黄蜂把守，我不敢轻举妄动。

黄蜂细长，背上有双翼，腰特别细，尾部有毒刺，蜇人很厉害。若一戳它的窝，它就会顺着竿子飞下来蜇人，专门蜇人的脸和手。当我找到蜂子窝以后，总不敢贸然下手。先看一下窝上是否有蜂子把守，若没见蜂子才敢去捅。戳下的窝，一落地，捡起来，就快离开原地。否则，一旦被回来的蜂子发现就麻烦了。它会追着人蜇的。若仅有一两只蜂子守窝，伸出竿子捅一下，扔下竿子就捂着脸快逃跑，待一会儿再来拿竿子和蜂窝。若是守窝的蜂子很多，千万不能捅，一捅就闯祸，非让它们蜇伤不可。黄蜂的报复性很强，你捅了它的窝，它决不轻饶，它会让你付出痛苦的代价。

我每天拿着竿子捅黄蜂窝，南园子的窝都已捅掉，过道里的屋檐下也找遍了。窝里的幼虫很小，仅有大米粒大小。一窝幼虫，多则十余个，少则五六个，还不够雏燕当点心吃的。一天中午，我正在为找不到蜂子窝而发愁。弟弟告诉我，在院子里的梨树上就有一个大蜂窝。我让弟弟不要出屋，自己就跑到梨树下，寻找蜂子窝。果然在叶间发现枝上挂着个大蜂窝，是个老蜂窝。不管它有无幼虫，先捅下来看一下。当时并没发现有蜂子守窝，我就用竿子把它捅下来了。当我正要捡起地上的蜂窝时，不知从哪里飞来一只黄蜂正落在我两眉之间，我立即用手一拍，只觉得一阵剧烈的疼痛，就像被锥子扎了一样疼。我急忙钻进屋里，照了下镜子，发现眉心上有一小黑刺。我忍住疼，把黑刺拔出，用肥皂水洗了一下，一会儿脸就肿起来了。眼皮鼻子都肿了，睁不开眼。母亲见了，心疼地说："疼不，劝你别作孽，你又不听，今儿遭报应了吧！"我捂着脸哭着说："俺娘呀，我再也不敢了！"

挨了一下蜇，结果是捅下的大蜂窝竟然是个空的。我后悔极了，从此再也不敢去捅黄蜂窝了。没有挨过蜇，就不知道疼，挨过蜇了，才知道黄蜂的厉害。捅黄蜂窝真够刺激，也真长记性，仅一次教训，就让我记住了一辈子。

后来，在那特殊年代里，我亲身经历了不幸的遭遇，才真正感受到了捅马蜂窝的厉害。母亲曾多次告诉我："世上的马蜂窝无处不在，你要小心谨慎，千万别逞能，尽量躲得远一点儿，一旦捅了马蜂窝，你就会遭到报复，日子就过不安宁了。俗话说：'宁可得罪君子，不可得罪小人。'你要好自为之。"

人与蜂相比要复杂得多，无论是黄蜂和马蜂都能一望而知，而人就不一样了，小人善于伪装，只有靠你自己去识别。世上真正君子少，小人也少，不好不坏的人居多。

尽管世上明哲保身早有古训，但人的良心、公平、正义不容许我们推脱责任，躲避矛盾，只想做"老好人"。明知是个马蜂窝也不得不去捅一下，知其不可而为之，那么挨蜇是理所当然的事。

捅马蜂窝确实是个很棘手的问题，这需要智慧、勇气。为了世间的公平和正义，该捅就去捅吧！但是这绝不是像儿童一样去捅着玩的，而是一种责任和义务，是神圣的。

任何时代都有正义与邪恶的较量，如果恶人当道，好人必定受气，邪恶势力一抬头，恶人就乘机兴风作浪。当人们的良知沉睡的时候，公平、正义就得不到弘扬，但是人们的良知终究会觉醒的。人们毕竟热爱和平，追求自由幸福，坚持公平、正义，决不允许马蜂窝在神州大地上泛滥成灾。

马蜂窝并不可怕，最可怕的是人无良知，丧失良心，不坚持做人的原则。姑息养奸，必成后患。

插 艾

端午节是夏季里的一个重要传统节日。在一年中，除了春节、元宵节、清明节、中秋节、重阳节、冬至节以外，端午节也算是个大节了。上千年来，在我国的大江南北，都有过端午节的习俗。不同的区域有不同的风俗习惯。在北方过端午插艾、吃粽子，而在南方还要赛龙舟，更玩出些花样来，气氛更热烈，更加热闹。小时候过端午节，包粽子是大人们的事；而插艾则是孩子们就可以做的事。我从小就跟哥哥姐姐去拔艾、学插艾，不仅觉得很有趣，还懂得了许多知识。

俗话说："吃了端午粽，才把棉袄嗳。"过了清明，就没有大冷天了。天气转暖，应该换春秋装了。在那艰难的岁月里，哪有四季装，只有冬天穿的棉衣和夏天穿的单衣，没有毛衣，甚至秋衣秋裤也没有。过了端午，天一热起来，棉衣就穿不住了。在那时候，一到夏天，小孩们几乎是一丝不挂，就像穿着国王的新衣，人是看不见的。棉衣一脱，就一身轻松了。然而，昆虫却一天天增多，接着又遭受酷热，蚊叮虫咬之苦。庄户人家又支不起蚊帐，也买不起蚊香和药，只好点起艾来熏蚊子。因此，我从小就和艾打交道，对艾这种植物较为熟悉。

艾是一种野生的多年根生植物，在我家乡普遍生长。可以长在沟底崖头，也在水渠边和坟头上生长，以水渠边上长得最好。艾分艾草和艾蒿两种。艾草俗名"真艾"，叶宽，略呈圆形，叶绿，味淡，略带清香，酷似菊花叶子，根少，分生慢。艾蒿，俗称"假艾"，叶窄，叶片呈三角形，又细又尖，呈银灰色，味浓，且有恶臭，臭气熏人，根多，分生得多。

端午插艾是很有讲究的，早上去拔艾，要选用真艾，我问母亲："为什么要插艾呢？"母亲答道："端午插艾可以驱虫辟邪。"我又问道："为什么要用真艾呢？"她又答道："心要真诚，否则就不灵了。"母亲的话又为端午节增添了许多神秘色彩。我把采来的真艾摘掉枯叶，抖掉泥土，带着根，一一插入门楣的两边。街门、屋门、窗户上我都插上了艾，甚至连猪圈门上我也插上艾。哥问道："圈门上咋也插艾呢？"我答道："驱虫辟邪，让六畜兴旺啊！"是否管用，我也不知道，就当是个精神安慰吧！

爷爷却对"假艾"情有独钟。他每天从地里回来就捎回些"假艾"。他让奶奶编成草辫，挂在南墙上晒干，晚上点着熏蚊子，比较实用，又省钱，又省事，不过烟多有些呛人。人都受不了，何况是只小小的蚊子，就是呛不死它，也能熏它个半身不遂的，它就没本事飞来咬人了。俗话说："七月半，八月半，蚊子嘴，金刚钻。"蚊子是吸血鬼，小孩细皮嫩肉的，它最喜欢咬，不管三七二十一，趴下就"咔嚓咔嚓"地啃上两口，就像啃潍坊萝卜一样，又脆又甜的。我怕蚊子咬，一咬就起个大疙瘩，又疼又痒，好多天不消肿。每晚用艾熏蚊子，很管用，使我免受蚊虫叮咬之苦。不过，母蚊子一旦喝了露水，嘴就裂开了，不能再咬人了。公蚊子是不咬人的，蚊子到了秋天，也就活到头了。俗话说："割倒蜀黍棵，蚊子上了坡。"家里的蚊子就少得多了。

真艾根系少，分生得不多。插艾用得多了，有时供不应求，怎么办？我们就从野地里拔些回来，栽到圩子墙根下，这样到了来年端午，就不用现去野地里寻找了。在种艾以后，南园子的蚊虫也减少了，真是一举两得。

门上插的艾草，不久就干了。直到春节进行大扫除才摘掉，来年过端午又插上新艾。我在老家，年年端午插艾，不知不觉地就长大了。母亲讲了老家端午插艾的来历。传说，元朝末年家乡正处于战乱时期，明军有位大将军，在追杀元军时遇到位妇女，怀中抱着个大的孩子，领着个小的孩子，正在路上逃难。小孩子步伐艰难，啼哭不止，将军见了心生纳闷，不禁上前问道："你为啥抱着大的，领着小的呢？"妇人道："大的是邻居家的孩子，父母双亡，俺可怜他已成孤儿；小的是俺亲生的孩子。"将军听后甚为感动，顿生恻隐之心。于是对她说："俺放你一条生路，你和孩子都回家吧！在家门口插把艾草，保你平安无事。"他吩咐部下，凡是门上插有艾草之户，勿杀勿扰。

妇人死里逃生，回到家中，在自家门上插了把艾草，让乡亲们也插上了艾草，才躲过了一劫。从此，乡民们每年过端午都要插艾。

　　插艾，不仅可以驱虫辟邪，还可以躲避兵祸，成为当地的一种习俗，流传至今，感动着代代乡民，寄托着人们的心愿。家乡的人都热爱和平，渴望天下太平，过平安日子。

学种瓜、种豆

常言道："种瓜得瓜，种豆得豆。"南园子真好，种什么就长什么。只要人勤，地就不会懒，总有收获。

小时候，我在南园子里玩。布谷鸟一叫，爷爷就忙着下地去种谷子。奶奶就在南园子里，这里刨个坑撒下俩豆，那里挖个窝，栽下棵瓜。到了雨季，南瓜秧、扁豆苗都开始疯长。奶奶就拿着竿子在豆棚瓜架下打尖儿，尖儿越打蔓越旺，分叉多，结瓜多。到了秋天，瓜架上结满了南瓜，豆棚上也结满了扁豆荚。我觉得十分有趣，也模仿着奶奶在南园子里种瓜种豆，心里感到非常快乐。

小孩学种瓜纯属闹着玩的，我把奶奶打尖儿下来的南瓜蔓拾起来，截成小段，在树底下用小铲子挖个坑，把瓜蔓栽到坑里，浇上水，树底下都栽满了。我累得满头大汗，感到乐滋滋的，过了几天，瓜蔓就干巴了。我问奶奶："俺种的瓜咋不活呢？"奶奶笑了笑说："没根，咋能活呢？"我这只不过是栽着玩玩而已。

后来我就开始跟着奶奶学种南瓜。她手把手地教我怎样育苗，怎样移栽，怎样浇水、施肥、打尖儿等，还教我如何种豆。虽然看起来很简单，做起来就不容易了。功夫不负有心人，只要用心学，能吃苦，肯下功夫，就能学会。几年后，我终于跟奶奶学会了种瓜种豆。种着种着，奶奶就老了，我也长大了。后来，在南园子里，种瓜种豆都是我的事了。

奶奶不在了，南园子里的瓜架上年年爬满了南瓜蔓，豆棚上也结满扁豆荚。我看到结出的大南瓜就想起奶奶，这是奶奶教我种出来的瓜。

回忆奶奶教我种瓜、种豆的往事很有趣，在南园子里我们播种的是希望，收获的是快乐和幸福。

拾麦穗

白居易诗云："田家少闲月，五月人倍忙；夜来南风起，小麦覆陇黄……"这幅唐朝时期的麦收画卷在我眼前铺展开来。虽然是往事越千年，但是读了白居易的诗，使我非常容易地贴近诗人。我穿越一千多年的时光隧道，仿佛又与诗人一同进入麦田，去观刈麦，亲身体验农耕文明时代的劳动生活。诗人的感受也感染了我，在我心中也发生了共鸣。童年经历过麦收的场面和我当年拾麦穗情景，又在我脑海里一幕幕地浮现出来。

小麦这种充满了传奇色彩的谷物，自从有了文字记载，它就被载入史册。它在神州大地上向人类一路走来，倍受祖先们青睐，把它的根留在了中原大地上。在每年秋分时节，农人们把它的种子播种在地里。经历过严寒酷热，风雪雷电，一到芒种它就成熟了。它繁衍后代，生生不息，壮丽了中华，养活千秋万代中华儿女，至今仍为人们饭桌上精美的主食，深受人们的喜爱。

村头上，从早上开始，轧场院的碌碡就滚动起来，发出一阵阵"轰隆轰隆"的响声，犹如雷鸣，如同战鼓，震撼了大地和村庄。大人们吆喝牲畜的喊声和鞭声响成一片，演奏出一支田园交响曲。到了傍晚，新轧出的场又宽敞又平整，还散发着泥土的芳香。

在这时候，夕阳西下，彩霞满天飞，一群小屁孩蜂拥而至，开始登场表演了。小女孩们头扎冲天小辫，身上带着红色的兜肚，拍着小手，唱起了儿歌："噼噼啪，噼噼啪，大家来打麦……"小男孩们身穿国王的"新衣"，赤着脚，登台来伴舞，有的翻跟斗，有的拿大顶，有的打劈叉，有的围着院子狂奔着，还展开双臂，就像雏燕一样展翅飞舞着，还有干脆在原地打转悠，就像个陀螺一样转个不停。突然听到大人一声吆喝，场院里暂时安静下来。大人们在孩子们的肚皮上打了个响瓜之后，孩子们就一哄而散了。这就是大人们对孩子们精彩表演的唯一奖励。从此场院里的主角是打场的老把式，还有他的牲口和碌碡。

麦收的大舞台设在麦田里。那些力拔山河的壮劳力们，正头戴苇笠，背灼火焰光，正在表演着拔麦子的精彩节目。看，他们掠起一大把麦子，用力一拔就可以拔出半捆麦子，一边摔，一边踢打着麦根上的土，三下五除二，就把麦根上的土踢干净了。他弯腰放下，用"麦约子"，把麦子捆成"麦个子"，再由马车运去场院打场。拔麦子是个力气活，拔一天就累得人腰酸腿疼，也不用化妆，就可扮演个大花脸的角色了。在收工时，你笑我是程咬金，我笑你是尉迟敬德，都是"黑炭鬼"了，谁也不要笑话谁。在那个年代，村里成立了互助组，后来又成立了合作社。虽然只靠人工收割，生产力低下，但是一到麦收期间，大家互相帮助，齐心协力，从虎口里夺食，争取在雨季到来之前，让到口的粮食不烂在地里。这不仅依靠大人来完成这个艰巨的任务，还要发挥小孩子的作用，那就是到地里拾麦穗，让它颗粒归仓。

小孩们在麦收舞台上，只能扮演个小喽啰的角色，跑跑龙套，摇旗呐喊，干点儿力所能及的活，拾麦穗的任务就落在小孩们的肩头了。虽然小孩力气小，还顶不起大梁，去拔麦子干重活，但是拾麦穗还是能胜任的，并不亚于大人的。小孩子眼明手快，腿脚利索，行动灵活，能发挥拾麦穗的优长。

拾麦穗看似简单，干起来实则不易，还有不少技巧。怎么能拾得又快又好，让麦子颗粒归仓呢？这需要一定的方法与步骤，要按部就班地进行才能做好。面对一大片麦地，小孩们如何下手去拾麦穗呢？这就需要孩子们动动脑筋，想想办法。

拾麦穗，一般是在把已拔出的"麦个子"运走以后才进行的。这样，地里空旷，落下的麦穗容易被发现，不会再漏掉。可沿着麦陇一畦一畦地拾，这样按顺序拾，既不用多跑腿，又省时，又少费力，还不会遗漏，真是又快又好。

拾麦穗的方法是，一手拾，一手攥着拾起的麦穗，攒多了就用麦秸把它捆成小把，放下再拾，最后再把小把收起来捆成大把，收工以后送到场院里交给大人去打场。

初次跟着哥哥、姐姐去麦地里拾麦穗，觉得很好玩，也很有趣。根本不懂规矩，满地瞎跑。东一榔头，西一棒槌的，结果是跑了许多腿，半天拾不了一小把麦穗。一会儿捕蝴蝶，一会儿捕蜻蜓，一会儿又去捕蚂蚱，捕来捕去忘了拾麦穗，就像小猫学钓鱼一样，三心二意的，一玩起来就耽误了干正事，结果是麦穗没拾好，玩得也不够快活。哥哥说："你要一心一意拾麦穗，干就像个干的，玩就像个玩的，才能干好一件儿事。"从此，我年年跟着哥哥、姐姐学拾麦穗，上了学跟着老师拾麦穗，拾着拾着就长大了。后来，下学回乡务农，又跟社员们学拔麦子、割麦子，终于成为麦收中的主力军。我从拾麦穗开始，由童趣转向对劳动的兴趣，后来成为一名劳动者，这是我迈向人生的起步点。

常言道："戏剧小天地，人生大舞台。"随着角色的转变，我悟出了个道理。人生的目标是追求完美的人生，在生活中扮演好每一个角色，才能演绎出辉煌的人生。

摸鱼儿

我村东有条河，距离我家仅有二华里的路程。该河由南蜿蜒向北，四季长流，清澈见底。河里有许多水草，水草里藏着许多水生物，有鲤鱼、草鱼、鲫鱼、鲢鱼、黑鱼、鲶鱼、鳝鱼、泥鳅、柳叶鱼、嘎呀、麦穗和盖垫等鱼，还有河虾、螃蟹、甲鱼和水蛇等。小时候只知道河里鱼多，就以为河的名字叫鱼河，后来我长大了，才知道河的实名叫"虞河"。至于名字由来，我现在仍不得而知。

在虞河的西岸有一大片河滩，地很薄，全是细砂土，不长庄稼只长草，每年雨季一发大水就漫滩，庄稼颗粒无收。虽然地里无多大指望，但农民总不能舍弃土地，只好勉强种下去。我家的二亩半和四爷爷的二亩半河滩地连成片都在河西岸，都由爷爷种着。小时候，我常坐着爷爷的牛车去东河，陪爷爷种地。爷爷老了，种不了地，父亲就在五亩河滩地里，全部栽上加拿大杨树，不几年就长成了一片杨树林。后来其他人家也各自在河滩地里栽起了杨柳和白蜡树。从此，河西岸，杨树成林，绿柳成荫，景色迷人。河东岸无河滩，仅有一道黄土崖，远远望去，就像一堵黄土墙，光秃秃的，毫无景色可言。

虞河绕过我家的杨树林，河道变宽，形成一个呈三角形的大湾，我们称其为"三角湾"。湾里水流变缓，水更清澈，中间较深，湾边是沙底，水清浅，呈斜坡状，是我们游泳、洗澡的最佳去处。我上小学期间，夏天里几乎天天和同学到那里游泳、洗澡、摸鱼、捉虾，玩累了就去杨树林乘凉，捕蜻蜓、捕蝴蝶、捕蝉、捉蝈蝈、捕蚂蚱等。整个夏季，那里是我们的儿童乐园，留下了良多美好的童年记忆。

古语道："临池羡鱼。"我在岸上走，鱼儿在水里游，我在看鱼儿，鱼儿也在看我，我们水陆相隔在两种不同的世界里。我羡慕鱼儿可以自由地游，水阔凭鱼跃。鱼儿是否也会羡慕我呢？它们在水里的世界总不如我们陆地世界阳光、温暖吧！尽管我们在夏天里去下河游泳、摸鱼儿、捉虾，只是暂时与鱼儿近距离地接触，但是总不能感知冬季鱼儿，在冰冷的世界里的孤寂与忧伤吧！

在儿童的眼里，鱼儿是水族界里最好的朋友。它单纯、美丽、活泼、喜欢亲近人类。当我们在水中游，鱼儿也在身边游。我在水里洗脚，它就帮我啃啃脚上的灰，还给挠脚心，尽管它挠得我心里发痒，也不令人讨厌。摸鱼儿是件非常有趣的事，就像是与小朋友在玩捉迷藏的游戏一样，感到幸福快乐。

当鱼儿在水里游，即使你看见它，也捉不到它。它在水里无比地灵活，游的速度很快，就像离弦的箭一样，一眨眼就不见了。你能看见它，它也能看到你，你一动手，它就迅速逃之夭夭。只有当它躲进窝里或在水草里时，你才有机会摸到它。即使摸到它，它身上的鳞片有一层黏液，滑溜溜的，也很容易从你手中溜走的。我从没摸到过大鱼，只是偶尔摸到条小鱼。它在手中一扑棱，就吓我一跳，立即放手，让它跑了。虽然没捉住它，但心里也美滋滋的。无论鱼大小，一旦摸到手，就很令人兴奋，情不自禁地说："我可逮住你啦！"小鱼儿在我手心里，急得又蹦又跳，瞪着大眼，张着嘴，好像在喊着："快放开我，一离开水，我就会死啦！"我把它放进在河边预先挖好的沙坑里，放进水里。我与它玩一会儿，再把它放生到河里。我得到了满足与快乐，却不知这条小鱼儿如同人一样，遭遇了一次生死劫难啊！有时候，我带个罐头瓶，把摸到的小鱼装进去带回家，放在水缸里养着。让它吃蚊虫，净化水质，还可以测知饮水安全。一旦发现水缸里的鱼死了，就说明这水有问题，就不能饮用了。这是来自民间的一种智慧，不是我的发明专利。

儿时的我去摸鱼儿，只是寻找一种激情和童趣，不是为了吃鱼解馋。当时村民们是不吃河里的鱼虾的，他们宁愿吃海里的咸鱼咸虾，也不吃淡水里的活鱼、活虾，这种现象令我百思不得其解。当时，村里吃食堂，大家正在挨饿，树皮、野菜都吃光了，就是没见村民们下河捕鱼来充饥。多年来河边上也没个钓鱼的，因此，虞河的鱼虾就特别多，河水也特别腥。你若来喝口河水，就像喝了一口鱼汤一样，尝到一股鱼腥味。在河边有许多泉眼，是从沙滩地渗出来的水，我们渴了就去喝那泉水，甘冽爽口，又干净，又解渴。

曾记得有一天，我问母亲："咱家咋不吃河里的鱼虾？"母亲答道："太腥气，咋吃？"我又问道："海里的鱼虾又咸又臭，更腥气，都能吃。咋不能吃河里的鲜鱼呢？"母亲答道："海里的鱼虾再腥气也是正吃，过年祭祀先祖都用它；河里的鱼虾再新鲜，先人不吃，咱也是胡吃。"我又问道："俺知道，姥姥家就吃过河里的鲜鱼；咱咋不能用它来填饱肚子，宁肯挨饿呢？"母亲说："姥姥村里有自己的风俗习惯；咱们村也有自己的风俗。记住，你不要乱吃，否则，让人笑话和瞧不起的。千万不能坏了祖上留下来的规矩，不要败坏村里的风俗。"我说："娘，俺明白了，吃也要讲规矩，守风俗，宁肯饿死，也不能败坏了老辈子传下来的风俗习惯。"娘说："这就对了，敬天地，畏神灵，守规矩，才是对先人的最大尊重啊！"

小时候，我常听爷爷讲，我们村的老祖宗是在洪武二年，从成都迁移过来的，迄今已六百年了。先人们在这里繁衍生息，薪火相传了二十多代了，但是始终忘不了四川老家。虽然已融合了当地风俗习惯，但仍保留着四川老家的风俗习惯，传承着巴蜀文化和民族信仰。我们中华民族是龙的传人，古老的鱼鸟文化在神州大地上深深地扎下了根，鱼鸟是民族的图腾，龙凤是被神化了的代表，成为民族的信仰，一直为人们崇拜着。鱼是吉祥物，代表多子多福，鱼能化龙，古来就有鲤鱼跳龙门之传说。在古陶器上就始见鱼的图案，在科举制度下，举子们是不食鲤鱼的，吃了鲤鱼就跳不过龙门，就落第了。就连老百姓过年贴的年画，也是莲花和鲤鱼，叫"莲莲有鱼"，音同"年年有余"。善男信女们，每逢放生日都拿鲤鱼去放生。总之，鲤鱼也成为龙的化身，被人们崇拜着。我恍然大悟，小时候，我村的村民们不吃虞河的鱼是有民族信仰的，是巴蜀文化根源，祖先信仰、崇拜的鱼怎么能随便去杀戮去吃呢？我想，人民有文化才有智慧，民族有信仰才有希望。如果一个民族没有信仰，那是件多么可怕的事呢？

摸鱼儿真有趣，我不仅摸到了快乐，还摸到了我们民族文化的根。

玩泥儿

儿时，玩泥儿是件既简单又有趣的事。小孩从戳尿窝开始，就知道玩泥儿了。

夏日里在大雨过后，地里的雨水流入湾里，经过沉淀，湾底下便形成一层黑色的胶泥。后来，湾里的水不断地蒸发和渗入地下，不几天湾就干涸了，湾底下露出一层厚厚的黑色胶泥，粘粘的、软软的，是做泥袋、捏泥人最好的材料。我从湾底下挖些胶泥做泥袋摔着玩，玩够了就捏成泥人。

南园子里有石桌石凳，桌面又平又光滑，很适合在上面摔泥袋、捏泥人。我喜欢在石桌上玩泥巴。我先把胶泥揉成泥团，就像大人们做面食揉面团一样，软硬度合适且能成形。

先把泥团压成饼状，从中心掏空，底部薄周边厚，捏成杯口状。泥袋犹如上下一样粗的杯子，底部又薄又平，口部也要平。一手托着泥袋底部，然后用力反手向桌面上一摔，把泥袋口正扣在桌面上，泥袋中的空气突然受到挤压，而从底部薄弱处爆炸开来，发出"呼"的一声响，泥袋变扁，底部的薄胶泥炸裂向四周飞溅，摔泥袋成功。若是泥袋口部不平，摔泥袋时易漏气，底部太厚，空气不易爆破，而导致摔泥袋失败。

摔泥袋一可听响声，二可练习做泥袋的手工。既要有手工技巧，又要有摔的技巧。因此，摔泥袋很有趣味，也很安全，最多只不过是溅一脸泥而已。如此反复做泥袋，反复摔，可以玩很久，真是乐此不疲的。可以一个人独自玩，也可以多人一起玩，还可以举行摔泥袋比赛，看谁的泥袋摔得响，最后都溅上一身泥，变成了泥孩子，玩得很开心。

玩够了摔泥袋，还可以把泥团捏成泥人，捏一个又一个，捏得多了排成长队来就像些兵马俑一样，黑黝黝地站在一起，经太阳一晒就变成灰白色了。如果有水彩，再涂上色彩，泥人就更精神了。

当时，我捏的泥人，较为简单、粗糙。大致有个人样，是随意捏造的，毫无艺术可言，但是我却十分喜欢自己捏的这些玩意儿。把它们放在窗台上晒干，还经常自我欣赏一下这些所谓的作品。

记得有一天上午，我捏了许多泥人。到了下午，天上忽然乌云密布，电闪雷鸣，一阵狂风过后，接着下起了倾盆大雨。我已来不及收起石桌子上的泥人，只好忍看雨打着泥人，一会儿泥人纷纷倒下来，面目全非，断腿少胳膊的，惨不忍睹，我伤心地落泪了。

我问母亲："人是怎么来的？"她答道："人是用黄泥捏的。""是谁？"我又问道。母亲说："传说是古时候的一位女神吧！"我又问："为啥有的人是残疾呢？"母亲又答道："是让大雨淋的，那些泥人就坍塌了，一部分断腿少胳膊，便成了残疾人。"我想：但愿我捏的泥人不会变成人。若真变成人，可就糟糕了。

后来，我才知道传说中的女神是炼石补天的女娲，也是创造人类的始祖。既然人是用泥捏的，庙里的菩萨也是用泥捏的，还供人们顶礼膜拜着。由此可见，捏泥人是何等的神圣和了不起。在我家乡，不仅孩子们从小喜欢捏泥人，大人们也喜欢捏泥人，他们把捏出的泥人涂上层白粉子，描上眉，画上眼，做成一件件工艺品，供人观赏。捏泥人已发展成为家乡传统的民间工艺品，走向市场，深受广大消费者的喜爱。

捏泥人不仅很有趣，还捏出了古老神话传说和人们的精神寄托，也捏出了人们对美好未来的向往。

偷着乐

常言道:"贼不打,三年自招。"我告诉你个秘密,儿时的我也曾当过两次"小偷儿"。我偷过一次邻居家的桃,还偷过一次生产队的甜瓜。半个多世纪过去了,我对自己童年这段不光彩的历史,铭刻在心。有时感到后悔,经常自责,甚至有一种负罪感。但是当我回忆起童年的趣事时,自己还偷着乐哩!

故事发生在1957年农历六月的一天。

记得那天上午,大人们都已下地干活去了。老井上也不再会有人来打水,过道里没有个人影。我来到东邻二大娘家找堂弟玩,他比我小三岁,他正在院子里与两个姐姐做游戏,堂姐比我大三岁,堂妹和我是同年。他家有个大院子,东面是圩子墙,上面长着一排枣树,我经常到他家里玩。

堂姐说:"五婶家的'六月仙桃'快熟了,你尝过了吗?"我答道:"没有,她家那么抠门儿,咋舍得把仙桃送人呢?"堂姐问道:"你馋不?"我反问道:"馋有啥用?"堂姐说:"咱就偷呗!"我说:"不敢,让大人知道了,可要挨揍的。"堂姐说:"不要紧,出了事我担着!再说,小孩嘴馋,偷桃偷瓜不算偷,就是让大人知道了,也没啥了不起。"堂妹堂弟在旁边一听,也就来劲了,他们又拉又推,我们一起来到五大娘家东墙根下。

五大娘家在道西,是我家北邻,与道东二大娘家是对门,只隔着一条过道。她的街门已上锁,可能家里人都下地干活去了。她家的东墙是青砖垒的,墙头有一人高,有根桃枝伸出墙头,上面还结了五六个桃子。桃子很大,还发青,只是尖上微微发红,样子十分诱人,孩子们早已垂涎三尺了。我问道:"墙这么高,咋上去摘呢?"堂姐说:"我搭你一肩,你就够着了。"说着,她就扶着墙蹲下来,让我踩在她肩头上,堂妹和堂弟扶着堂姐和我,慢慢站起来。我慌慌张张地站在堂姐的肩头上,一伸手就揪住了那根桃枝,一口气摘了四个大桃子,扔在地下。这时,我的心在"怦怦"

地跳，说："堂姐，快蹲下，让俺下去。"我们就像一群小猴子，一人抢了个桃子，连蹦带跳地逃离现场。回到堂姐家，没被人发现，心存侥幸，才放下心来。

在二大娘家的院子里，也不顾得洗一洗桃子上的毛，就张口啃了起来。桃子只有七八成熟，吃起来还"咔嚓咔嚓"地响。一会儿，我们狼吞虎咽地吃完了桃，最后把桃核一起扔到了圩子墙的外面，就算销赃灭迹了。然后，我们伸出小指头，说："拉钩上吊，一万年也不要。"两人拇指一合，打了个指印，就算是发誓攻守同盟，不要泄露秘密。

当天傍晚，五大娘就发现少了桃子。她气冲冲地闯进我家，说："是你小子偷了俺家的桃子！"我支支吾吾地说："没——没——没有啊！"她气愤地说："偷了人家的桃子，还敢抵赖，走，咱去找你堂弟去对质，他已经招了！"她拉着我就要出家门，母亲一看就急了，上前拉着我另一根胳膊，央求道："五嫂，孩子小，别吓着他。三儿，快给你五大娘赔个不是！"五大娘咬牙切齿地说："自小就敢偷，长大了不就成了贼吗？"母亲劝她说："五嫂，小孩嘴馋，做错了事，教育他一下，让他认个错就得了。你一口一个偷，一口一个贼地大喊大叫着，实在丢人呀！"五大娘仍不依不饶地说："知道丢人，就别让孩子偷桃！"母亲忍无可忍，也发起火来，说："孩子不懂事也就罢了，你个大人就更不懂事，只为偷你个破桃子，就找到人家门上大吵大闹的，那么你整天挎着筐子去偷坡，谁说过你？你还有个长辈的样子吗？走！咱们到街上让大家评评理！"五大娘一听，母亲揭了她的短，就像个泄了气的皮球一样，不敢再耍威风了，红着脸匆匆溜走了。

母亲一把拉住我，拾起笤帚就打起我的屁股。她一边打，一边气喘吁吁地问我："还敢偷吗？"我捂着屁股回答："不敢了。"母亲放下笤帚说："打你是让你长点记性，不再干这种丢人的事。咱就是馋死，也不能偷她家的破桃子！"

我看了看地上的笤帚，笤帚把打散了，落了一地笤帚苗。只觉得屁股火辣辣地疼。我泪流满面，后悔自己不该嘴馋，偷了邻居家的桃子，惹母亲生气。我恨那棵该死的桃树；我恨堂弟那个叛徒，无情地出卖了我，把一切责任都推给了我。其实，并非如此，而是堂弟年幼无知，他在向别人炫耀我偷桃的本领，才泄露了我们的秘密。

从此，五大娘真的把我当成小偷看待了，不让我到她家玩，与母亲也不来往了，过年我去给她拜年，她也不理不睬的。她家与我家不仅是邻居，亲缘关系很近，父辈是一个爷爷。为了一个桃子一家人闹翻了脸，值得吗？我的一念之差，就像犯了不可饶恕的罪行，得不到大人的原谅，我由此产生了怨恨，甚至还产生了报复她的恶念。我天天盯着五大娘的一切行踪，伺机进行报复。三年过去了，我已经上小学三年级。

有一天，我和小伙伴们正在圩子墙上玩捉坏蛋的游戏。看到五大娘挎着筐子钻进玉米地，不一会儿，地里就传出了"咔嚓咔嚓"的响声，我悄悄地说："听，有坏蛋在偷社里的玉米，咱该怎么办？"小伙伴儿们说："抓坏蛋！"我说："好，咱们一起上！"我们循声赶过去，见五大娘正在掰玉米，已掰了半筐嫩嫩的玉米。她偷社里的玉米，人赃俱在，她没啥说的了。只好乖乖地跟着我们回村。走出玉米地，我想下一步怎么办呢？是当众羞辱她一下放了她，还是交给社里处理她呢？不成，她毕竟是我的长辈。正在我感到为难的时候，母亲在圩子墙头看到了。她大声喊道："胡闹什么？还不赶快回家！"我就趁机溜回家，其他小伙伴儿也就此散伙，撇下五大娘也无人管了。

回到家里，母亲问我："你又作孽吗？"我答道："没有啊！我们玩捉坏蛋的游戏，遇见五大娘正在地里偷玉米，结果让我抓住了。"母亲生气地说："你又闯祸啦！"我理直气壮地说："我偷她的桃是错了，她偷社里的玉米就对吗？不该抓她吗？"母亲说："你偷她的桃，她不饶你，是不对，但是你现在抓她是在报复她，更不对！"我说："就算是我报复她，她又能怎样呢？"母亲说："你捅了马蜂窝，闯了大祸了，以后咱家就没有安稳日子过啦！"我问道："她偷玉米，我们不能抓她，该咋办？"母亲说："如今吃食堂，大伙儿都在挨饿，偷坡已成风，你抓谁呀？自古道，捉贼容易，放贼难。逼急了她和你拼命，遇到了这种情况，吆喝一下，吓跑了她，就是了。你今天抓了她，虽然解了恨，她却记了仇，也会报复你的，以后冤冤相报何时了呢？"我说："娘，俺明白了。她的把柄现在在我手里，她不敢怎么着俺，只要我今后不干坏事，不留把柄，她就没机会报复我。"

从此，我总觉得五大娘时刻在盯着我，我已金盆洗手，痛改前非，宁肯饿死，也没偷过地里一粒粮食。

又过了三年，不再挨饿了。我也快要小学毕业，童年时代即将结束。一天下午，雷雨过后，在放学回家的路上，有位同学喊住我问道："你想吃甜瓜吗？"我说："哪里有？"同学说："跟俺走，找俺爹要去。"我问道："他在哪里？"同学答道："在咱生产队的瓜地里看瓜呀！"我问道："俺去合适吗？"他答道："只有爹自己在看瓜，咱去看他，他高兴着哩，咋不合适？"同学的父亲有个爱好，喜欢玩表，我父亲会修表，表一旦坏了，他就来我家找父亲修表。他是我乡亲大爷，见了很亲切，同学比我大一岁，我叫他哥。

一会儿，我们来到西坡，过了玉米地就是瓜地。同学拉着我钻进玉米地，当靠近瓜地时，他让我蹲下来。我透过玉米棵子，见大爷正提着篮子，在瓜屋子附近弯腰摘了两个甜瓜，就钻回了瓜屋子。在这时候，同学猫着腰迅速地窜入瓜地里，摘了两个瓜，又钻进玉米地，并向我打了个手势，我们就迅速离开现场。我心生纳闷，不禁问道："我见大爷刚摘了两个瓜，你怎么不去要呢？"他答道："这个你就不懂了，要的不如偷的甜。"刚下过雨，瓜上沾满了泥，他在路边的水渠里用雨水洗了洗，递给我一个，自己就啃了起来。我怕让人看见，也狼吞虎咽地吃起了甜瓜。甜瓜不熟，第一次尝鲜，也就解馋了。他问道："你偷过瓜吗？"我答道："没有，只是在小学以前偷过一次桃，还惹得邻居找上门来，让我挨了俺娘一顿揍。"他笑了笑说："看来你只会念书，不是个当小偷儿的料呀！"我问道："当小偷儿有啥讲究？"他答道："一要有胆子，二要懂偷的规矩，三要会偷。"我问道："当小偷儿，还有啥规矩？"他答道："虽然说小孩偷桃、偷瓜不算偷，但毕竟是见不得人的事。一是偷公不偷私。二是偷远不偷近。三是只准在外面吃，不准往家里拿。四是不要太贪多。五是不能糟蹋瓜种。"我问道："怎么算会偷？"他答道："一是先踩点。二是长好眼。三是下手快。四是逃得远。"我又问道："那么看瓜看桃的人有什么讲究呢？"他答道："当然有了。一是只在远处喊。二是不准近处撵。三是只能赶，不能捉，吓跑为止。一旦捉住，不能打骂孩子。一旦动了手，孩子就会记仇，迟早会报复，别人也会笑话你不懂事。"我问道："这是谁定的规矩？你跟谁学的呢？"他答道："这是自古以来，村民们约定俗成的。常去偷瓜偷桃，自然就明白了，还用人教吗？"我恍然大悟，惭愧地说："我太幼稚了，什么也不懂，就去干傻事。兔子不吃窝边草，我却偷邻居的桃，又遇上个不懂事的人，才惹出了许多麻烦，至今后悔死了。"同学说："今儿俺不是教唆你当小偷儿，咱马上要毕业。儿童时代要结束了，给你补补课。记住了，这是最后一次偷瓜。以后长大了，咱就不能再偷了。"我说："哥，我记住了!"

我长大了，终于明白小孩偷瓜偷桃，一是小孩馋；二是因为家里穷，买不起水果；三是小孩子的天性使然；四是孩子幼稚，敢冒险，恶作剧，淘气。这也是一种童趣，并不是道德人品决定的。这些约定俗成的规矩，也是淳朴的民风，是对小孩儿犯错的宽容。小孩儿也要学会宽容别人，不要记仇，更不要报复人。

后来，我再也没有吃到过那么好吃的桃子；再也没有吃到过那么好吃的甜瓜。"人非圣贤，孰能无过。"当代大文豪们在童年时，也曾偷摘过别人的罗汉豆和偷过人家的桃子。何况我这个庄户孩子呢？无知小孩犯点儿过错，就像患了次流感一样，是在所难免的。因为小孩身体缺乏抵抗力，一旦感染了病毒或细菌，就会发病。虽然遭受了疾病的折磨和痛苦，但是却从此获得了免疫，身体有了抵抗力。人体就是在不断地与疾病作斗争中，才能健康地成长起来。而人生也是如此，是在不断地吸收接受正能量，与邪恶作斗争，克服自身缺点错误中成长起来的。我记得在报刊上曾登过一副对联，上联是先生出的："昨日偷桃钻狗洞，不知是谁？"学生对的下联是："他年攀桂步蟾宫，必定有我。"师生一问一答竟成名联。尤其是下联对得十分巧妙有趣。你知道那位学生是谁吗？那就是大名鼎鼎的郭老啊！

我常想，如果我没有童年偷桃和偷瓜的经历，我的童年还算完美吗？

秋天的童趣

秋天是个收获的季节，大人收获的是劳动成果，而孩子们收获的是幸福和快乐。

古人云："一叶知秋。"溽暑昨别，一阵凉风过后，从楸树上忽然落下一片叶子，就像从天上飘来了一封信，落在我面前。我捡起来，叶子上虽无一字，但它却告诉了我一个消息，秋天来啦！

农谚道："立秋没立秋，六月二十头。"也就是说，六月下旬就到立秋的节气了。

一立秋，天气就凉爽了，尤其到了晚上，凉风一吹，身上就解汗了，浑身不再发粘，人一躺下就睡着了；树上的蝉，一喝了露水，就哑嗓子，不敢再大喊大叫的；蟋蟀跳出草棵，拉起小提琴，为我演奏着小夜曲，送我入梦乡。

农历七月初七是中国传统的情人节，传说是牛郎与织女相会的日子，白天，蓝天白云，天高云淡；夜晚，是星光灿烂。我爱看巧云，早晨看彩霞满天，傍晚喜欢看火烧云。到了夜晚，与爷爷奶奶在南园子里乘凉，仰望星斗，听奶奶讲神话故事。

金秋时节，瓜果飘香，不似春光胜似春光。高粱喜红了脸，谷子笑弯了腰，蝈蝈儿跳上豆棵一叫，豆叶就黄了。田野里色彩斑斓，呈现出一片丰收景象。大人们开始忙秋收、秋种；小孩儿们也忙着到地里小秋收，捉蝈蝈儿、捕蚂蚱、拾豆虫、捕螳螂。过中秋节念月、赏月，重阳节登高、赏菊、送秋雁、拾树叶。当我和弟弟拾完了最后一片黄叶，把秋天挂到了墙上的时候，天就冷了，冬天来啦！

看巧云

农谚道："七八月里看巧云。"儿时的我只知道在南园子里仰头看云，却不知道巧云是什么。七夕那天奶奶给我讲了《牛郎与织女》的神话传说，我才明白了巧云的涵义。

在立秋之后，西风一刮，天气从此就凉爽了。不久，一入了农历七月，就会觉得天高云淡了，白天，在蓝色的天空中，时而飘来几朵白云，时而飘来几缕云丝，云卷云舒。特别是在日落的时候，彩云飞处，霞光满天，如诗如画，赏心悦目。最令人心动的是看那火烧云了。当太阳落山的时候，西天上的云，恰似突然着火了，烈火熊熊，烧红了大地，烧红了半边天，也把我的心烧红了，滚烫滚烫的。我再也忍不住激动的心情，就去问奶奶："奶奶，你看天上的云彩，真好看！啥叫巧云，是咋来的？怎么一会儿就像着了火，把天都烧红了呢？"奶奶答道："天上的云是织女织出来的。织女是天上王母娘娘的外孙女。她勤劳善良，心灵手巧，织出一手好锦缎，世上的凡人没有一个能比上她的。她织出的锦缎就是天上那些彩云。白天刚织出的锦是白色的，当日出和日落的时候，让太阳一烤，就变成了五颜六色的彩云了。有时，一不小心，就烤着了，这些彩云就着火了，人们叫'火烧云'。"我惊讶地说："呀，这么神！今儿是啥日子？"奶奶笑了笑，答道："今儿是七夕又叫七巧，是牛郎和织女相会的日子。"听了奶奶的话，我恍然大悟："怪不得七月的云彩特别美，人们就称作'巧云'了。"我依偎在奶奶的怀里，一边看西天上的火烧云，一边听奶奶讲着牛郎和织女的神话故事。自我陶醉在浪漫的神话世界里。

自从听了奶奶讲的这个古老的神话故事，我就对云产生了浓厚的兴趣，巧云不仅激发了我的好奇心，也启发我的想象力。儿时的我是活在神话里，是听着奶奶讲的神话长大的。因此感到神话特别浪漫、有趣、有魅力，我得知巧云是织女织成的，不仅满足了我的好奇心，还得到了一种美的享受。

可以说，儿时在南园子里看到的巧云，是绚丽多彩的，也是变幻莫测的。这对我来说，巧云是最有吸引力的，它几乎使我着魔，一天不见它，就想得慌。

在一年四季中，除了太阳、月亮和星星，云是最为常见的。云不仅装点着天空，使天空更美，还与风雨关系极为密切，俗话说："天上无云不下雨，海上无风不起浪。""风起而云涌"，这就足以说明，风与云的相互关系了。在奶奶讲的那些神话给云涂上了一层神秘的色彩，爷爷又给云增添了一些浓厚的趣味。

有一天，从早上开始，日出东方，扫尽残星，云消雾散，可见一轮红日和朝霞万道。若天边再点缀上几片彩云，这幅画卷就更加完美了。听奶奶说，太阳是从我家东面的凤凰山上升起来的。山里有只金凤凰，必须听到三声鸡叫，才能把凤凰引出来。凤凰在山上飞舞，太阳才会露出红红的笑脸。我只听到鸡叫，却从来没见过凤凰翱翔，只好凭借想象了。奶奶对我说："凤凰是神鸟，凡人是看不见它的。"

日到中天，阳光又狠又毒，恨不得把人烧烤了，在这时候，天上偶尔飘来几朵白云，把太阳一遮，就像撑起了一把大伞，给人遮挡住强光，免受光的辐射之害。然而你看那朵白云却被太阳烤糊了，变成了灰黑色，还镶着一圈金边呢！

到了下午，日已西斜，天边上的云朵始见增多，飘飘悠悠的，渐行渐远，就像一些大棉团，白白的，边缘还毛茸茸的。我想若是落在地上，就可以做很多床大棉被了。若纺成线，织成布，母亲就不愁做新衣了。一会儿许多云朵又被揉成一块块大白面团，我想，假如它们都落在地上，要蒸多少大白馒头？可供全村父老乡亲们一年吃的，那他们就不用常年光啃那些像牛舌头一样的高粱面饼子了。想到这里，我觉得自己很可笑，一个小孩子家怎么光想到吃和穿，也想过上好日子。在这时候，又飘来许多奇形怪状的云朵，有的像睡懒觉的小白猫；有的像淘气的小白狗；有的像奔驰着的骏马，头上的马鬃也飘起来；有的像游鱼；有的像飞鸟等等。似像非像，还不断在变化着。我问奶奶："云为啥能在天上飘，还变来变去的?!"奶奶说："是风婆婆吹的。"我不禁感慨地说："风婆婆咋那么厉害，真能吹呀！"奶奶说："可不，她也是神。她只轻轻地一吹，云朵就飘起来了；

她再仔细地吹，就把一朵朵的云彩吹成了各种形状；再使劲一吹，就把云朵吹跑了，也不成形了；有时候，云朵又大又厚，就吹不动了，落在地上就变成雨了。"我说："我明白了，她吹出来的是风，云在天上飞，一落在地里就是下雨了。"

夕阳西下，西邻家的屋山遮挡了我的视线。于是我就爬过圩子墙，越过墙沟，又登上了南崖头去看落日，看红霞，看火烧云。我想，今天的火烧云一定很壮观，但是出乎意料的是，不知何时，西天上已涌起了许多灰色的云，遮住了夕阳。在灰色的云上面连着三条云彩，两边的云条，就像大鹏展开的两只翅膀，而中间似乎是它的头和脖子。在这时候，我手舞足蹈地欢呼着。我想：这若是只大鹏，我就骑着它，扶摇直上九天了。遗憾的是，不一会儿，大鹏展翅逐渐变模糊了。然而，在其下面，灰色的云层里，都隐约显示出一条翻江倒海的乌龙。只见其首，而不见其尾，身上的鳞片和龙爪也仅是时隐时现的。虽然没见夕阳、晚霞和火烧云，但是意外地发现大鹏展翅和乌龙闹海的云中奇观，我也就心满意足了。

回到家中，我把这两大云中奇观讲给奶奶听。爷爷刚下坡回家，他一边洗脸，一边听我和奶奶拉呱。奶奶说："你看到的奇观，那只不过是风婆婆吹的而已。"爷爷说："什么年代了，还净说那些不着调的事，只会哄小孩儿，让他什么时候长大呀？孩子快上学了，以后要教他点儿持家之道。"爷爷这么一说，奶奶就不好多说了。爷爷笑了笑，一把就把我搂在怀里，亲亲我的脸蛋，说："你只顾看景，不知道天要下雨吗？"我惊奇地问爷爷："真奇怪，天还好好的，你咋知道天要下雨呢？"爷爷说："若是天不下雨，那才奇怪哩！农谚说：'云彩接太阳，必定下一场。'刚才你去看云，太阳是不是被云彩接走了。你就看不到日落西山，也看不到火烧云了。农谚还说：'早看东南，晚看西北。'早上东南上没许多云，今儿白天就没有雨，傍晚西北上云彩多了，又是云彩接太阳，注定要下场雨了。至于今夜还是明儿，俺就说不准了。"听了爷爷的一番话，我心里还是半信半疑的。吃罢晚饭，奶奶收拾饭桌，我就帮爷爷收拾院子。把怕淋的东西搬进屋里；不易搬动的东西就用席子盖一下，还压上块石头，以防被风刮跑。我望了望天空，天完全黑了，不见有星星眨眼。果然，没等天亮，就"哗哗"地下起雨来了。

第二天早上，起床后，我对爷爷竖起大拇指，说："爷爷，你真神！俺服你啦！"爷爷把白胡子一捋，咧开嘴，就"哈哈哈"地笑起来。他说："不是俺神，是农谚说得在理，也很灵。农谚是咱庄户人用简单通俗的话，反映出农人经验和道理，是先辈们流传下来的固定语，既好懂又好记。用起来又方便，是个传家宝。"爷爷还说："咱庄户人祖祖辈辈在地里刨食吃，靠天吃饭，整天要看着老天爷的脸色，还得数着节令过日子。农谚道：'人误一时，地误一年。'一旦耽误了农时，地里的庄稼，一年就没了收成，全家就得挨饿。"我问道："天老爷的脸色是啥呀，节令又是啥呢？"爷爷说："天的脸色不就是阴和晴吗？节令就是二十四节气，一年有四季，分为春夏秋冬，春耕、夏播、秋收、冬藏；一年又分成二十四个节气，如立春、立夏、立秋、立冬都是二十四节气里面的，也是四季里面的第一个节气。二十四节气的划分最适合咱北方地区，主要是黄河中下游区域。"我又问道："哪些农谚与天气有关呢？"爷爷答道："多得很，主要有以下常用的几条：'八月十五云遮月，正月十五雪打灯。'就是说若是中秋节晚上阴天，元宵节就会下雪了。'刮下春风下秋雨。'就是说春风和秋雨关系密切，春风刮多了，下秋雨也就多。'有钱难买五月旱，六月连阴吃饱饭。'五月麦熟不宜下雨，雨多了就会烂麦子，收成减少；到了六月应是雨季到了，夏天的粮食作物正需要充足的雨水，就能保丰收。另外还有'豆子开花，地里摸虾'，豆子开花正是雨季，地里会涝的，能摸到鱼虾的。'天上钩钩云，地上雨淋淋，六月北风，当日雨。'夏天一般多是刮南风，一旦刮北风，当天就会下雨的。'云彩往南，雨连连；云彩上北一阵黑；云彩上东，一阵风；云彩上西披蓑衣。''西边的雨，轻易上不来，上来就没锅台。'是看云的行走方向判断有雨无雨和雨量大小。'坷垃云，晒死人。'早上天上出现像土块一样的云，今儿一定是大晴天。'春冷下雨，秋热下雨。'是气温对四季天气的影响，在春天遇到冷风就下雨，在秋天遇到天热就下雨。最后是'七月十五定早涝，八月十五定太平。'就是说：'一年之中的雨量多少，到七月十五就见分晓；而到了八月十五，一年的雨量多少就更明确了。不旱不涝，风调雨顺的就是太平年了。'"爷爷一口气给我讲了这么多条农谚，并嘱咐我牢记在心，说以后过日子，很有用的。我的童年还是农耕文明时期，不仅生产力落后，农村还没有天气预报，只能靠自己看天劳作。爷爷一辈子脸朝黄土背朝天，靠在地里刨食吃，积累了许多农耕经验。他通过大量实践，灵活地运用以上农谚，从事农业生产劳动，获得良好的成效。在大田里，我亲眼所见，天气突然变化，阴了半边天，他能准确地判断出哪块云彩能下雨，也能判断出哪些云彩没有雨。从小我就很崇拜爷爷。虽然他是个老实巴交的农民，但是他是个勤劳、忠厚、善良的人，也是个有智慧的人。爷爷教我的这些农谚，后来我在回乡务农期间得到了充分实践，是很有实用价值的。虽然，现在随时随地都可收到天气预报了，但是这些农谚仍是传家宝，应当传承下去。

后来，我长大了，远离了故乡，才感到故乡的云是最美的。其实，无论天涯海角，还是身居闹市，我都能遇见像故乡一样美的云彩，但是，云的质量已发生了深刻的变化。由于大气严重的污染，生态环境也被破坏，造成酸雨、沙尘暴及旱涝灾害的频频发生。无论是蓝天还是绿地都失去了原有的颜色。因此，仅凭农谚去预测天气及预报自然灾害已是远远不够。只有靠先进的科学技术，如卫星云图的分析来预测和预报天气变化。"天有不测风云"，当今风云变幻多端，晴少阴多，不是旱就是涝，不阴不阳、不好不坏的天气居多。在一年之中，时有雾霾笼罩大地，使人感到郁闷，甚至窒息。遗憾的是，爷爷还没来得及教我如何面对世上的不测风云，就离开了人世。只有靠我自己以本真生命去体验和感悟，从那些过眼烟云进行反思，去提升人生境界。

穿越六十年的时光隧道，我仿佛又在南园子里看到天上那些飘来飘去的云朵，又在南崖头上看到了大鹏展翅和乌龙闹海的云中奇观，也看到了当年的漫天彩霞和火烧云，又听到奶奶讲神话故事和爷爷讲农谚，使我又回到了儿时的神话世界里，享受童年的快乐与幸福。而今，南园子早已是人去物非，再也寻找不到自己童年在南园子的踪迹，只能找回一点儿最初记忆的碎片，我捡起这些碎片，如获至宝，又陶醉在儿时的神话世界里，做了一次灵魂的回归。

"曾经沧海难为水，除却巫山不是云。"经历了生活的磨难，步入老年的我已少了许多天真与浪漫，多了些成熟与现实。尽管故乡的云依然绚丽多彩，但是，如今谁还能耐心地听奶奶讲那些古老的神话传说？谁还相信云是仙女织成的？而今，我才感悟出：故乡的云是父老乡亲们用自己缠绵不断的乡愁织成的，也织上了许许多多的故乡梦和故乡情，牵挂着多少远方的游子呢？

仰望星斗

吃罢晚饭，天幕低垂，我依偎在奶奶怀里仰望天空。天似穹庐，在蓝色的天幕上除了高挂着一钩新月以外，还挂满了金光闪闪的小星星，星光灿烂，十分迷人。南园子里越来越黑了，地上没有灯光。时而从墙角传来蟋蟀的几声琴音，时而传来楸叶落地的一声叹息。这么寂静的夜晚，真是看星星听奶奶讲故事的良机。

我指着在月牙边上的那颗星星，问奶奶："那颗最大最亮的是啥星呢？"奶奶答道："是金星呀！"我问道："是金子做的吗？"奶奶答道："不是，它又大又亮，金光闪闪的，人们就叫它'金星'了。"我又指着头顶上一道长长的亮带，上面还布满了无数的小星星，问道："天上那条发亮的带子是啥呢？"奶奶答道："那是天河呀，像条银色的带子，又名银河。"我又问道："天河里有水吗？"奶奶笑了，说："傻孩子，河里无水还叫河吗？没有水，还用喜鹊去搭桥吗？"我说："我想起来了，七夕夜晚，你给

097

我讲过牛郎和织女的神话，只顾看云，没顾得看星星。"奶奶说："在故事里，天河的来历已经讲得很清楚，牛郎织女被天河隔开，只好遥遥相望。"我问道："哪是织女星、牛郎星呢？"奶奶答道："你沿着天河找到中间部分，先找着那连在一起的三颗星，就是'牛郎星'，中间最亮的一颗是牛郎，两头稍暗的星是他挑在筐里的两个孩子。你找到了吗？"我高兴地答道："找到啦！"她继续说："在牛郎星面前，不远的地方有四颗不太亮的星星，连起来就像个梭子，是织女抛给牛郎的织布梭子，就叫'梭子星'，找到了吗？"我仔细地找了一会儿，终于找到了，说："太暗了，真难找啊！"奶奶说："顺着牛郎星再向天河对岸找，最大最亮的星就是织女星，在她怀里还有三颗不大亮的星，连起来就像个牛索头，是河对岸牛郎抛给织女的牛索头，叫做'索头星'。"我按奶奶教的方法去找，一下子就全部找到了。奶奶说："你把'织女星''牛郎星''织布梭子''索头星'连起来，念七遍就记住了。"念起来朗朗上口，且有绕口令的韵味，易于背诵和记忆。我一口气连念了七遍，果然就记住了。

天越黑，星星越发亮，看得越清楚，而且看到的星星越多，密密麻麻布满了天空。星星在天空中，一闪一闪地发光，就像无数只眼睛在眨眼。我在地上看星星，星星在天上看我，我对它眨眼，它对我眨眼。我问奶奶："星星为啥眨眼呢？"奶奶回答："星星是人变成的，咋不会眨眼呢？"我又问道："牛郎织女都上了天，就成了星星，别人也会成了星星吗？"奶奶答道："人死了，魂上了天，成了星星，那就是祖先们的在天之灵呀！"我问道："祖先们在天上能看见咱们吗？"奶奶肯定地答道："能，一定能看到，咱们在地下干的所有事，他们都能看到的，谁也瞒不过先辈们的眼。不过他们的在天之灵，总是保佑咱们平安幸福的。"我又问道："人死后，灵魂都上了天，天上的星越来越多，能挤得下吗？"奶奶答道："能容得下，天大着哩！不用担心，天比地大。在南园子里看天，咱只能看到天的一小部分，再说天上的星也不断地落在地上，你见过流星吗？不都落在地上了吗？"在这时候，一颗流星划破天空，坠落在东坡。

天凉了，不宜在院子里久坐，坐久了会受凉的。我扶着奶奶进屋，屋里漆黑一团，伸手不见五指。爷爷干了一天重活，也许累了，早在炕上躺下了，还打起了呼噜。我不能点灯，只好摸着瞎上炕睡觉。庄户人家都是这么过日子，日出而作，日没而息。千百年来的农耕生活就是如此，况且爷爷又很会过日子，不舍得多熬一点儿灯油。听母亲说，过去她与奶奶在灯下做针线活，点着盏小油灯，灯头如豆粒大小，爷爷还嫌大，就亲手用针把灯头再拨得小一点，为此奶奶没少与他吵架。后来母亲摸瞎做针线活，纳鞋底全凭用手摸索着纳，如同现在的电脑打字，熟练了就不用看键盘，可以盲打。因此，母亲练就了一身硬功夫，盲纳出的鞋底与白天纳的丝毫不差。如今我也只好摸瞎陪伴奶奶进屋。奶奶已是古稀之人，还患有白内障。我年纪小，又贪玩，只会给她添麻烦。这一年，新屋已收拾好，父母已搬入，爷爷奶奶搬来南屋居住，我跟爷爷奶奶在一起住，倍受他们的疼爱，是我童年生活中最幸福最快乐的时光。

日子过得真快，不知不觉，天上的月亮就圆了。八月十五这天清早，爷爷仍赶着牛车，带着哥哥、姐姐和我，还载着犁去虞河岸边耕地，准备种小麦，直到日落西山才把地犁完。在路过东埠顶的时候，见月亮从凤凰山上升起，橘红色的月亮又大又圆，周围还有少许云彩。爷爷告诉我，这叫彩云追月。天上那颗最大最亮的金星出现了，但是其他的小星星却看不清，爷爷说，月光一照，许多星星就显不出来了，这叫月明星稀。东埠地势高，站得高看得远，我望见天似穹庐一样笼罩着大地，周围与地平线连接在一起。爷爷指着北方说："看，那七颗亮的星，就是北斗星，把它们连起来就像把勺子，勺口对着的一颗明星就是北极星。如果你在野外夜晚迷失了方向，就找北斗星，它永远在北方，就像个指南针一样，是夜里最好的定向标志。"一路上，我们向西走，月亮也跟着向西走，我们到家，月亮也跟着到家，但是北斗星却仍然在北方不动，天上的群星也仍在朝北斗。

后来我长大了，上了学，虽然我学了自然和地理，初步懂得了一些天文地理常识和科学道理，揭开了一些宇宙的奥秘，但是，我永远忘不了爷爷、奶奶的话，虽然他们相继去世了，但是每当我仰望星斗的时候，就想起他们。我看着天上那些眨眼的星星，仿佛又看到爷爷奶奶的慈祥笑容。尽管我确定不了哪个眨眼的星星是爷爷奶奶的在天之灵，但是我相信，爷爷奶奶在天上，正在热切地望着我，而且默默地为我祝福。我在地上，对着那眨眼的星星，暗暗发誓，永远不忘爷爷奶奶的恩典，勤奋努力，好学上进，报答她们的洪恩。

　　在尘封的岁月里，当我身处逆境，挣扎在人生最低谷的时候，我仍爬上圩子墙或登上南崖头上仰望北斗。北斗星已成为我的人生定向标，它不仅可与我进行灵魂对话，还坚定了我的理想和信念，是北斗星引领我努力奋斗，终于摆脱了困境，步步走向人生辉煌。

　　星星还是当年的那些星星。但是，如今我在夜晚看到的星星却越来越少，再难以看到像过去南园子星光灿烂的夜景。因为星星隐于极亮，却显于极暗。所以，在灯火辉煌的夜晚，就难以彰显天上那些星光闪烁了。

　　仰望星斗，不仅是个童趣，还使我大彻大悟；儿时看星是星，后来看星不是星，而今老来看星还是星。

　　星星是天的眼睛，它仍在深情地望着地球村，向我们不停地眨眼，为我们祝福。

捕蚂蚱

"捕蚂蚱，捕蚂蚱，一捕一蹦跶。"这是儿时的我在捕蚂蚱时哼的一首童谣，也是我当时生活的真实写照。半个多世纪过去了，儿时捕蚂蚱的情景还历历在目。

蚂蚱是蝗虫的俗称，它是一种吃庄稼的害虫，常成群结队，既能蹦，又会飞，可造成蝗灾。听奶奶说：在很久以前，我老家曾闹过蝗灾。有一天，本来是青天白日的，突然间太阳不见了，天就黑了下来。满天上飞着的小蝗虫落满了地，耳边"嗡嗡嗡"地响着，就像刮起了大风。蝗虫落地发出"噼里啪啦"的响声，就像下起了小冰雹一样，落在地上，黑压压的一片。在田野里，庄稼都落满了蝗虫。饥饿的蝗虫，疯狂地蚕食着庄稼叶子。一会儿，地里只剩下庄稼秆子，就连路边的野草和树叶也被蝗虫吃光了，只剩下草根和树枝。人们感到无比恐惧，就像是世界末日到了一样的可怕。那年秋天受灾的庄稼颗粒无收，人们对生活彻底绝望了。奶奶一提起蝗灾的事，就浑身发抖，心有余悸。儿时的我还不理解蝗灾的危害有多么可怕，总以为那是大人们编的故事，是用来吓唬小孩子的，只是让小孩子听听热闹而已。小小蝗虫能有多大能耐？怎么会把人吓成这样子呢？我问奶奶："怎么不快去捕？捕来好喂鸡。"奶奶说："太多了，捕也捕不过来呀！捕的蝗虫麻袋都装不过来。鸡都快撑死了！"我问道："鸟呢？怎么不快来吃呢？"奶奶说："一下子来了这么多蝗虫，鸟也吃不过来呀！"我说："真神呀，谁叫它们来的？"奶奶答道："是天造的孽呀！"

我从小就知道蝗虫是害虫，后来才知道它就是蚂蚱。蚂蚱有好多种，在家乡常见的有："梢蚂夹""呱哒板儿""青头郎""蹬倒山""土蚂蚱""红媳妇"等，这些蚂蚱我都捕到过的。它们的称呼是当地老百姓起的。"梢蚂夹"与"呱哒板儿"是雌雄同类，"梢蚂夹"为雌的，它个头大，头尖尖的，身子长长的，翅膀也很长，到了秋天，腹部大大的，内有一大包仔儿。而"呱哒板儿"是雄的，体形与"梢蚂夹"差不多，只是比较瘦小，飞起来发出响声，就像打呱哒板的声音一样响亮而有节奏。小时候，我常见它们在交尾时，"梢蚂夹"驮着"呱哒板儿"在空中飞来飞去。"梢蚂夹"比较笨，很容易被人捕到，"呱哒板儿"比较敏捷，是不容易捕到的。

"青头郎"与"土蚂蚱"大致相似，只是颜色不同而已，体形较短粗，也较容易捕到。最容易捕到的是叫"红媳妇"的那种小蚂蚱，形态与"梢蚂夹"差不多，只是又粗又短，它永远也长不大，且很笨，总是飞不高。飞起来翅子是红色的，因此我们称它为"红媳妇"。

"蹬倒山"是一种最难捕到的蚂蚱。它的体形与"青头郎"大致相似，个头稍大一些，翠绿色如翡翠，它体质较硬朗，后腿粗壮有力，且呈锯齿状，在起飞时，后腿用力一蹬，就能飞得又远又高，故名"蹬倒山"。在捕它时，一不小心，让它的后腿蹬在手上，就能蹬出血来。我的手常被它蹬破，流了许多血，火辣辣地疼。不过，我觉得捕它很刺激，即使受了伤，也很有成就感，它就像个练过跆拳道的武林高手，我敢捕它，也证明自己比较勇敢。

在虞河的草地上，还有一种蚂蚱，体形较小，很硬朗，类似"蹬倒山"，蹦得很高，飞得很远，别看它又瘦又小，但是它能量很大，容易泛滥成灾，它大概就是闹蝗灾元凶了。

夏天，蚂蚱尚未长大，我捕来喂雏燕及小麻雀。秋天蚂蚱已成虫，且有仔了，捕来喂鸡，若捕多了，我就用狗尾巴草穿成串，拿回家交给母亲，她做完饭就把大蚂蚱放在灶里余火中烤一下，发出诱人的香味。从此我就开始吃蚂蚱了，并且吃得津津有味，这是一种不错的野味。然而，一到冬天，蚂蚱就会销声匿迹了。因此，家乡有句俗语是："秋后的蚂蚱，蹦跶不了几天。"

鸟是蚂蚱的天敌，家禽也喜欢吃蚂蚱。一般情况下，蝗虫还不至于成灾，只有在天气干旱以后，大草原才易出现蝗灾。只要及时发现，尽快采取措施，就能控制灾情。关键是保持大自然的生态平衡，才能防止发生蝗灾。有草才有虫，有虫才有鸟，有鸟就有虫，鸟和虫相互依存，保护大草原，保护鸟类，才能保持大自然的生态平衡。

如今，由于滥用农药，在田野里鲜见蚂蚱的踪影，捕蚂蚱的往事，已深藏在我童年的记忆里。

昆虫王国已失去昔日的繁华。许多成员已销声匿迹，有的物种濒临灭绝，令人堪忧。我想，过去捕蚂蚱的乐趣，也将成为当今儿童记忆中的一种缺憾。

捉蝈蝈儿

蝈蝈儿是昆虫界的大提琴手。它一跳上豆棵拉琴，豆叶就黄了。它喜欢吃豆叶和豆荚，俗话说："听见蝈蝈儿叫，你就不敢种豆子吗？"蝈蝈儿是害虫，吓得人不敢种豆子，实在有点夸张。小时候，我老家夏秋季的主要粮食作物是高粱、谷子和大豆，后来才改种玉米，因此，在那些岁月里，还有豆地，才有机会去捉蝈蝈玩。

常见的蝈蝈儿有两种：一种是青色的，个头较大，体形短粗，背上有个大音箱，发出的音特别洪亮而有节奏，音同"乖子"，所以人称为"乖子"。它的后腿又粗又长，善于蹦跳，动作敏捷。它很机灵，会躲藏，不好捕捉。另一种蝈蝈儿，是翠绿色的，状如翡翠一般，其个头较"乖子"略小一些，形状与乖子相似，背上的音箱小，发出的声音清脆而响亮，就像人们敲梆子的声音一样，"唧唧、唧唧"地响个不停，响亮而有节奏，因此，人们称其为"唧唧狗子"。以上两种都是雄性蝈蝈儿，而雌性蝈蝈儿，个头比雄性大，腹部大，有翅而无音箱，因此不会叫，我们通称为"老母乖"。

我的家乡只有"唧唧狗子"，而没有"乖子"。过了虞河向东一直到凤凰山，仅隔十里路，既无"乖子"，又无"唧唧狗子"。向南过了坊子，才有"乖子"。我感到很神奇，就去问奶奶："奶奶，咱这里怎么没有'乖子'呢？"奶奶说："让凤凰都吃光了，咱们村东面有条大沟，叫凤凰嘴子沟。在很久很久以前，飞来只凤凰，在那里落了一下，就把'乖子'吃光了，只留下些'唧唧狗子'。后来它又飞到了凤凰山，又把山周围的'乖子'和'唧唧狗子'都一起吃光了。"奶奶讲的是个古老的民间传说，信不信由你。我是宁可信其有，不可信其无。因为家乡的传说很美妙，富有想象，所以很符合孩子的心理和兴趣。不管它是真是假，是否符合逻辑，那都不关孩子的事。

豆叶一发黄，豆子就快熟了，蝈蝈也已成虫了。在这时候，豆地里色彩斑斓，呈现出一派丰收景象，成了蝈蝈儿大提琴表演的大舞台。成千上万只蝈蝈儿，提着大提琴一起来演奏着，"唧唧唧唧"地响个不停。嘹亮的琴声震裂了豆荚，豆粒们也迫不及待地蹦出来参加豆地盛会。琴声悠扬传向四方，孩子们闻声而来，分享丰收的喜悦。鸟儿也飞来分享丰盛的午餐。

豆棵一旦由绿变黄，翡翠般的"唧唧狗子"就失去保护色，我寻找它们就容易多了，但要想捉到它们，可就不那么容易了，"唧唧狗子"个个都是机灵鬼。虽然它不像蚂蚱那样又能蹦，又会飞，但是它却既能蹦，又会躲藏。它一见人，就跳下豆棵，躲在落在地上的豆叶里，与我捉起了迷藏。它很凶猛，在捉它时，一不小心就会被它咬伤手。我捉了半天，只能捉到一两只，把它放进用席篾儿编的小笼里，带回去养些日子，待到立冬后，它就死掉了。在豆地里，一旦割完豆子，"唧唧狗子"也就销声匿迹了。

儿时的我捉蝈蝈儿很有激情，就像是在与小朋友们玩捉迷藏的游戏一样有趣。我在地头上问它们："藏好了吗?"它们叫了几声，就躲在豆叶底下，好像回答："藏好了，找吧!"我循声去找它，一把捉住它，任凭它在我手心里挣扎着，又踢又咬，我仍不放手，在这时候我的心却怦然而动……

小孩的心理就是让人不可理喻，越是容易得到的东西，越不想得到，即使轻易得到了，也不知道珍惜；越是难得到的东西，越想得到，一旦得到了，也就知道珍惜，其实，大人何尝不是如此呢?

捉蝈蝈，让我既动了心，又动了情，记忆深刻，童趣难忘啊!

捉螳螂

螳螂俗称"刀螂"，它是昆虫界的刀客。它整天扛着两把大刀行侠仗义独闯天下。螳螂和蝴蝶一样，也没有个家，是个流浪者。它浪迹天涯路，无牵无挂，逍遥自在，活得十分潇洒。

螳螂是一种食虫性昆虫。它前臂很发达，好像两把镰刀，头为三角形，触角呈丝状，它的牙齿很锋利，胸部不发达，腰细腿长，雌性个头较大，臀肥，腹部宽大，双翼呈绿色。雄性体形瘦小，呈灰褐色，很强悍，敢于冒险，攻击性强。它常捕食蝉、蜻蜓、蚂蚱、蝴蝶、飞蛾等，甚至还捕食蜂鸟。

螳螂也是位舞者，它的舞姿十分优美，不亚于蝴蝶。它既能在空中飞舞，又能在地上舞蹈，蝶的舞是文美，而螳螂的则是武美。夏末秋初，螳螂就可成虫，它舞着双刀出场了。雌性螳螂闪亮登场，就像一位巾帼英雄一样飒爽英姿，不让须眉。出招则招招奇险，收则闪躲腾挪，不漏一点儿破绽。雄螳螂一亮相，雄姿英发，横刀立马，有大将风度，横扫千军之势，勇冠三军之威武。自古美女爱英雄，雄蝶是以舞姿来向雌蝶求爱的；雄蝉是唱情歌呼唤雌蝉的；而螳螂大概是比武招亲的吧！雄螳螂是以生命为代价，换来了感动世界的爱情。

螳螂的腿又细又长，它不仅会飞，还能在地上跑。它腿上的功夫也十分了得，迈出的步既像舞步，更像是位武林高手在做武术表演。它身体始终保持着能攻能守的姿势。用双刀护着脸，前后晃动着身子，时而进，时而退，它是位天生的武林高手。螳螂拳神出鬼没，出招奇绝，令对手防不胜防，它喜欢突然袭击，是位偷袭高手。

我从小就喜欢在树下看树上的螳螂抓捕猎物。它捕蝉十分精彩。它绕到蝉的背后，悄悄地移动身子，十分注意隐蔽，然后突然发动袭击，一下子就把蝉俘获了。用两把大刀一起砍向蝉的头颅，蝉在挣扎着，惨叫着，最终被它吃掉了。

螳螂非常机灵，不易被人捉住。它不仅能用大刀砍人的手，还会用利牙咬人的手指。捉它的时候，一定要小心，先看准了，趁其不备，迅速出手，捏住它的后背部，这样才能防止它咬伤或砍伤自己的手。

在南园子里，我虽见过螳螂无数，但捉它却寥寥无几。捉螳螂如捉蝈蝈儿一样，很有激情。在捉它的时候，我的心总是"扑通扑通"地跳了一阵子，就像一直跳到了喉咙眼一样紧张。我不能把它放在笼子里，只好用线拴着它的脖子。把它放在地上，用根狗尾巴草挑逗它，它举起大刀，一下子就把狗尾巴草砍断了，刀上还带着许多锯齿。它时刻警惕着外敌对它的伤害，并摆出打架的架势。一会儿它又展翅高飞，想乘机逃走，只是已被线拴着难以逃走，无奈地又落在地面，败下阵来。我很想与它交个朋友，可它已做了我的俘虏，只有对我的敌视，还有什么友情可言。如此无趣，还是把它放掉吧！若放了它，还能去为民除害，多吃几个害人虫哩！

螳螂的生命虽是短暂的，但它的生活中却是充满着许多传奇色彩。自古在人间就流传有关它的成语故事，如："螳臂挡车，不自量力""螳螂捕蝉，黄雀在后"。另外还有螳螂拳的故事，这些故事有褒有贬。不过，经历了人生的苦难以后，我才恍然大悟，对螳螂才有了重新认识。在弱肉强食的世界里，为了生存的需要，螳螂也只好扛着大刀闯荡江湖，挺身冒险，任人褒贬了。不过，它那颗勇敢的心还是值得我敬佩和赞扬的。

拾豆虫

豆棵一收割，豆虫就钻入地下，不久就变成蛹。在种小麦时，一翻地，豆虫就又露出来。儿时的我和小伙伴儿们跟在犁后面，一边哼着"拾豆虫，玩豆虫，一戳一轱蛹"这只童谣，一边抢着拾起地里翻出来的豆虫。牛儿在前面慢悠悠地走着，鞭声在耳边叭叭地响，老农扶着犁，吆喝着牛儿。蓝天上飘来几朵白云，风儿刮起几片豆叶，就像枯叶蝶一样在空中飞舞着。这就是我当年拾豆虫的记忆碎片。

豆虫是一种害虫，它生长在豆地里，专门吃豆叶，故名豆虫。夏天豆虫的幼虫还小，是浅绿色的；到了秋天，就变成深绿色；钻入地下就由绿变黄了。豆虫的个头大，皮又厚又硬，头的颜色呈褐色，龇牙咧嘴的，身上胖乎乎的，后上方还翘着个小尾巴。它食量很大，每天要吃掉大量的豆叶，长得浑身是肉，超级体重，就像个相扑手一样，轱蛹一下就够吓人的。它不咬人，也瘆人。儿时的我，既害怕豆虫，又喜欢戳它玩。我玩得心跳，也玩得开怀大笑。

在南园子里，虽然不种豆子，但是偶尔也长豆虫。野外豆地里的蛹化成大蛾子，我们俗称为"咕噜歌"。它一飞起来就会发出"咕噜咕噜"的响声，可能因此而得名。"咕噜歌"从野外飞入南园子，在楸树上、梧桐树上、葡萄叶上面下籽，就可以生出些豆虫。幼虫易被鸟吃掉，豆虫长大后，鸟就吃不了它。树叶很快就被大豆虫吃光，它每天排下一堆堆深绿色的粪便，如绿豆粒大小。有时偶尔从树叶上掉下来只大豆虫，鸡发现后，先啄它，直到把它的厚皮啄软，或啄烂了才能吃掉。

在豆叶发黄的时候，豆虫就不再吃食了。它把绿色的粪便全部排净，才钻入土里化成蛹，因此，我们拾到的豆虫，已腹中空空，又瘦又小了，皮发黄，仍有点硬，也不再那么凶了。我们把豆虫攥在手心里，它也轱蛹不动了。再用力搓一下，它的皮也软了，拿去喂鸡，鸡也喜欢吃了。若在炉火中烤一下，还发出诱人的香味。我从不敢吃它，据说是很香的，美味可口。尽管如此，没有经过母亲的允许，我是不能吃野物的。

母亲并非佛门弟子，她从不吃斋念佛，但是她始终恪守善道，不杀生，不吃野物。她认为：任何生物都是条性命，要爱惜生命，不能杀生，包括蝼蚁。当时，作为一位农村妇女，又不识字，根本不懂得什么儒教、道教、佛教的，但是她有信仰。这种信仰是中国老百姓从古到今一代代传承下来的。我们都是炎黄子孙，五千年来的文化传承，最先是鱼鸟文化。炎帝的子孙崇尚鸟，民族的图腾就是凤，就是鸟了；而黄帝的子孙崇尚的是龙，民族图腾是龙，龙就是虫和鱼。因此，母亲的信仰是有历史渊源的。我应当尊重母亲的信仰，这也是尊重我们中华民族的信仰。爱护大自然，珍惜生命，是我们中华民族的传统美德。为什么结婚被人赞为龙凤呈祥？举行喜庆的仪式挂龙凤图腾，美其名曰：天作之合，龙凤呈祥？只有婚姻美满幸福，我们中华民族才能兴旺，国家才能繁荣昌盛，民族才能和睦相处，社会才能和谐稳定。老百姓虽然不懂那些大道理，但尊重祖先的信仰，起码是要做到的。

家乡早已不种豆子了。因此，我再也没有机会去拾豆虫。半个多世纪过去了，我再没有见过豆虫的影子。如果今天我遇见个豆虫，把它攥到手里，让它抓得我手心发痒，那么，我还能找回童年拾豆虫这种感觉吗？

拾树叶

蟋蟀在草棵里一弹琴，树叶就黄了。南园子的楸树就开始落叶，在西风中轻轻地飘落，就像群枯叶蝶一样在空中飞舞着，我和弟弟拾树叶的时候到了。

母亲早已搓好麻线，削好竹签，把麻线拴在竹签上。竹签比牙签稍长些，尖尖的；麻线约有一米多长，在远端还打个结，这样可以挡住穿住的叶子，防止脱落。

我们只是捡些不大不小的树叶，如：楸树叶、杨树叶最为适合，梧桐叶太大，柳树叶太小。把树叶穿起来成串，只有大小一致才好看，拾满了串，爷爷在墙上砸上钉子，然后把树叶一串串地挂在墙上。

我和弟弟天天拾树叶，南园子的树叶拾完了，我们又到圩子墙沟里去拾。沟里栽着杨树，叶子经霜一打就凋零了。金黄的叶子，又厚又大，真好看，上面还有虫咬的痕迹，背面还带着些虫卵，还有茧和蛹。过了霜降，树叶就全部落光了。树上光秃秃的，树枝就完全裸露出来了。

傍晚，我和弟弟身披彩霞，拖着树叶走在回家的路上。弟弟拖着一串树叶，在前面走着，树叶擦在地面上发出"唰啦唰啦"的响声。他又蹦又跳，那串树叶也随着他不停地上下起伏着。

当我和弟弟拾完最后一片金黄色树叶的时候，秋天就不知不觉地溜去了。我问爷爷："秋天到哪里去了？"爷爷说："到墙上找吧！"我和弟弟在墙上找了半天，也没有找到，只见墙上挂满了一串串的树叶，这些树叶都是我和小弟弟拾的。我恍然大悟，古语道："一叶知秋！"秋天就藏在这些金黄色的树叶里，爷爷已经把秋天一起挂在了墙上。

就这样，我和弟弟年年拾树叶，冬天就去看这些挂在墙上的树叶，等春天树又发芽了，才舍得把墙上的叶子摘下来，交给母亲生火做饭。虽然叶子在顷刻间化成了灰烬，但是我们拾的黄金叶仍留在童年的记忆里。

小秋收

农谚道："三夏不如一秋长，三秋不如一夏忙。"庄户人家刚忙完夏收、夏种，转眼就是三秋了。太阳一进屋，农人们又磨镰割谷了。大人们都在忙着秋收、秋种，就顾不得管孩子的事了。到了收获的季节，孩子们也在忙自己的"小秋收"。尽管这不同于大人的秋收，但是还别有一番滋味在心头。

所谓"小秋收"，是指小孩们在秋天的收获，也是孩子在野外的狂欢节。虽然它没有大人们秋收的内容那么多，规模也不很大，但是秋收的内容也是丰富多彩的。根据小孩的不同年龄和能力，小秋收的内容也是不一样的，其结果是一样的，收获的都是快乐。

青纱帐一撤掉，隐藏在高粱地里的一切秘密就暴露了。田野里一下子就亮堂了，空旷的高粱地原来也是如此直白，不再有任何秘密可言了。孩子们往日对高粱地的神秘感顿时丧失，脑子里一片空白，把一切兴趣都转移到小秋收方面来了。

我们一进高粱地，就发现在地头上长着许多瓜蔓，瓜蔓上的叶子还绿着，上面才结了许多瓜纽，瓜纽顶上还带着朵小黄花，有甜瓜，有脆瓜，还有西瓜。这些瓜应该长在夏天的瓜地里，如今怎么长在秋天的高粱地里呢？我心里感到真奇怪，就去问大人们。大人们说："那是些屎瓜。"孩子们好奇地问："为啥叫屎瓜？"大人们回答："夏天，人吃了瓜，吃进的瓜种，屙在地里，又长出苗来，结的瓜都叫屎瓜。"青纱帐里本来就是个天然的大厕所，路人都可以在高粱地里随时随地大小便，谁都管不着，因此靠近路旁的地头上，屎瓜遍地都生长着。孩子们又问道："中吃吗？"大人们说："反正不药人，就是中吃不中听啊！"孩子们问道："尝一尝行吗？"大人们说："随你的便，又不是人家种的，是它自己长的，谁也管不着。"孩子们说："好吧！不吃白不吃，先尝尝再说。"说着就下手，顺藤摸瓜了。

111

瓜纽大如大拇指，毛茸茸的，嫩嫩的，顶上还戴着朵小黄花，十分喜人。一会儿，孩子们就摘满了衣兜，有的还摘到了小西瓜，如小孩玩的皮球一样大小，圆溜溜的。

我对小朋友们说："咱不忙着摘，先尝一下，好吃咱再摘吧！"大家赞成，就停下来尝瓜。瓜纽一下子就吞入口中，嚼一嚼，脆脆的，又苦又涩。我"哇"的一声就吐了出来，其他的小朋友也都随之"哇哇"地吐了起来，都连呼"上当啦！上当啦！"纷纷把衣兜里的瓜纽掏出来，扔在地上，使劲一踩，就全踩碎了。大人们见了都在捂着嘴笑，说："瞧，这些过去吃屎的孩子，刚不吃屎了，今儿又来吃屎瓜，真好玩！"有的幸灾乐祸地说："该长记性了，让他们吃点儿苦。"还有的连讽带刺地说："唉，这么好吃的瓜，都糟蹋了，多可惜啊！"我听了没好气地说："好吃个屁，比屎都难吃！"大人们一听就更乐了，说："屎瓜就是这个味儿，好吃还叫屎瓜吗？"我对小伙伴们说："谁让咱馋了？自认倒霉，上当一回。吃过屎的孩子，还怕吃屎瓜吗？不就是让咱长点儿记性吗？"从此，屎瓜是不能再尝了，把小西瓜当小皮球扔着玩吧。

割去高粱秸，地里还竖着茬子，就像一把把利剑，直刺天空，人一不小心，就会划伤小腿。高粱秸是甜的，如同甘蔗，又名"甜秫秸"，现已吃不成了，只好折根茬子解解馋了。茬子约有一尺多高，虽然吃起来还有点儿甜味，但还有股尿臊气。既然是不花钱的东西，只好将就啃吧。高粱秆的外皮很硬，一不小心就会剌着手或剌着嘴。啃了半天，有的小朋友剌伤了手，有的剌伤了嘴，一见流血，吓得大家就不敢啃了。我虽然没剌伤，但是自从吃了甜秫秸就开始生口疮，烂嘴角，疼得不敢张口，不敢吃饭，更不敢张口笑，一咧开嘴笑，口疮就随之裂开口流血。哥说："早晨街门上的铁挂结霜，用它冰冰就会好的。"我去把门挂含在嘴里仍不见效，母亲每天给我嘴角上抹紫药水，才慢慢地好起来。后来我明白了，人不能贪心，占小便宜，也不能白吃人家的东西。否则，就会付出代价。

高粱地里已经没有值得我们留恋的了，只好转移到大沟里和崖头上去摘酸枣。在那时候，村东有条大沟，叫凤凰嘴子沟。在沟里和崖头上都长着很多棘子，上面结满了酸枣。一到晚秋，酸枣就红了，甜甜的，酸溜溜的很诱人。棘子上还长着许多小刺，呈钩状。一不小心就会剌破衣服，还会剐破了手。另外，棘子上还有许多小毛毛虫，毛毛虫虽然小得不起眼，但是它身上有些短细毛刺巴人，可厉害了。它专巴人手上有毛的地方，就像被蜂子蜇了一样，又疼又痒，好多天也不消肿，风一吹，汗毛一动就会疼起来，所以俗称"巴结毛"。每次去摘酸枣，不是让棘子剐破手或衣服，就是被"巴结毛"伤了手。尽管受了伤痛之苦，但还是经不起酸枣的引诱，还去付出血的代价。除此以外，还要冒很大的危险，去摘悬崖上的酸枣，一不小心就会掉到沟里摔成重伤的。我也冒过险，从崖头上摔在沟里，幸好没摔成重伤，只受了些皮肉之苦。

后来上了学，秋后就跟同学去地里"倒地瓜"，拾玉米，拾豆粒。我最喜欢"倒地瓜"。地瓜叶子被霜一打，就变黑了。大人们开始忙着出地瓜了。一收完地瓜，就允许孩子们来地里"倒地瓜"了。落下的地瓜都埋藏在地里，要把它们一个个找出来，绝非易事。有时候刨了半天也找不出一个地瓜根子，落下的地瓜究竟藏在哪里呢？漫地里找，是徒劳的。先从地头开始，地头的地瓜往往是长不好的，一割蔓子，就容易被大人漏掉，因此在地头上"倒地瓜"收获最大，不用费很多力气就可以找到许多地瓜。孩子们"倒地瓜"，是一种乐趣，就像在玩捉迷藏的游戏一样有惊喜有欢乐。刨了半天地，突然找到个地瓜，不论大小，哪怕一个小地瓜根，也会情不自禁地喊了起来，说"俺可找到你啦！""倒地瓜"不仅是寻找这种乐趣，还是一次劳动机会。勤劳总是有收获的，倒出的地瓜都归你个人，就是一种利，有利才有动力，但是孩子们追求的并不是利，而主要是寻找的快乐。有的孩子在最后没有倒出一个地瓜，怎么办？大家就一人从包里掏出一个地瓜送给他，让他也平分秋色，同享欢乐，这样下次他还愿意与你做伴去"倒地瓜"。另外，在回家的路上背着包里的地瓜，尽量避开走人家的地瓜地头，以免发生误会，一旦引起争执就不愉快了。小孩是忍受不了冤枉的，一旦受了冤，就会记仇。那么"倒地瓜"不仅没寻找到乐趣，还找了个冤家，那就太倒霉了。

割完豆子，地里落了一地豆粒。若要一粒粒地捡起来，那得费多少功夫？大人们对此无可奈何，只好放弃。拾豆粒是个细致活儿，需要细心和耐力，男孩们是没耐心去拾了，只有靠女孩们耐着心烦把它们一个个从地里拾出来。男孩们最喜欢做的是在豆地里逮田鼠。地里有许多田鼠窝，田鼠俗称"仓老鼠",是些贪得无厌的家伙,专喜欢偷人家的豆子。未等割豆子,它就在豆地日夜不停地作案了,把各个仓库里都装满了豆粒。尽管如此,它还不满足,又挖了许多新洞。人们收完豆子,它仍出来偷地上落下的豆粒。它们倒霉的时候终于来到了!看,男孩们扛着锹,背着包正冲着它们的窝走来。他们沿着洞口开始一锹一锹地往下刨,一直刨到田鼠的粮仓。把仓里的豆子全部收拾干净,一个田鼠窝就可刨出半书包豆粒。田鼠们的巢,土崩瓦解了。有的束手就擒,有的负隅顽抗,企图逃窜,已无路可逃了。当时老鼠已被列为"四害"之首,一旦逮住了它就毫不犹豫地把它就地处决。在世界上,贪婪的家伙,无论是老鼠还是人,都没有好下场,总有倒霉的一天。老鼠偷吃地里的豆子是为了生存,而人的贪婪成性究竟是为了什么呢?这不是孩子们能想得开的问题。

有了收获,孩子们在野外,还可以尽情地享受一下个人和集体的劳动成果。他们在地里挖个坑,垒起土灶,就地拾来些柴草,把倒的地瓜,拾的玉米、豆荚,捕的蚂蚱和豆虫等放在灶里烧烤,那就是丰盛的野餐了。若没有水果,还可以在地里找野葡萄、苘麻棵上的苘饽饽吃,大家吃得开心、满意,还增长了野外求生的能力和常识。

总之,小秋收对孩子们来说,是十分有趣的。既有付出,又有实惠,最大的收获莫过于快乐,这种快乐是大自然的恩赐,小孩们会感恩一辈子的。

五味月饼

月饼是什么味道的？是甜的么？似乎毫无疑问，而我却不以为然。我吃过的月饼则是酸甜苦辣咸五味俱全。这绝不是我的味觉出了问题，或出现了幻觉，也不是月饼变了质，改了味，而是我在以往的岁月中，自己亲口尝到的。

童年时代，在老家吃的月饼是最难忘的。是潍坊糕点厂独家生产的"丰收"牌月饼，那时候是手工制作的。先把面粉和猪大油花生油拌匀上锅蒸熟，再掺上红糖、碎冰糖、红绿丝、芝麻、花生及核桃等五仁拌匀成馅，用面皮包起来，放在模子里磕出，最后上炉烘烤。刚出炉的月饼，香甜味四溢，光彩夺目，就像在蓝色天空中悬挂着桔黄色的月亮。月饼上的图案精美，家乡艺人那巧夺天工的技艺让人赞叹不已，百看不厌。然而孩子们最喜欢的则是月饼那又香又甜的味道。

当墙角里的蛐蛐跳出来一叫，就把秋天喊进了农家小院。孩子们就开始想吃月饼，天天盼着过八月十五了。童年的我还不懂得初一十五的，像只小猪，只有个吃心眼。听奶奶说葵花转一转，就是一天，月亮圆了就是十五。我在院子里天天数着葵花朝着太阳转来转去，直到把窗下那棵树上的石榴转晕了头，涨红了脸，笑开了口，天上的月亮就圆了。过节期间，大人们正忙着秋收秋种，还要忙着过节的事，尽管心情是紧张的，但丰收的喜悦仍写满了历经沧桑的脸。瞧，弟弟也喜上眉梢，嘴咧得像石榴裂了口，露出白白的乳牙，更逗人喜爱，甚至在他的每根汗毛孔里，都在散发着甜蜜的气息。过节是这么令人兴奋，带给人们无比的欢乐。

过中秋节吃月饼，对庄户人家来说是件奢侈的事。我的童年时代，农村正搞互助组合作社。家里还很穷，就是有钱，也舍不得买月饼，还要攒钱盖房子。家里有老人和孩子，还要走亲戚。父亲只买了二斤月饼，先用来走亲戚，经过传来传去，包装纸透了油，月饼也磨碎了，剩下个月饼切成角全家分着吃。家乡的月饼做得大，一斤称俩。一般每年，先孝敬爷爷奶奶个月饼，留个在中秋节晚上，供养完天地后再切开分享，每年只吃到一小角。因此觉得月饼来得不易，十分珍贵。真是吃一口，甜一年，也想一年啊！

记得那年中秋节傍晚，姐姐早已把院子打扫得干干净净，哥哥摆上桌子。母亲把水果花生及月饼等装上盘，摆在供桌上，点上香，供养天地，也就是"祭月"。在月光下，小院里青烟袅袅，更为月饼增添了不少神秘色彩。它与初升的月亮相辉映，照亮了我童年的眼，也照出了万家团圆的影子。我和弟弟围着桌子转来转去，馋得像猴子见了大蜜桃，一会儿伸出小手去摸下苹果，一会儿又去摸下月饼，但姐姐轻轻地拍了拍桌子，我就乖乖地把小脏手缩回来了，还向她做个鬼脸。

当月亮挂在树梢上时，全家老少共八口人，围着桌子坐下来，母亲拿刀在月饼上切了四下，就切出八等份。母亲先把月饼递给爷爷奶奶，姐姐把月饼递给父亲，我和弟弟就迫不及待地抓起一角月饼，先看一下自己的，再看看别人的，都觉得自己的比别人的小。这就是孩子心理，其实都一样大。我们吃着月饼，赏月，听着大人们拉呱。月亮很圆，天上没有一丝云彩，月明星稀，凉风习习，秋高气爽。月饼真甜，真是吃在嘴里，甜在心坎上。虽然日子过得清苦些，每人仅仅分到了一小角，但已是心满意足了，庄户人家就是这么容易知足。小时候就常听奶奶说：知足才能常乐啊！吃完月饼、水果，我偎在奶奶的怀里，缠着她讲故事。奶奶指着天上的月儿说："你看月嬷嬷上有什么？有桂树，树下还有只猴子在舂米呢！"我仔细地寻找着，月亮里什么也没有，只有斑片状黑影。姐姐悄声对我说："那不是猴子，是玉兔，是嫦娥。"我问道："嫦娥是谁啊？"姐答道："是后羿的媳妇。"我又问道："她为什么不下来和家人过节吃月饼？不想家吗？""她被逼无奈，才吃了仙药，飞上月宫，就下不来了，成了神仙。"姐答道。"成神仙有什么好处，能吃到月饼吗？"姐姐不耐烦说："你个猪心眼，和你说多了，你也听不懂。"我捡起包装纸外面的一张囟子，上面印着个黑圈圈，去问爷爷。他告诉我："那是用篆体写的'丰收'两字。据说是早前鞑子兵犯中原，人们借中秋节串门走亲的机会，把信藏在月饼里，约定八月十五晚上杀鞑子，举行起义，后来就改成了红囟子上面印的是商标，过八月十五吃月饼作为一种风俗留传至今。"那年我才六岁，还听不懂这些。心里很单纯，也很好奇，喜欢打破砂锅问到底。后来才慢慢懂得了八月十五是我国的传统节日，还有很多来历呢！曾发生过杀鞑子的悲壮故事；月中还有悲欢离合事和凄美的神话传说呢！

记得我 8 岁那年丰产而不丰收，虽然粮食丰产了但没收回仓就烂在地里。村里却办起了食堂，人们敞开肚子尽情地往里填，像吃大户一样，不久就坐吃山空。接着又遇上连续三年自然灾害，食堂断了粮，家家都没的吃。菜团子成了主要口粮，还限量供应，整天饿肚子。第二年中秋节，月亮依旧圆了，但没有月饼和水果吃，仅有菜团子。我捧着菜团子，望着月亮在发愣，含在口中的菜团子，又硬、又苦、又涩，实在难以下咽。哥问道："发什么呆啊？还不快吃！""哥，你看天上的月儿，多么像个月饼啊！"我答道。哥苦笑了笑说："真呆，大概你是想月饼想疯了吧！"我说："唉，若真的成了个月饼就好了，咱也就不会挨饿了！"说着我的精神就恍惚起来，眼前模糊了，我揉了揉眼，看到月中的影子不是桂树，也不是猴子在舂米，更无嫦娥和玉兔，那分明就是个月饼的图案，里面还有"丰收"两个大字呢！此时此刻，我是多么渴望丰收啊！吃上顿饱饭，吃上角月饼。然而，现实却不是梦。中秋节过后不久，爷爷就饿病了，第二年夏季就病逝了。遗憾的是，临死前也没吃上口月饼。灾荒过后，奶奶仅吃了两次月饼，也离我而去。每当中秋节切月饼，一想起爷爷奶奶，我的泪就往心里流。

世事无常，天灾过后，又遭人祸。我家刚过了五年安稳日子，一场风暴席卷而来。我家也遭到了无情打击，家被抄了，我被迫辍学回乡务农。步入青年时代，历经了坎坷。入了家务，也懂得了过庄户日子的艰辛。没有了过中秋节的激情，对吃月饼再也不感兴趣了。记得 1971 年中秋节傍晚，弟弟告诉我昨夜西邻差一点出了人命。事情的经过是：西邻是我小学时的同学，在外地当工人，五一回家娶了个媳妇，娘家是邻村。过中秋节生产队里用小麦换了一批月饼，每户只分得一斤，即两个月饼。新媳妇要去走娘家，要把那斤月饼全带走，婆婆不给，于是婆媳俩就争吵起来，直到深夜。媳妇为此感到绝望，一怒之下就喝下一瓶敌敌畏农药，幸亏早被发现，及时送医院抢救才脱离危险，保住了性命。那时是计划经济，什么都要凭票证供应，社员们从没发给过粮票，有钱也买不到月饼。队里只分一斤月饼真让婆婆为难，新媳妇走娘家孝敬父母，应该给斤月饼，否则，新媳妇没脸回娘家。但是婆婆还有个八十多岁的老婆婆，还能吃几次月饼，不给她留个，情理上是过不去的，公公对此也束手无策，结果险些酿成一场人间悲剧，闻后令人唏嘘不已。

晚上，母亲拿出家中的唯一的月饼，切好后，让我们各自拿，我心里还在为同学家的月饼风波而难过，哪有心思过节吃月饼呢？当时父亲哥哥姐姐不在家，我不拿，弟弟妹妹也不好动手。母亲抓起一角月饼往我手里塞，我推辞说："娘啊，我不要，我长这么大了，不馋了，你留着吃吧。"母亲说："傻孩子，别嫌少，一年才吃一次，为的是图个吉利……"说着硬往我手里塞，月饼在母亲那骨瘦如柴的手中已被攥得烫手，我只好接过来，掰了一小块，又塞回母亲手里。弟弟妹妹见状，也照我的样子纷纷往母亲手里塞月饼。这时我见母亲那深陷的眼窝里闪动着泪花。我的鼻子一酸，眼里也湿润起来。我抬起头，望着月，把那一小块月饼塞进嘴里，慢慢地嚼着。心里想道：我已20多岁的人了，挣一天工分，不值6角钱，还买不了个月饼，怎么孝敬父母？母亲已年过半百，养育儿女七个，落下个病身子，还支撑着为儿女们操心受累，真不容易……想到这里，我握紧拳头，心里暗暗地发誓：待我日后挣了钱时，给俺娘买好多月饼，让她过把瘾，吃个够！我一激动，泪水就流到嘴里，月饼变成了咸味的，咽进肚里，感到无比的辛酸。这是我在老家吃到的最后一次月饼。

今年中秋节前，我回了趟老家，在市区一家大超市柜台上摆着各种各样的月饼，当我看到当年在家吃的那种大月饼时，感到特别亲切。本已选购了多种月饼，又买了二斤大月饼。母亲见我给她买了这么多月饼，不仅不高兴，反而责怪我说："傻孩子，怎么还不知道过日子？我已87岁了，早就吃不下月饼，不要为我瞎花钱，只要见到你的面，比什么都好！"我说："娘啊，你吃不下就留着看吧，做个念想。你年年都看着儿女们孝敬你的月饼，就是全家的福啊！"母亲让我吃，我已多年没吃到家乡的大月饼了，也很想尝尝现在的味道，于是我就掰了一小块，放在嘴里慢慢地咀嚼着……

月饼还是当年的老样子，怎么如今就不是当年那种味道和感觉呢，再也没有当年吃月饼的那种激情了。唯一的感受是，过去的月饼比日子甜，而今的日子却比月饼甜。

（2017年11月作品《五味月饼》荣获"践行伟大中国梦"全国优秀文艺作品征评暨第五届作家创作论坛特等奖）

念月儿

在上世纪五六十年代的潍坊，过中秋节时，有"蒸月儿""念月儿"的风俗。

溽暑昨别，新秋乍凉，转眼已是中秋。我们和弟弟妹妹缠着母亲说："娘，咱多年没蒸'月儿'了。今年小麦又丰收，就给俺们蒸个'月儿'，庆祝一下吧!"母亲说："照看你两个小妹妹就够我忙的，哪有功夫蒸'月儿'呢?"我说："放秋假了，俺和三弟每人看一个小妹妹，你就给蒸个吧! 求求你!"母亲拗不过我们，挽起袖子，洗了手就去和面，先发好面，煮好干枣备用。

中秋节在农人眼里是个大节日，仅次于春节。因为正值秋收秋种是最忙的日子，所以社员们顾不得过节。但是人情往还的事还是要做的，过节就要走亲串门的，尤其是有老人和孩子的，还要送点儿礼品。在闹饥荒的那些岁月里，都忍饥挨饿地串不了亲戚。如今一吃上点儿人粮食，就又嚼瑟起来。月饼是需要凭粮票买的，社员们没有粮票，买不成月饼，就用白面来蒸锅馍馍，再摘上一篮子苹果或梨子。若有外孙的，外婆（或妗子）必须给外孙蒸个大"月儿"当礼物，送给外孙以表示喜庆丰收之意。

"月儿"是家乡的特色食品，是用发面和大枣制作而成的，上面带花纹，形状类似生日蛋糕。先发好面，做三个剂子。先将两个大点儿的剂子，擀成两个厚约2厘米，大小相等的面饼，将筛选出的上好干枣煮熟，摆放在底层的面饼上。摆的时候，在周边上把红枣密密麻麻地摆放一圈，中间的枣可以稀一点儿。把第二层面饼小心地盖在枣上，与底层的饼对齐，枣被饼夹在中间，从外围上看，两层饼夹着的枣稍微裸露着。取最小的面剂子，擀成厚薄约有1厘米，比第二层略小的面饼，作为第三层。用梳子在第三层的边缘上压出一圈花纹，然后用剪刀每隔大约0.5厘米，剪出长约1厘米的剪口。再把周边捏成葵花花瓣的形状，样子像古代妇女戴的云肩。然后把它贴在第二层面饼上，叫做"三起儿"。最后用余下的面团捏成花卉、瓜果或小动物的形状，贴在"三起儿"上面。一件精工细作的工艺品就呈现在你的面前了。慢来，还没做完呢！花蕊里还缺了点儿什么？噢，再插上个枣，不就精神了吗？好了，上锅蒸吧！当心，千万别弄坏了造型，否则就前功尽弃了！蒸三十分钟以后，当你掀开锅盖时，你准会被蒸好的"月儿"给惊呆了。我们兄弟姊妹像一群小燕子，围着锅台转来转去，情不自禁地说"哇，好大的一个'月儿'啊！"它就像一个精美的生日蛋糕一样漂亮！让人怎么舍得下口吃呢？别急，就让我们先去念"月儿"，以后再切开吃吧！

八月十五傍晚，当月亮升起的时候，"念月儿"大典就开始了，而且都是由孩子们去"念月儿"的。

母亲把蒸好的"月儿"一放在盖垫上，就去给不满百日的一对孪生姊妹喂奶。我到南园子里掐片蓖麻子叶，盖在"月儿"上，以防干裂。盼到傍晚，我和三弟、二妹、四弟端着那个"月儿"来到大街上，月亮还没升起，村头上就摆满了"月儿"，坐满了孩子。小孩子面朝东方端坐在地上，把月放在面前，大孩子守护在一边。月亮终于从凤凰山上露出了笑脸，呈橘红色。孩子们欢呼起来，高唱着："念月儿了，念月儿了，一斗麦子一个了！""念月儿了，念月儿了，丰收的日子好过了！"大家都摘掉蓖麻叶，露出硕大的"月儿"。此起彼伏地高唱着"念月儿"的古老歌谣。这种儿童喜庆丰收的场面，已经消失了四年，如今又重现，这是感恩天地的真诚表达！我从他们天真可爱的脸上，看到了丰收的喜悦！

突然，四弟却失声痛哭起来，他指着盖垫上的"月儿"泣不成声地说："枣，枣没了！"我问道："谁干的？"二妹气愤地指着前面的堂弟说："他干的好事！"三弟上前质问他说："为什么？"堂弟说："我愿意！"说完就要走开，三弟拉住他评理，却被他一把推倒在地上。我上前仅轻轻地推了他一把，堂弟就摔倒了。他哭喊着："爹啊，他兄弟俩打我自己！"二大爷从南过道闻风赶来，气势汹汹地朝我扑来。我急忙一闪，拔腿就往家跑。边跑边喊："救命啊！救命啊！"他从大街一直追到我家门口，劈头就扇了我两耳光，当场就把我打晕了，摔倒在地上。母亲在家中听到我的呼救声，急忙开门，见我躺在地上挣扎，二大爷正抓着我的胳膊。母亲大声呵斥："二哥，你要把他打死吗？"二大爷吼着："我就是要打死这个死孩子！"四爷爷正在井上打水，劝道："孩子打闹，大人掺和啥？还打骂别人的孩子，像话吗？"二大爷这才松开手，骂骂咧咧地走了。母亲把我扶进门，又教训了我一顿，并且不准我再与堂弟玩了。然而，第二天堂弟就来找我玩，我早忘了挨打的事，照常和他玩。他比我小两岁，比三弟大一岁，我们本是一家，血浓于水，我怎能不原谅他呢？何况我们都是儿童，打打闹闹，是常有的事，可是一旦让大人插手，就把小事儿闹大了。

从此，我再不敢提"蒸月儿"的事。母亲伤透了心，再也没给我们蒸过一次"月儿"。但是母亲在一九六二年中秋节时蒸的"月儿"却永远铭刻在我的心里。那是世界上独一无二的、美得让人心疼的"月儿"。遗憾的是，盼了多年的好事，却让淘气的堂弟给搅黄了。

如今，虽然母亲蒸的"月儿"已经成为一件绝版的美食工艺品，但是它却足以让我感动一辈子，也感恩母亲一辈子。

冬天的童趣

冬天是个冷酷的季节，但是对小孩来说就另当别论了。孩子们的童趣不减，玩兴正浓，还玩出了更多花样。

立冬是冬天的第一个节气，庄户人家的场院门一关，农闲的时候到了。爷爷终于可松口气了，不用下地干活，就有闲工夫陪我玩了。天一冷，大人就不准孩子们上街玩，我也只好窝在家里缠着爷爷奶奶拉呱、讲故事，因此就获得了更多机会听爷爷奶奶讲故事，学唱古老的童谣。

大人的忙与闲，和孩子们的玩兴正相反，大人忙的时候，是顾不了孩子的，只好撒手让孩子自己玩，而在闲的时候，就不那么放手让孩子随意出去玩了。为了孩子的安全和健康，就把孩子拦在家里，孩子们失去了自由，心里就不快乐。时间久了在家就发闷，只想往街上跑，趁大人一不注意，就溜出家门，去找小朋友玩。

在上学之前，当时庄户人家的孩子没有机会上幼儿园，只好任凭孩子自己穿着开裆裤在街上撒野。俗话说："冻了咸菜瓮，冻不了孩子腔。"当时，庄户孩子还真抗冻。虽然穿的衣服很单薄，但是天越冷，就越想往外跑。"小雪封地，大雪封河。"大地一封冻，地面就变硬了。比较适合滚铁环、"打奸儿""打懒儿"，一下大雪就可以玩雪，堆雪人、打雪仗、逮老鼠、捕麻雀。河里一结冰就可以去滑冰，我十岁那年元旦，还曾经在虞河滑冰时，不幸落入冰窟窿里。过冬至吃菜豆腐水饺，冬至一交九，就是严冬了，在冰天雪地里，孩子们玩兴更浓。一入腊月，就盼着过年了，放鞭炮、玩火枪、"来宝儿"。另外，还玩各种儿童游戏。总之，冬天的玩景仍然丰富多彩，甚至更有趣味。

当年，尽管冬天雪下得又多又大，天气特别冷，人们缺衣少食，难得温饱，但是小孩们不怕冷，很少患感冒，可能与经常到户外活动有关。在室外活动，运动量大，既锻炼了身体，又很开心，身心都健康了，才会有抗病能力。年复一年，周而复始，一年四季的童趣，让儿童尽享幸福快乐。严冬过后，离春天就不远了，儿童又要欢天喜地过大年！

唱童谣

自从我有了记忆，奶奶、母亲及姐姐就教我许许多多的童谣，就是当今所谓的儿歌。那时的童谣，言简意赅，真实地反映出了农耕文明时代的生活状况，生动地描绘出当地农村的生活习俗，散发着浓郁的乡土气息，而且语言生动、朴实、优美、富有韵味。句子流畅，朗朗上口，易于传唱，很受儿童喜爱。有些童谣已成为经典，至今仍被儿童们传唱着。

记得奶奶最早教我的那首童谣是："小老鼠，上灯台；偷油吃，下不来；叫娘，娘不在；'喵'的一声叫，嘀哩咕噜滚下来。"上世纪五十年代，村里还没有通电，家家户户都是点油灯照明。灯油是用豆油做燃料，为了节约用油，庄户人家干脆就不点灯，早睡早起。若需要点灯也把灯头拨小，如黄豆粒大小；后来入了合作社，改用煤油，当时老百姓叫"洋油"，也是用不起的；到了六十年代初，村里才安上了电灯。油灯上有灯台，灯台高。小老鼠喜欢吃豆油，就要爬上灯台。灯台好上，但不好下。小老鼠下不来，急得喊娘，娘却不在。忽然听到猫"喵"的一声叫，吓得它从灯台上滚下来。猫是老鼠的天敌，猫有虎相，也有虎威；老鼠一见猫，就吓得屁滚尿流了。若不赶紧逃命，就会被猫逮住吃掉的。这首童谣寥寥数语，就生动地描述了小老鼠偷油吃的场面。虽然我不曾亲眼见过这种场面，但是只要我听了童谣，也有身临其境的感觉。我很喜欢唱这首童谣，但是我却唱不好，咬字不清，常把"鼠"说成"府"，"灯"念成"东"，让人听了发笑，后来姐姐给我纠正过来了，在那时候只跟大人唱，也不求甚解，多有口误。

奶奶用的老纺车，据说是曾祖母的传家宝。她经常用它来纺棉花、纺线。在小时候，我喜欢依偎在她身边，看她纺棉花。她盘着腿，坐在炕席上，右手摇着纺车，左手攥着个棉花团，一边摇纺车，一边拉线，纺车飞速地转动起来了，发出"嗡、嗡、嗡"的叫声。她的身体向前不停地晃动

125

着，头发上挽的那个小鬏鬏，也在有节奏地摆动着。不一会儿，就纺出一团白棉纱来。圆圆的，就像个白色的甜瓜。她一边纺棉花，一边教我唱童谣："嗡嗡嗡，纺棉花，一纺纺了个大甜瓜。爹一口，娘一口，一咬咬着孩子手……"我很快就学会了，因为这个劳动场面，我太熟悉了。这首童谣就是奶奶纺棉花的真实写照，后来她去世了。我一听到孩子们唱这首童谣，我就想起奶奶纺棉花的情景。

我记得她还教我一首童谣："咕咕咕，上门楼，门楼送了花来啦，什么花，大红花，一枪打了个大老鸹……"后面还有几句，已记不清了。没有意思的童谣，自然就记忆浮浅，必定会破碎的。

母亲从小就心灵手巧，是村里有名的巧女。她擅长绣花，工于做针线活，就连我穿的布鞋，她也把鞋面和鞋帮上绣上漂亮的花朵。母亲盘着腿，坐在炕头上纳鞋底。她一边"噌噌噌"地纳着鞋底，一边哼着小曲。我在一旁听着，问道："娘，你唱的啥呢？"母亲答道："童谣，好听吗？"我答道："好听，俺喜欢，教教俺吧！"母亲唱一句，我就跟着唱一句："小狗汪汪咬，亲家来得早。下炕摸花鞋，裤子没找到，两手拍打腚，这得怎么好？"童谣明白如话，不用作任何解读，三岁的孩子也能听懂。寥寥数语，它已经把农家会亲家的那种心情表现得淋漓尽致了。我学会了，在炕上一面唱着，一面表演着，最后两手拍打着腚，做个鬼脸，母亲已笑得前仰后合了。

学完一首童谣，我仍缠着母亲说："刚学的这首太短，再换首长的吧！"母亲说："好，再教你首长的。""小笊篱，弯弯把，从小待在姥姥家，姥姥管她好饭吃；妗子给她管粉搽，一搽搽到十七八，十七八上找婆家。找到东，东不要；找到西，西不要。找到城里大官家，也有楼，也有瓦，也有大车拉庄稼，也有小车走娘家。"听这首童谣，如同听了个故事。虽然很长，但是很好记忆。而且像首顺口溜，语言流畅，很易背诵，一学就会，我很感兴趣。这首童谣，也表达了庄户人家对城市生活的向往。因为当时城乡之间的差别是实实在在的，人往高处走，是无可厚非的。

在南园子里种着许多草花，从春天到秋天，几乎不断花，姹紫嫣红的，就连篱笆上也爬满了牵牛花。姐姐采下半截花蔓，编成花环，戴在我头上，拉着我的双手前后晃动着，就像筛筛子，还唱起了童谣："打箩筛，做买卖；一做做了个花脑袋，给谁戴？给姐戴，戴不上；给哥戴，戴不上；给我戴，一戴就戴上了。"姐姐在我姊妹兄弟中是老大。她比我年长七岁，是她把我抱大的。儿时的我，长得胖乎乎的，身体又重，又顽皮。姐姐背着我本来就很吃力，我还故意使劲向后仰，一不小心，我就从姐背上摔下来。姐很疼我，细心照料我，每当我唱起姐教的这首童谣，就会忆起姐弟之间的许多往事。姐姐盼着我快快长大，希望我长大了有出息。记得她还教了我一首童谣："弟呀弟，你快长，长大了，当官长。天冷了，披大氅，穿皮靴，咔咔响。"后来我才知道，是她把原来那首歌谣改了几个字。原词是：妮儿呀妮儿，你快长；长大了，跟官长。穿皮鞋，披大氅，走起路来，咔咔响。无论如何，童谣也是表达人们对未来美好的憧憬。

童谣多数是单纯的，优美的，但也有些糟粕。有一天，我在唱一首童谣："山老鸹，尾巴长，娶了媳妇忘了娘……"哥问我："你唱的啥呀？"我答道："山老鸹，尾巴长……"哥问道："谁教的？"我答道："今儿去二大娘家，她教孙子唱的，俺就学了几句。"哥不耐烦地说："得得得了吧，怪不得这么难听！"我问道："山老鸹是啥？"哥答道："乌鸦，它长得一身黑，很难看，叫起来很难听。但是乌鸦还知恩图报，长大了还反哺十八天，报答母亲养育之恩。"我问道："咋说乌鸦不好，娶了媳妇忘了娘呢？"哥说："这是褒贬人，咱家祖祖辈辈，讲礼节守孝道。爷爷是咱村有名的大孝子，咱父母也很孝顺。你不要学那些乱七八糟的，惹大人生气。"后来，我才知道，二大娘家，婆媳不和，老人有点儿怨气，就教孙子唱这首儿歌，只是借此来出一口心中的怨气而已。听哥一劝说，我就不再唱这首童谣了。

童谣是劳动人民集体创造的一笔宝贵的精神财富，是集体智慧的结晶，是农耕文明时代的口头文化，也是农耕文化的重要组成部分。许多童谣是在劳动中创造出来的。它来源于生活，更贴近生活。童谣不仅可以让儿童学说话，学唱歌，练口才，还具有教育功能。它使孩子们在传唱中得到快乐，还能寓教于乐，也是一种文化启蒙，因此儿童很容易接受，但是，随着时代的发展和时间的推移，许多古老的童谣就已经破碎，又产生了新的儿歌。这是时代的需要和发展的必然，是无可厚非的。童谣是儿童的歌谣，哪里有儿童，哪里就有童谣。童谣如今已作为幼儿早期教育的重要组成部分，这就是它存在的理由。

古老的童谣是一坛陈年老酒，时间越久，醇香越浓郁。若细细地品尝，更是让人回味无穷。

我爱古老的童谣，它是祖先们留给我们的传家宝，它让我快乐一生，童心永存，记忆难忘。

我爱唱童谣，因为它是奶奶、母亲和姐姐教我的，充满了永恒的母爱，所以一唱起童谣就会感到特别亲切，让我陶醉在童年温暖的回忆之中。唱童谣，不忘童心，牢记亲情，使我懂得了知恩、感恩和报恩。唱童谣，唱出了我童年的梦想，唱出了欢乐的童年，使我更热爱生活，热爱家园，会让我幸福一辈子。

打懒儿

"懒儿"是个啥玩意儿？学名叫陀螺，是一种儿童玩具，呈圆锥形，用绳绕上后，抽拉或用鞭子抽打，可以在地上旋转。在我老家潍坊俗称为"打懒儿"，当地的方言习惯带点儿话音，把玩陀螺称作"打懒儿"。俗中有雅，却给玩陀螺注入了深刻内涵。

上世纪五十年代，儿童们"打懒儿"还相当流行。"懒儿"的制作简单，可以到集市上买，也可以用废品换，若无钱买，还可以自己制作。

在立冬以后，庄户人家一关了场院门，就到了农闲的时候，来村里收废品的货郎担子就开始多起来。邻村的货郎们，挑着担子或推着独轮车，摇着铃铛或拖着长腔高声吆喝："拿破布衬、烂棉花来，换洋针啦！"他们走街串巷，喊声此起彼伏，在村子里各个角落里回荡着，打破了往日的宁静。人们闻声赶来，围着货郎担子，若没现钱可以以物易物，用废品交换着各自所需的小商品。看，老嬷嬷们捧着些破布烂衫或烂棉花套子来换盒

"洋火"或"洋针""洋线";大姑娘、小媳妇们则羞羞答答地攥着绺儿头发换根红头绳或胭脂、蛤蜊油;而小孩们总是空着手,围着担子转来转去,把好奇的目光集中投向那些小泥人、铅笔刀、哨子等儿童玩具文具上;我却盯上了那些圆溜溜的陀螺,那些个头大小、形状、颜色都完全一致的小陀螺,上面还打了层蜡,光鲜亮丽的,看上去十分可爱。我不禁壮起胆子上前指着它,问了声:"多少钱一个?""一毛钱。"货郎答道。我听了,伸了伸舌头,说:"啊,这么贵!"货郎说:"要吗?让你五分钱!"我两手空空,衣兜里也没有一分钱,只好摇摇头,恋恋不舍地离去。

回到南园子,见父亲修剪下了一地树枝,有楸树的,有果树的,还有杨树的。我想,既然我买不起陀螺,就自己动手做一个。我捡起根楸树枝,锯了一会儿,木质太硬,锯不动,用刀砍,也砍不动,刀还卷了刃,只好放弃。另选根粗杨树枝,木质较软,我先锯下约十厘米,带着树皮,用小刀在另一端慢慢地刻起来,刻了半天,手上磨起了个血泡,才把它刻成圆锥形。我在父亲的工具箱里找出了粒轴承上的钢珠,在圆锥的尖上钻了个眼儿,把钢珠嵌入,终于自制成了第一个陀螺。

我又砍了根细树枝,做鞭杆,用旧布条编成鞭绳,系在鞭杆上,就制成了鞭子。我想试一试自制的陀螺如何,在院子里,我把鞭绳绕在陀螺上,放在地上用力一拉,陀螺就在地面上旋转起来。我用鞭子不停地抽打它,陀螺越转越快,转得越快就越稳当。

我第一次自制的陀螺,比较粗糙,木质差,形状不美观。虽然远远地不如货郎卖的陀螺精致,但是我毕竟没花一分钱并且大而稳,易发动,不用费力抽打就旋转得很好。

从此,我喜欢"打懒儿",整天手不离鞭子,越打越起劲。农谚道:"小雪封地,大雪封河。"一到小雪,地面就上冻了,硬得像石头,正适合"打懒儿",尤其是过了冬至,就交九了。数九寒天,滴水成冰,在井台上及过道里,天天有来打水的人,一不小心,就洒一地水,很快就结成冰,在冰上更合适"打懒儿"。我跟"懒儿"较上了劲,天越冷,打懒儿越起劲,打得浑身直冒汗。打了一冬天的"懒儿",我自己也变勤快了。

来年一立春,地面就解冻了。地软得就像海绵一样,"懒儿"转不动,就不能继续"打懒儿"了。我只好把鞭子和它一起束之高阁,待到立冬后，又把它取出来，再继续打。就这样，年复一年的，直到把那个"懒儿"打得脱了皮，木质开裂，如同皮开肉绽的一样，才松手。后来又把它交给小弟弟玩。曾记得有一天下午，我正在做寒假作业，小弟弟拿着"懒儿"来找我。他沮丧着脸，对我说："二哥，'懒儿'不转了。"我接过"懒儿"，看了看，是钢珠掉了。安慰他说："不要紧，我再找个钢珠换上就行了。"我在工具箱里找了半天，也没找到个钢珠的影子，只好安上个黄豆粒来顶替一下。不一会儿，小弟弟又找回来，我一看安上的豆粒又掉了，也许豆粒小，不牢固，就换成玉米粒，又过了一会儿，小弟弟又找回来，说："二哥，你看它又不转了。"我一看，虽然玉米粒还在，但已被磨平。我只好去邻居家找堂哥要个钢珠。堂哥正在修小推车，刚换下旧轴承，有许多钢珠，我就捡了几个圆一点儿的，急忙跑回家。我想，这次换上它问题就解决了。

意想不到的是，当我回到家里时，见小弟弟把陀螺上残留的皮已剥光，木质已裂开。玉米粒被起出后，圆锥顶部的眼已遭到严重的破坏，无法镶嵌钢珠。我无可奈何，只好放弃修复的打算。小弟弟在一旁着急地问："这可怎么办呢？"我说："没法子，只好重新做一个。"小弟弟比我小八岁，他是1958年出生的，一来到世上，就挨饿。母亲整天吃菜团子都吃不饱，哪有多少奶水喂他呢？父亲省吃俭用，从单位上节省点儿面粉带回家，让母亲打成浆糊状喂他，是靠吃浆糊长大的。他从小营养不良，长得又瘦又小，幸亏后来村里不吃食堂了，父亲利用休息时间回家，自己开荒种地，生产自救，家里吃上了地瓜，仅能填饱肚子。那年小弟弟只有四岁，还没有多少记忆。他从小就趴在我背上，我整天驮着他玩，当时他刚学着"打懒儿"，遇到困难，我怎么忍心不管呢？我只好放下作业，先给他做个像样的陀螺。

我领着小弟弟，在南园子里又选了根又粗又圆的柳枝，锯下一段光滑的柳枝，再用菜刀先把远端砍成楔形，然后用小刀再把它刻成圆锥形，又在磨石上磨得十分光滑，最后把钢珠安牢固。柳树比杨树木质细腻，较硬一些。虽然刻起来难一些，但是它结实耐用。带着皮还能起到保护作用。想到刚才我用豆粒和玉米粒当钢珠，再三糊弄小弟弟，觉得又可笑又惭愧，小弟弟这么小，我应当关心爱护他，他那么天真单纯，信赖我，我应当诚心诚意帮助他，尽到做哥的义务，才能对得起他。我把这份愧疚都用在做这个陀螺上了。"功夫不负有心人"，我用心给小弟弟做成的陀螺，赢得了小弟弟对我真诚地赞赏。并在他的童年记忆里，留下了深刻的印象，直到今天，他还念念不忘兄弟们的这段情谊，常与我回忆起这件童年往事。

我又砍了根细柳枝，搓了根细麻绳，重新拴了根鞭子。小弟弟拿着鞭子，我拿着陀螺在院子里试打一下看看效果如何。我把陀螺用力一搓，它就在地上转动起来，让小弟弟快用鞭子不停地抽打，不一会儿，陀螺就旋转得又快又稳。"成功啦！"小弟弟举着鞭子，又蹦又跳，欢呼起来。我让小弟弟暂时停下鞭子，看它究竟能转多久。小弟弟问我："这玩意儿为什么叫'懒儿'？"我答道："一会儿你就知道了。"停了鞭子，陀螺在地上转了一会儿，就慢慢地停下来，最后，躺在地上一动不动了。我说："看，这玩意儿，一不挨打，它就不动了，你说它懒不？"小弟弟又问道："为什么要打它呢？"我答道："让它勤着点儿，你开心吗？"小弟弟说："开心！"我说："这就对啦，咱打懒儿就是为了开心，找乐趣。"在这时候，母亲一出屋就听到我兄弟们的对话，微笑着说："打懒儿好啊，打懒儿又开心，还可使人变勤了！常言说得好：'懒惰，懒惰，必定挨饿；勤劳，勤劳，吃饭把准。'在爹娘手里，还喜欢个勤孩儿，不喜欢懒孩儿呀！"听了母亲的话，我恍然大悟，母亲寓教于乐，是在教我们做人的道理。我拿起地上的"懒儿"，用力一搓，"懒儿"又在地上转动起来，我对小弟弟说："快打吧，用力打，开心地打，打掉它的懒气，咱要做个勤快孩子，不做懒孩儿。"从此小弟弟也整天"打懒儿"，直到把"懒儿"打得皮开肉绽，仍不肯放手。他不知不觉地长大了，又传给了小妹"打懒儿"。

小时候"打懒儿"的感觉真好，不仅使我开心，是种良好的童趣，还让我亲身体验能量交换的美妙过程。长大了才认识到，懒惰是人类普遍存在的，要克服惰性，就要不断地拿起鞭子打掉自身的懒气。母亲的话就像一条"打懒儿"的鞭子，半个多世纪以来，只要我想偷懒，耳边就响起母亲的话，就像挨了顿鞭子一样地难过，使我感到心里惴惴不安。在人生的旅途中，母亲的话永远不断地鞭策我勤奋上进。

前年清明节，我回潍坊老家给父母扫墓，并带着外孙参观了潍坊风筝展览馆。看完展览，一出门口就遇见有位老者在"打懒儿"。他一边卖，一边做"打懒儿"的演示,我挑选出一个非常精致的"懒儿",问道:"多少钱一个?"他答道:"十五元一个。"老伴儿说:"太贵了,不买吧!"我问外孙儿:"喜欢吗?"外孙儿接过去,看了又看说:"喜欢。"我说:"好吧,只要你喜欢,咱就买一个,到风筝广场上,我教你'打懒儿'。"买上了"懒儿",老者还送给了支鞭子。

风筝广场位于白浪河东岸,铺着大理石地面,光滑又干净,很适合"打懒儿"。有的儿童在"打懒儿",有的在放风筝,还有的在吹柳哨……最引人入胜的是广场上那群雕像,是群放风筝和打懒儿的孩子,栩栩如生,一步入其间,就使我回忆起童年往事。我又想起了当年我亲手给小弟弟做的那个"懒儿",教他"打懒儿"的情景,仿佛在耳边又响起母亲当年对我说的话。我情不自禁地把新买的"懒儿"用力一搓,就势往地上一放,"懒儿"就在地面上旋转起来。我对外孙儿说:"打吧,尽情地打,开心地打,打掉它身上的懒气!"那年外孙儿刚满六周岁,秋季将要上小学。他天真、活泼、可爱,好玩汽车和机器人。"懒儿"是潍坊的传统玩具,我教他"打懒儿",是让他感受"打懒儿"的乐趣,留下美好的童年记忆,也好把这种传统玩具和童趣传承下去。

白浪河畔,杨柳春风,在风筝广场上,到处都洒满了和煦的阳光。外孙儿挥动着鞭子,"啪啪啪"地发出清脆响声,他通过鞭子,不断地把能量传递给"懒儿",懒儿又克服了自身的惰性和外部的阻力,在地面上飞速旋转着,释放出能量,发出"嗡嗡嗡"的叫声。他一失手,鞭子就打在"懒儿"的下部,"懒儿"突然蹦了起来,然后落在地上不住地打滚,外孙儿问道:"这是怎么了?"我答道:"你一鞭子打在它的踝部,疼得它跳起来,又躺在地上要赖打滚。"外孙儿一听了就开怀大笑起来。

与外孙儿打"懒儿",使我更贴近了故乡,他不仅找到了童年的乐趣,也帮我找回了童年打"懒儿"的影子。鞭子声、欢笑声在广场上回荡着,传向远方。

打奸儿

　　儿时的我，在冬季里除了玩"打懒儿"以外，还经常与小伙伴儿们一起用木棒打一种两头尖、中间粗，样子呈梭形的木头玩意儿。当时都俗称它为"尖儿""鸟儿"或"嘎儿"，小孩儿只知道好玩而已，并不究其意。无论是叫"尖儿"还是"奸儿"，只要好玩就爱打，因此，当时"打尖儿"和"打懒儿"一样，相当流行。

　　"尖儿"的制作较为简单，可就地取材，自行制作。取一拇指粗的树枝，截断成为十五厘米左右长短的木棒，将两端削成圆锥状，制成的"尖儿"，中间粗、两头尖，状如梭子。"打尖儿"用的棍棒称为"尖儿棒棍"，长约五十厘米，粗约直径三厘米。无论是"尖儿"还是"尖儿棒棍"都需要用结实的木材。否则就不耐用，尤其是做"尖儿"，不宜用杨柳枝，两端尖部很容易被打折了，因此，多选用枣树枝、果树枝、楸树枝或蜡条。

　　"打尖儿"是利用杠杆的原理，在敲打它的尖部的时候，它就会从硬地面上蹦起，大约有一米多高，然后再用"尖儿棒棍"照准它迅速猛打一下，击中的"尖儿"就会飞向远方。

"打尖儿"的技术要领是稳、准、狠。稳就是"打尖儿"的架势要稳，就像练武之人，对打之前先拉开架势，脚跟站稳，准备迎战或出手。当"尖儿"平放在地上时，人站的位置要与其保持平行，其尖部不能朝向人面，否则蹦起的"尖儿"，就会打中人的头面部。在敲打时，人要弯腰下蹲，待"尖儿"蹦起时，再抡起"尖儿棒棍"一个箭步跟上去，照准"尖儿"猛击。准，眼要看准，手要打准。就像打靶一样要先瞄准，不能放空枪。当"尖儿"在地面上的时候，棍要与"尖儿"垂直，对准它的尖部猛敲，"尖儿"才会蹦得高，然后看准"尖儿"的中间部位猛打一下，不能打空或打偏。若打不准或仅打在一侧尖部，打中的"尖儿"既飞不远，又会偏离方向。狠是指打击的力度，只要照准了目标，打击力度越大，"尖儿"飞得越远。

"懒儿"可以一个人打，"尖儿"则必须两个以上打才好玩。众人"打尖儿"更热闹，可以举行比赛，有约定俗成的规矩，参赛者必须遵守比赛规矩。先在墙根下挖个半圆形的窝，半径约为二十厘米，确定距离窝十步为投"尖儿"地点。众人以剪刀、石头、布来决定攻守方，赢者先守窝"打尖儿"，输者攻窝"投尖儿"。若一次就投入窝内，换守窝者"投尖儿"，若没有投入窝内，守者可获连打三下子的机会，在打完之后，由打尖者先按自己打出的"尖儿"与窝的距离进行评估，要出得分。若要谎不实，由攻方用"尖儿棒棍"进行实际测量，计分是按尺、丈单位来记数的，一"尖儿棒棍"为一尺，十尺为一丈。若测得尺、丈数与实际测量相符或超过，成绩算数，仍可获得一次打尖儿的机会；若要了谎，成绩无效，且罚做攻方。比赛结束后，以总得分论输赢，即使赢了也只不过是一种心理上的满足而已。

"打尖儿"运动量大，且有一定危险性，一旦失手，不是伤着自己，就是误伤他人，因此，六岁以下的儿童，不宜"打尖儿"。男孩好胜心强，喜欢冒险，找刺激，因此"打尖儿"是男孩儿喜欢玩的项目，放了寒假，在农村的大街、村头、场院或学校的操场上，经常遇见一群一群的男孩在"打尖儿"。"打尖儿"需要一个较大的活动空间才能进行，不宜在人多而狭小的场所里进行，否则易误伤他人。另外，在硬地面上"打尖儿"才能蹦起来，因此冬天地一上冻，就会变硬，最适合"打尖儿"。

我在上小学期间，每年一立冬，我的手脚就会生冻疮，"打尖儿"用力，就会把冻疮震裂，疮口流血，虽疼痛难忍，但是我喜欢"打尖儿"，一打起"尖儿"来既顾不得吃饭，又忘记了疼。当时，我也不理解，一个小小的"尖儿"怎么能那么大的魅力，使我玩得那么开心、过瘾，使我发疯，一打起"尖儿"就不要命了。虽然，从没失手伤人，但是我经常把"尖儿"打到邻街的房顶上，插入房草里下不来。记得有一次，由于用力过猛，打出去的"尖儿"飞过了房顶，落入婶子家的院子里，把盖咸菜瓮的大红瓦盆给砸破了……

童年欢乐的时光，瞬间即逝。在那些难忘的岁月里，我经历了贫困、饥饿之后，深感庄户人家的日子艰难，是经不起几番折腾的。老百姓做梦都想过上好日子，孩子们也梦想有一个欢乐的童年。但是，任何时代都有一些奸人，他们大到奸臣，小到市井小人，就像些搅屎棍子一样喜欢乱搅，把老百姓的日子越折腾越穷。弄得世风日下，人心不古，奸人当道，好人受欺。记得有一天傍晚，我与同学一起"打尖儿"。我问他："咱们常'打尖儿'，这个'尖儿'字怎么写，当啥讲？"他答道："你看，这玩意儿，两头尖尖的，咱打它的尖部，不就叫'打尖儿'吗？"我又问："一冒尖儿就得挨打，谁还敢上进呢？这能讲得通吗？"同学说："从道理上是讲不通，那该叫它啥呢？"我说："俺也拿不准，咱把陀螺叫做'懒儿'，按道理，这玩意儿应叫做'奸儿'，只有叫做'打奸儿'才能讲得通。"

懒是人的惰性，奸是人的劣性。懒人该打，奸人害人，可恨，更该打，把"打尖儿"称作"打奸儿"难道不是更有寓意，更确切吗？

玩火枪

对男孩来说，最具有吸引力的玩具莫过于火枪。玩火枪虽具有一定的危险性，但是由于小孩儿好奇心强，也敢于冒险，喜欢找刺激，因此，绝大多数的男孩都爱玩火枪。

儿时的我也很喜欢玩火枪。在那个时候，火枪都是自制的，是哥哥给我做的。他先刻一个小的木枪托，前面安上一个旧弹壳，后面再安上用粗铁条做的枪栓，都用薄铁片固定后，再在枪托的一侧安上一胶皮或皮筋，远端挂住枪栓，用一粗铁条做一扳机，扣住枪栓，拉开枪栓把一根红色的火柴头放在弹壳的后腔上，一扣动扳机，枪栓就在皮筋的弹力作用下迅速撞击火柴头，就会发出"叭"的一声爆炸。这种玩法太小儿科了，不具有危险性，不太过瘾。后来我上小学了就又自制了一支火枪，经过不断改良，在弹壳上套进一细铜管，可以装上少量鞭炮药，那就危险了，玩起来也很有刺激性，够过瘾的。大人是不允许这么玩的，只好偷着玩了。

儿时玩火枪用的火柴，俗称叫"洋火"，是红头的。虽然它不安全，易燃易爆，但是很适合玩火枪。后来，都改为黑头火柴，虽然它比红火柴安全，但不适合用来玩火枪了。因此，我就改用鞭炮药。在过年的时候，我把没有放响的鞭炮拆开，里面装有红药，也装有灰药，可把少量的红药装在弹壳的后腔上做药引子，再把较多的灰药装入前面的枪膛里，若是装多了，就能够把枪膛炸开，会伤到人。这样玩火枪，虽然极其危险，但是比用火柴玩火枪更刺激，玩得人心惊肉跳的。

在上小学的时候，我们班里的男生玩的火枪基本上都改成能装灰药的土枪，有的还敢装进铁砂子，威力更大了。记得那年春节，我捡到一大堆没有放响的鞭炮，拆出许多灰药，装满了枪膛，我提着枪，来到麦田里，举起枪，朝天一扣扳机，只听到"呼"的一声，震得两个耳朵"嗡嗡"地响，枪管已炸飞，不知去向，我惊得出了一身冷汗。我把残留的枪托藏起来，从此，就再也不敢玩火枪了。

寒假结束了，开学不久，我发现有位同学的手腕肿得很厉害，问其原因，是在玩枪时震伤了手腕。情况基本与我相同，也是药装得太多了，还装入了铁砂子，枪管炸飞，手里只剩下半截木枪托。他在许多同学面前夸耀自己如何的勇敢。不久，由于别人告密，校长亲自来班里收缴枪支，全班男生共缴获十多支自制土枪，就连我那支残存的枪托也一起上缴并受到校长的严厉批评。

在校长和老师的批评教育下，我个人也进行了认真的反思，充分认识到自己错误的严重性，并作出了深刻的检讨。当时，儿童玩火枪较为流行，仅仅打根火柴，听点儿响声，也没有造成多大危害，只是浪费盒火柴，让大人感到心疼，只要孩子玩得开心点，父母也会宽容的，从没有横加阻拦。因此，在我五六岁的时候，我可以光明正大地在大人面前玩火枪。然而，我长大了，却偷着改成了土枪，还换成了炸药，性质就变了。不仅有危险，还对社会产生危害，甚至会走上犯罪的道路。后来，村里就发生过一起持枪抢劫事件，有位比我大的校友，持自制土枪抢劫被抓，震惊全村，后被人送进少年劳教所。他就是从玩火枪开始，又玩成了土枪，直到走上了犯罪的道路。

男孩玩枪很上瘾，越玩越胆大，很难把握住度。一旦把握不住自己，就会出问题。我想起玩枪的经历，也曾害过后怕。虽然发生过危险，但是没有伤害到人，有惊无险，感到侥幸。玩枪很刺激，真过瘾。我常想，没有玩过火枪的还算男孩吗？作为一个男孩就应该勇敢坚定，敢于冒险，长大了才能有所担当。我少年就立志去当兵，手持钢枪，保家卫国守边疆。

令人遗憾的是，我到了应征入伍的年龄，我曾多次报名参军，由于家庭遭受迫害，政审不合格而被拒之门外。未能参军报效祖国，感到很惭愧。值得庆幸的是，一九七六年我到军医学校学习了一年，在上军训课的时候，经常练习手枪射击。曾记得有一次手枪打靶训练，当军训老师把五四手枪递给我时，我感到手枪是那么沉重，因为它已推上三发子弹。面对靶子，如临大敌，我热血沸腾，心怦怦直跳，我打开保险栓，瞄准十环，扣动扳机，"呼呼呼"连打了三枪。首长在一旁连声叫好，可惜子弹都打飞了，结果一环也没有打中。首长问我："你以前打过枪吗？"我回答道："小时候曾打过火枪，但从没打过真枪。"首长说："怪不得你如此沉着，第一次打枪，能连打三枪就够大胆了。"真是的，我身边的一位女同学仅放了一枪，就把枪丢在一边，吓得趴在地上，爬不起来了。

首长鼓励我说："你已经有颗勇敢的心，只要今后勤学苦练，就能成为一个神枪手。"

玩火枪虽然练不成神枪手，但是能练就一颗勇敢的心，长大了才会有出息，才能干大事，才有希望成为英雄。

滚铁环

上世纪五六十年代，儿童滚铁环就像八十年代的呼啦圈一样，曾流行过一阵子。

老百姓们挑水用的木桶终于为铁桶所取代，又笨又重的木桶作为水桶，曾在祖祖辈辈手里延续使用了上千年。它一旦退出农耕文明生活，不再被用作挑水的工具，不久就会干裂，上面起固定作用的铁箍，开始松动，尔后便自行脱落。干裂的木桶碎片已入灶中，用来生火做饭，化为灰烬，剩下的铁箍便挂在了墙上。在大炼钢的时候，绝大多数的铁箍，已作为废铁，被投入了炼钢炉里，只有少数幸存者则成为男孩们手中的玩具。

作为儿童玩具，滚铁环是废物利用。不用花一分钱，孩子们便可以得到称心如意的玩具，只需要大人们帮助用粗铁条弯成支铁钩，就可以滚动起铁环。滚铁环既简单又方便。小孩儿一学就会，非常容易操作。因此在那个年代的儿童，绝大多数男孩都滚过铁环。

我老家原属潍县，地处昌潍大平原上，当时虽然都是土路，但是一到冬天，路面就很硬，尤其是到了下雪天，地上一封冻，路面就像石头铺的一样硬，这正是滚铁环的好时节，村子的大街小巷里，到处都可以听到"隆隆"的滚铁环的响声。甚至在田间小道上，都可看到小学生背着书包，滚动着铁环在上学的路上奔跑。滚铁环成为当时乡间小路上的一道亮丽的风景线。

铁环是儿童得心应手的玩具，滚铁环不仅使儿童得到快乐，感到很有趣，它还是一种非常好的健身器材。它便于携带，使用起来极为方便，若不用时，可把它往头上一套，与书包一起斜背在身上，一点儿也不感到是个负担，也不碍手碍脚的。若要使用时，随时随地把它放在地上，用铁钩滚动起来。不用费劲，铁环就在地上滚动着，越滚越快。用它的物理惯性会带着人向前奔跑，直到跑得人浑身冒汗，心跳加快，热血沸腾。在小学的时候，它曾作为一项传统体育项目，班里还经常举行滚铁环比赛，更激发了同学们滚铁环的热情。

铁环滚滚，不知滚出了多少儿童梦想及少年理想和美好的愿望。它伴随我度过了童年欢乐的时光，留下了最美好的童年记忆。忘不了，在那些艰难的岁月里，我们忍着饥饿，仍然坚持滚着铁环，奔驰在上学的路上。我滚着铁环，不知不觉地长大了。也不知滚出了多少乡情，如今都已化作缕缕乡愁。

半个多世纪过去了，我在故乡的路上，仍在寻找童年岁月那些滚铁环的轨迹。虽然当年那些铁环都早已无影无踪，故乡的乡间小路也变成了宽阔而又平坦的柏油路，但是铁环滚出的轨迹，仍在不断地向前延伸，我仿佛感到自己还在滚着铁环奔向远方。

来宝儿

"宝儿",并不是金银财宝的宝,其实是儿童们用废纸叠成的一个方纸包。它可以用来扇着玩,以把正面扇成反面,或把反面扇成正面来定输赢。起先这个玩项叫"来画儿"。这种"画儿"是由硬纸片制成的,正面印着画,反面不印图案,呈矩形,约有扑克的二分之一大小,较扑克牌略薄一点。画面上的内容,多是人物画,如有戏剧脸谱,《水浒传》上的一百单八将,《三国演义》里的英雄人物等。画上的人物栩栩如生,很受儿童们喜爱,"来画儿"有输赢,可以赢得自己喜爱的画儿,"来画儿"很有趣。因此,当年"来画儿"十分流行,是冬季常玩的比赛项目之一。

每张小画片值一分钱,每套画儿约有 50 至 100 张。"来画儿"时,要把它一一剪开。在当时,"画儿"还算是一种奢侈品,庄户人家的孩子是买不起的。冬天货郎来村里收废品,常带来几套小"画儿",可用废品换几张玩玩。过年时,孩子们攒的毛儿八分压岁钱,去村里小铺买来几张,玩场"来画儿"比赛,过过瘾,侥幸还赢上几张"画儿",就乐得好几天睡不着觉,一旦输给了别人,也后悔得睡不着觉,吃不下饭。因此,"来画儿"就像大人赌博一样,有输有赢,有赌注。赢了"画儿"高兴,输了心疼,很容易上瘾,赢了还想赢,即使输了还想赢回来,一发不可收拾,不能控制自己。

儿时的我,很喜欢那些小画片。经不起那些画面的诱惑,做梦也在想去找小朋友们"来画儿",以求多赢上几张自己喜爱的小"画儿"。看上去,孩子们"来画儿"极其简单,自己的和对方的"画儿"都扣在地上,把对方扣在地上的"画儿"扇一下,若把反面扇成正面就赢得这张"画儿"。其实,"来画儿"比赛的规则严格,另外还有扇"画儿"的技巧和运气,决定着输赢。小时候,我"来画儿"无数次,虽赢过不少"画儿",但最终手里却没留下一张"画儿"。我不在乎输赢,只是为了寻找乐趣,借此机会多欣赏小画里的艺术。因此，我把"来画儿"看作是艺术交流的机会，可获得自己喜欢的小"画儿"。

记得有一天下午，我到小铺里买了几张小"画儿"，是些生、旦、净、末、丑的画面。在回家的路上，遇到了两位同学。他们是叔伯兄弟，都比我大一两岁。他们也刚买了一套小"画儿"，我要看一下，他们却不给看，提出要在跟我"来画儿"以后才能看。我跟随他兄弟俩来到临街的一个车棚里。他们嘀咕了一会儿，对我说："输赢就来到底，不来填狗屎！"我说："好吧，谁也不许耍赖皮，咱们拉钩发誓。"我伸出指头一边与他们拉钩，一边说："拉钩上吊，一万年不要，谁要赖变只小狗。"在进行剪刀石头布之后，确定我先扇"画儿"。他们把"画儿"放在地上，正面朝下。我掏出一张"画儿"，照准地上的一张"画儿"用力一扇，地上的"画儿"一抖，就立即翻过来了。我捡起自己的"画儿"，又用力一扇，另一张"画儿"，也一下子就翻过来了。我旗开得胜，一举赢得了他们两张"画儿"。就这样，只要他俩一放下"画儿"，我一扇就翻过来。我一气赢了他们50多张"画儿"。这时候老大急了，喊着要停，说："你的袄袖破了，你用它使风，快脱下袄来再扇！"天气很冷，我只好脱下棉袄，只穿件单衣扇"画儿"。我仍然一扇就赢得一张，直到把他们的"画儿"全部赢到手。

这是一套完整的《三国演义》连环"画儿"，正好100张。我正在聚精会神地看着画中的人物，老大突然从背后用力搂住我，老二猛地扑过来抢"画儿"。我大声喊道："先别抢，我看完再还给你们。"老大听了我的话，就松开手，说："让他看，反正他拿不走！"老二红着眼，仍在抢我手中的"画儿"。我怒吼了一声："你也太不仗义了吧！这是我赢的'画儿'，还不让我看一下吗？"老大劝老二说："别抢了！让他看吧！"

我看完了"画儿"，就把"画儿"还给他们。我问道："服输了吗？还敢来吗？"老大说："不服！还没轮到俺扇！你怎么知道俺的厉害呢？"我说："好吧，先让你们来扇！"我把自己的"画儿"放在地上先让他们扇，老大把"画儿"一扇就扣在我的"画儿"上，老二的"画儿"自己扇飞了，我的"画儿"却在原地纹丝不动，他们没赢，又换成我来扇，不一会儿，我又把他俩的画儿全部赢到了手，又如数还给了他们。我说："咱们是同学，'来画儿'为了玩得开心。要赢得高兴，输得仗义。输了不认账，还耍赖，仗势欺人，谁还愿意和你玩呢？"兄弟俩听了我的话，也没啥好说的，灰溜溜地走了。

后来，因为纸张严重短缺，小"画儿"也停印了，所以我也没机会"来画儿"了。又过了几年，家乡又兴起"来宝儿"。所谓"宝儿"只不过是废物利用，既没有精美的图画，又不值一文钱，这对我没有任何吸引力，因此对"来宝儿"不感兴趣。我帮助小弟弟捡来废报纸和废牛皮纸叠成"宝儿"，哄着他玩，既练了手工，又助人为乐，何乐而不为呢？

无论是"来画儿"还是"来宝儿"都是为了寻求快乐。虽然这些玩意儿略带点儿赌博行为，但毕竟是小孩玩的把戏而已。即使赢了也不是什么财宝，赢了也没赢上二亩地，输也不会使人倾家荡产。后来长大了才明白，赌是一种陋习，不可染指。一旦染上这种恶习，就会上瘾，最后结果是可悲的。就像玩火者，注定要自焚的。因此，凡是有赌博性质的娱乐，我都一概远离，如打扑克、打麻将及老虎机，我都不会玩。而今只会读书、写作，这是我唯一的爱好，自娱自乐，思想也充实。

贪婪是人的恶习。只要不想占人便宜，就不会上当受骗。俗话说："君子爱财，取之有道。"既然赌是种陋习，邪门歪道，就必须远离赌博。即使人没有钱，也能活出个滋味来。这不正是从儿时"来画儿""来宝儿"悟出来的道理吗？

玩 雪

从小我就喜欢下雪，尤其喜欢下大雪。北风呼呼地吹着，雪花飘飘，在空中飞舞，落在地上厚厚的一层，就像给麦苗盖上了床软绵绵的大棉被一样温暖，让麦苗美美地睡上一大觉，雪花落在树上，树上就像忽然开满了白色的玉兰花一样，纯洁而又美丽；雪花落在房顶上，黑色的草房一下子就变白了。奶奶一听说下雪了，就乐得合不上嘴，笑掉了牙，说："这是老天爷在往地里撒白面，朝咱庄户人家扔大白馒头，让老百姓都过上好日子呀！"每逢过年下雪，爷爷就说："这是瑞雪兆丰年，又是个好年景！"下雪不仅给庄户人家带来了丰收的希望，还增添了过年的喜庆气氛，也给孩子们带来了无比的欢乐。孩子们可以在雪地里尽情地玩雪，如磕罗汉、培雪人、打雪仗等。

一过立冬，北方的雪就会如期而至。到了小雪时节，故乡就开始下小雪。第一场雪，往往不会下得很大、很多，雪花也不是六棱的，又小又硬，如米粒一样大小，俗称"饭巴拉子"。到了大雪时节，雪才会下得又大、又软、又厚，雪花呈六棱形，铅块样的冬云，北风一吹，雪花就从空中飘飘悠悠地落在地上。我虽然从来没有见过像唐代诗人李白在诗中描写"燕山雪花大如席"那样的雪花，但是在我小的时候，见到的家乡的雪花也是够大的，下雪的次数也是够多的，不等地里的雪化完，天上就又飘起了雪花。有时候白天下了、夜里还下，偶尔还会来上一场暴风雪，尤其是我在东站小学上五年级的那一年中，雪下得特别大、特别多。记得一天傍晚，在放学回家的路上，我遇到了暴风雪。北风怒吼着，卷起成团的雪，打在我脸上，使我睁不开眼，迈不动腿。路边的沟已被雪填平了，找不到路，险些被大风卷进深沟里。我顶风冒雪急着赶路，只见天地间白茫茫的一片。虽然没有像唐代韩愈在诗中描述的"雪拥蓝关马不前"的遭遇。但我却亲眼目睹了路上行人自行车骑不动了，只好扛着走，一阵大风就把人和车卷进了深沟里，让人帮着拖上来。当我赶回家时，已成雪人，浑身上下都结成了冰，脱不下衣服和鞋袜。母亲帮我扫着身上的雪，还担心着父亲。他白天去城里上班，晚上还要继续开会，直到深夜才能赶回家。眼看今晚又要做一次风雪夜归人，怎不令一家老小提心吊胆呢？

冬天的雪，常常是在夜里偷着下的。若不刮大风，雪花飘飘落地是悄无声息的。我睡在热炕头上，早已进入了甜蜜的梦乡。只有到了清晨，醒来推不开门时，才知道夜里下了场大雪。感到惊喜，情不自禁地喊道："哇，好大的雪啊！"兄弟们也惊醒，赶紧起床，去院子里扫雪。

扫完院子，又扫过道，最后把堆起来的雪培个大雪人。用煤渣做上眼、耳、口、鼻，兄弟们围着它乐呵一阵。母亲已做好早饭，吃罢早饭，我们就匆匆忙忙地上学去。

刚下的雪，还来不及上冻，踩上去，软绵绵的，一步一个脚印。当时，没有水鞋，穿棉鞋，一会儿就会湿透了，只好穿双蒲窝。蒲窝是用蒲子编的一种草鞋。又肥又大，穿上棉袜子，再穿上蒲窝正合适。只是有点笨重。在踏雪的时候，容易带进些雪，凉飕飕的。不一会儿，棉布袜子就会湿透了。脚在蒲窝里打滑，好像在摸鱼一样，步履艰难了。路边还会见到鸟和兔子及狐狸的脚印。猎人们扛着猎枪，顺着这一溜脚印去寻找猎物。不知是哪位同学，在路边磕了个罗汉印，我也在路边停下来，在雪地里磕了个头，也留下个罗汉印，样子滑稽可笑，脸上沾满了雪，凉丝丝的，心里却美滋滋的。

更有激情的是与同学们打雪仗。在放学回家的路上，男生们总是打打闹闹的。若打上一场雪仗，真过瘾。大家分成两派，在雪地里布阵，把雪攥成团，互相叫阵，开始攻打。雪团打在身上，就像棉袄开了花，一点儿也不疼。偶尔击中了帽子，雪片落入脖子里，感到凉丝丝的，真爽快。打雪仗是同学们情感的交流，双方不仅没有敌意，而且是非常友好的、十分惬意和开心的，就像云南少数民族的泼水节一样友好、热情，谁也不会因为别人把水泼在自己身上而发火，反而感到很亲切、爽快。因此，在打雪仗的时候，没有同学闹翻了脸，玩恼了的。一旦遇到一群女生路过，雪仗就打得更激烈了。看，在洁白的雪地里，女生们玉树临风，说着、笑着、唱着、跳着，一路走来。男生们把手中的雪团突然一起抛向女生，雪团在女生们的身上开了花，女生们顿时慌乱，抱头鼠窜，俏骂上一声："坏蛋，讨厌！"迅速逃离了。男生们欢呼起来，打雪仗更开心了。若遇上群泼辣的女生，就更热闹了。当她们突然遭到男生们雪团的袭击之后，仍不慌不忙地奋勇反击。她双手捧起一大堆雪团，追上男生，像捧着个大绣球一样，用力抛向男生怀里，在这时候，男生双手一接，身上就像开了花，袖子里、脖子里都灌满了雪。一会儿，男生们就纷纷败下阵来，落荒而逃，女生们一阵穷追猛打。她们逮住男生，气喘吁吁地问道："你小子，服不？不服，姑奶奶再打！"男生们只好装出一副可怜相，乖乖地举手投降，有的偷偷地从指头缝里瞟了女生一眼，悄声说："服了，服了，姑奶奶饶了俺吧！"女生们听了，"咯儿咯儿"地笑了起来，脸上泛起了红云，映红了夕阳，与白雪相辉映。

在故乡洁白的雪地里，留下了我一串串的脚印。当我发现自己的脚印在一年年增大和加深时，就产生了走出南园子，去闯天下的念头。后来，走出去的机会终于来到了！我背起行囊，把童年的记忆和自己的童年脚印埋藏在心底。从家门出发，登上了新的人生旅途，奔向大平原、高山和大海……

如今我驻足在黄河北岸，每当腊梅绽开的时候，我就去蒲园踏雪寻梅。

我对蒲园那棵黄色的腊梅情有独钟，曾倾心一咏："又见腊梅初绽时，半露素容半雪枝；寒蕊香冷盈清袖，一瓣淡影十夜思。"

我爱北方的雪，更爱故乡的雪。

除四害

早春二月，杨柳青青，早晨，我来到河边柳林中散步，树上飞来一群麻雀，"叽叽喳喳"地吵个不停，打破了林中的寂静。

这时迎面来了位同事，自从我们退休后，很少见面。偶然相遇，甚感亲切，老远就打了个招呼。我说："你早，好久不见。"他走上前来，握住我的手说："是啊，十分想念，你整天躲在家里忙活啥呢？"我答道："看点儿闲书，写点儿闲言碎语，只不过自娱自乐罢了。"他说："老庄，老庄，真是能装呀！装了诗人，又装作家。"我说："整天坐在家里，一不小心就成坐家了。你呢？现在忙啥？"他说："闲极无聊，我正打算干四件小事。"我问："要保密吗？能透露点信息吗？"他答道："没什么秘密可言，只是怕你听了见笑。"我说："岂敢岂敢，你尽管说来，我洗耳恭听。"他若有所思，停了一会儿才说："我打算给蚊子都戴上口罩，给苍蝇戴上手铐，给跳蚤戴上脚镣，给老鼠戴上避孕套。"我惊讶地说："啊呀，你真伟大，这不是在'除四害'吗？以后还有何打算？"他一本正经地说："区区小事，何足挂齿，我还要办四件大事哩！"我急忙问道："可否透露点儿消息？"他摆了摆手说："暂时保密，等我办完了四件小事以后再说吧。"我听了忍俊不禁，"噗嗤"笑出了声，把树上的麻雀都惊飞了。同事说："不好意思，让你见笑了。"转身就走了。我望着同事远去的身影，回忆起半个多世纪以前"除四害"的情景。

上世纪五十年代，曾经在全国开展过轰轰烈烈的"除四害"全民爱国卫生运动，把苍蝇、蚊子、老鼠、麻雀定为"四害"。毫无疑问苍蝇被列为"四害之首"，苍蝇最肮脏、最贪婪、最下流，确实是个十恶不赦的害人虫，是人们最常见的一种小昆虫，冬天它躲在阴暗的角落里，一到夏天，它就从阴沟里飞出来，开始进行大量地繁殖、生长，迅速占领整个世界。无论在高山还是平原；无论是大海还是草地，到处都可以看到它的身影。

149

不管它如何乔装打扮，红衣绿裙，但是漂亮的外表总掩盖不住它丑恶的灵魂。它喜欢在肮脏的环境条件下生长繁殖，它的嗅觉十分灵敏，哪里有臭味，它就捷足先登。它的六只小黑手，最擅长搞腐败。它最喜欢粪便、臭鸡蛋、烂肉、血腥味，腐烂发臭及发酵变质的食物等。俗话说："苍蝇不钻没缝儿的蛋"，只要有机可乘，它就乘虚而入。因此，露天厕所，垃圾堆，不卫生的厨房，敞着盖的酱缸，往往是它们的孳生地和搞腐败的温床。它们嗜血成性，贪婪无度，从最肮脏的角落，带着大量病菌，又飞到人们的饭桌上，降落在刚摆下的饭菜上，大吃大喝起来，一边吃一边屙，令人作呕。若是人一不注意，吃下被它污染的食物，就会屙肚子，生痢疾，闹瘟疫。最厉害的是传播"霍乱病菌"，霍乱流行，就会造成极大的危害，发生大批的人畜死亡。因此，苍蝇成了传播瘟疫的罪魁祸首。

我从小就知道苍蝇是肮脏鬼，一见它，就拿苍蝇拍打它。上了小学，每天把打死的苍蝇装在纸盒里，带到学校交给老师并记录下灭蝇的成绩。尽管天天打，用药灭它，但收效甚微，苍蝇仍在满天飞，遍地落。再也想不出好办法，束手无策。后来我长大了，才明白灭蝇是个长期而又艰巨的工程，仅单靠人打或用药灭是不行的。关键是从根本上解决问题，苍蝇的繁殖力特强，搞好环境卫生，扫除它的孳生地才是关键。及时处理垃圾，封闭露天厕所，讲好厨房卫生，防止食物腐败，把酱缸加盖，都是防止苍蝇孳生的有力措施。只要人人都讲好个人及环境卫生，就能大大减少苍蝇搞腐败的机会，才能从根本上解决了灭蝇难题。

蚊子是个极其令人讨厌的吸血鬼。蚊子的嘴尖尖的，像个锐利的注射器。在叮咬人的时候，它就像架偷袭人们的歼击机，从空中突然俯冲下来，一落到人身上就迅速地把尖嘴插入人的皮肤，吸满一肚子血。它拔出臭嘴就拍拍肚皮，哼着小夜曲，得意洋洋地飞走了。它们就像夜袭队一样，络绎不绝，接踵而至。被它们叮咬过的皮肤，不久就会发生细菌感染，生疮流脓，更为严重的是，蚊子还把乙脑病毒传播给人类，引发乙脑病毒性脑炎，且可发生流行。最糟糕的是疟蚊把疟原虫传播到人体血液中，使人发生疟疾，可发生大流行。因此，蚊子是乙脑和疟疾传播流行的罪魁祸首。

小孩们细皮嫩肉，让蚊子一叮上，就像妖怪见了唐僧肉一样，都想上去咬一口。在那时候，庄户人家是支不起蚊帐的，只好任凭蚊子叮咬。每年夏天，爷爷从野地里割些艾草，晒干后，奶奶把它编成一根根长辫子，挂在南墙上，傍晚拿来，点上火，熏蚊子。我怕烟呛，只好等着屋里的烟灭了才敢进去睡觉。尽管如此，半夜里还经常被蚊子咬醒。在睁开眼时，总是看到奶奶在我身边，不停地摇着把破蒲扇，给我驱赶蚊子。到了清晨，蚊子落在窗户纸上不动了，我起床后，先在窗前捕蚊子。咬过人的蚊子肚子鼓得圆圆的，就像只小红蜘蛛似的，飞不动了，一打它，就会膨出一手血。我把捕到的蚊子装入小纸盒里，带到学校里。同学们看了看说："你抓到的是些公蚊子。"我问道："你咋认得公母？"同学说："公蚊子个头小，不咬人；母蚊子个头大，咬人后肚子里一包血。"我又问："母蚊子为啥那么狠？"同学回答："它吸人血是为了繁殖后代呀！"

蚊子的繁殖力极强，就像苍蝇一样是打不完，灭不尽的。夏天雨水多，圩子墙沟里、湾里总是积满了水，大雨过后，不几天，水就变成红色了，那是蚊子生下大量的孑孓在游动，不久就变成蚊子，成群的蚊子又飞到村子里咬人，真让人无可奈何。直到秋天，割倒蜀黍棵，蚊子上了坡，家里的蚊子才逐渐少了起来。在七月半八月半的这段时间里，蚊子还要做最后挣扎，它们的嘴更厉害，就像那金刚钻一样锋利，秋天来了，天气凉了，雨水也少得多，蚊子们大势已去，天气一冷就只好躲到阴暗的角落，蛰伏起来，不敢嚣张了。据大人说：秋天的母蚊子，一喝了露水，嘴就裂开，咬不动人的皮肤了。总之，猖狂一时的蚊子，也有倒霉的时候，这也是天意难违啊！

老鼠是动物王国里有名的小偷，它擅长挖洞盗窃人们的粮食。老鼠无处不在，家里有家鼠，田里有田鼠，无论家鼠、田鼠都是害人之鼠。本来猫是老鼠的天敌，逮老鼠是猫的天职。不知为什么，在那些岁月里，人们豢养出一批只会叫而不会捉老鼠的猫，致使鼠患猖獗，祸害人的粮食。它道德败坏、行为恶劣，因此老鼠过街人人喊打，自古以来人们把贪官污吏比作硕鼠，把那些挖墙洞、入室偷盗的贼称作"老鼠"。这种比喻是十分恰当的。

老鼠的繁殖能力是惊人的，几乎每月生一窝，每窝七八只小老鼠。为了养活这么多的幼鼠，老鼠只好不停地偷人们种出的粮食。有时还钻进锅里偷吃食物，它一不小心就掉进汤里淹死了，结果是一只老鼠坏一锅汤。

老鼠的身上很脏，生有许多跳蚤，跳蚤能把鼠疫杆菌传播给人类，引起鼠疫流行，那是件非常可怕的事情。一旦发生鼠疫流行，就会导致大批人死亡，因此，灭鼠不仅是为了减少粮食损失，还可以防止鼠疫的流行。

老鼠是啮齿类哺乳动物。它门齿发达，常咬衣物、门窗及衣柜、箱等。甚至连书籍也不放过。夜间我经常听到老鼠咬木头发出"咔嚓、咔嚓"的响声。我问奶奶："老鼠为啥喜欢啃木头？"奶奶说："它一闲着，牙就发痒，啃木头，可解痒，又能磨牙。"

老鼠虽然很胆小，但是很狡猾，它昼伏夜出，偷偷摸摸地干尽坏事，人很难发现它。即使你发现它，也很难捉到它。它体形小，行动十分敏捷，本领大得惊人。它既能打洞，又能上墙爬屋，遇到危险，上蹿下跳，不等人下手，它已逃之夭夭。

小时候，我逮老鼠，曾用过各种办法，把药饵放在老鼠洞口，结果没药死老鼠，却把馋猫给药死了。用鼠夹捉，没夹住老鼠，结果把家里的鸡给夹住了。白天我把老鼠洞堵上，仅留一洞口，往里面灌水，它别无出路，灌满水后，老鼠只好从灌水的洞口逃生，我把洞放一口袋，等老鼠一出来，就钻进口袋，逮个正着。夜间老鼠有时会钻入风箱里，我把风箱的两头封住，把中间的通风口放进口袋里，一拉风箱，老鼠从通风口钻入口袋，只好束手就擒了。我把逮住的老鼠砸死，剪下它的尾巴，交给老师，唯一的奖励是：夸我是一只会逮老鼠的猫。不管怎样，逮老鼠很有趣，很有成就感。因为老鼠把我害惨了，所以，我不得不变成一只会逮老鼠的猫。不管猫怎样看待我，说我越位也好，侵权也罢，我都不在乎。为民除害是人生一大乐事。

麻雀是鸟儿王国里的倒霉蛋。麻雀虽是个极其庞大的家族，但是它们却是个弱势群体，它们生活在最底层，飞不高，看不远，不是在蒿蓬间躲藏着，就是在人们的屋檐下做个窝，但总避免不了那些高级掠食者的伤害。自古以来，在鸟儿王国里，它们没有身份和地位，活得很窝囊。在人的心目中，崇尚的是凤凰、孔雀、大鹏、雄鹰和大雁，并把凤凰、大鹏推向神坛供奉着，把孔雀和雄鹰作为图腾来崇拜，而对司空见惯的小麻雀，总是不屑一顾的。

在那些岁月里，不知何人奇思妙想，突然对麻雀产生了兴趣，琢磨起麻雀来，说麻雀偷吃了人的粮食。把麻雀定为"四害"，把它置于死地而后快。当年的口号是"除四害，讲卫生，灭蚊子，打苍蝇，消灭老鼠、麻雀立大功！"从此麻雀的厄运来了，麻雀在全国各地都遭到通缉，并设下天罗地网，人人见了都可任意捕杀之。年幼无知的我，立即响应号召，充当了捕杀麻雀的急先锋，当时，大家正在挨饿，人们把挨饿的账都算在麻雀身上，把麻雀当成了替罪羊，人们把一切怨恨都发泄到小麻雀身上。它就像过街的老鼠一样，人人喊打。

为了把麻雀赶尽杀绝，我也使出了浑身解数，煞费心机，捕杀麻雀。白天在南园子里，用弹弓打，用弓箭射。晚上用手电筒照，把躲藏在屋檐下或窝里的麻雀一一都摸出来，把它们摔死剪下双腿交给老师记功表彰。春天老麻雀开始下蛋、孵化小麻雀。我们就扛着梯子到处寻找麻雀窝，掏鸟蛋，摸小麻雀，把它们老少一窝端掉，最后，把村里的麻雀窝一一捣毁，彻底查抄，不留后患。又到野外枯井里，摸麻雀窝，那是极其危险的，一失足就会掉到深井里摔伤的，我们用绳子系在腰上当安全带，冒险下井去掏麻雀窝。冬天，在下雪以后，我就到南园子里扫出一小块空地，支起筛子，放上点儿食，扯根绳罗雀。经过我们大张旗鼓的一番折腾，村里已看不到麻雀的影子。母亲劝我说："掏鸟儿窝是伤天害理的事，你作孽迟早会得到报应的。"我当时像着了魔，根本听不进母亲相劝，仍然捕杀麻雀。后来听说有位生物学家做了麻雀解剖，发现麻雀的胃内容物主要是昆虫，很少有谷物，终于为麻雀平了反，才不再被人当成"四害"了。麻雀从此与其他鸟类一样，得到人类保护。

反思我童年干的那些荒唐事，曾把快乐建立在小麻雀的痛苦之上。真是既幼稚又可恶，也感到很惭愧和后悔。当年麻雀是人为造成的一大冤案，可怜它长期受到人类不公平的对待，遭受了无情地打击和残酷地迫害，甚至有灭种的危险。它为了生存也曾吃点儿人的粮食，但是它主要以昆虫为食。它为保持大自然生态平衡，起到了很大的作用，人类应当善待麻雀，保护鸟类，保护大自然，也是保护自己。

由于良心和良知的发现，我应当向小小的麻雀做出诚恳的道歉。我想，母亲的话有道理，后来，我也曾被冤枉过，也尝到过受委屈的滋味，家也被人抄过，受到不公平的对待，这也许是个报应吧！

树上又飞来一群麻雀，"叽叽喳喳"地叫着，唤醒了我的沉思。这时候，我发现有只麻雀落在我眼前，即使我走近它，它也不飞走，它就像没看到我似的，仍在草地上觅食。晨曦穿过林间，洒落在它身上，和风吹拂在我脸上，我深深地吸了一口新鲜空气，走出了树林，仿佛穿越了六十多年的时光隧道，同事的幽默话使我恍然大悟，把害虫变成益虫，把魔鬼变成天使，才是我们应该做的事。我的心豁然开朗，迎着朝阳，奔向远方。

过冬至

俗话说:"冬至饺子夏至汤。"在冬季里,冬至是个重要的节气。在老百姓眼里,仅次于过年。以前过冬至,吃"厨饪"是老家的一种习俗,后来成为潍坊的一种特色食品。当地老百姓十分重视过冬至,无论家里贫富,家家户户都要包饺子。虽然没有像过年饺子那样讲究,馅儿无论荤素,面也不论黑白,但只要能吃顿菜豆腐饺子就行,也算是打打牙祭了。所谓"厨饪",就是菜豆腐饺子。

小时候,母亲就对我说:"'冬至当日回。'一到冬至,白天就开始变长了,黑夜渐渐变短,在冬至当天里,就会感觉出来这种变化的。"我问道:"俺感觉不到,你咋能感觉出来呢?"母亲答道:"巧妇能多做一针线。俺是从手上的针线活觉察出来的。"我惊讶道:"啊!这么神奇呀!"听了母亲的话,我半信半疑。后来,我亲眼目睹了母亲在冬至做的针线活,经过验证,母亲说的话完全属实。若非我亲眼所见,怎能相信一个不识字的小脚妇女,会有那么神奇的超人智能呢?

每年冬至这天,母亲必须做的两件事:一是纳鞋底,二是包饺子。而且,她是独立完成的,从不让别人插手。

冬至的阳光一进屋,母亲就坐在蒲团上开始纳鞋底。在当屋地上还用白粉土或粉笔做个记号,地上还插根木棒,并记住昨天纳鞋底的针线数,以做对比。当小木棒的影子移到正中时,她就停下来数一下纳鞋底的针线数。有时也让我数一下,进行核对,结果恰巧比昨天多纳了一针。她满意地笑了笑说:"今儿,巧妇能做到的,俺也做到了。"

自从我有了记忆,母亲年年都如此,冬至当天纳鞋底,做记号,从手中的针线活来观测天的变化。我好奇地问:"你从啥时候开始的呢?"母亲答道:"俺从小就学绣花,在绣房里就养成了这个习惯。"后来母亲的这个习惯,一直坚持到我离开了家乡。母亲上了年纪,做不了针线活,就不再纳鞋底了。母亲心灵手巧，这是村民公认的，还用儿子自夸吗？

下午母亲就开始和面、调馅子、包饺子。过去庄户人家的日子，总是紧巴巴的，凑合着过冬至。母亲用瓢刮了刮缸底，白面不够，再掺上点儿地瓜干面，就能凑合着包顿饺子；没有肉，没有菜，咋做饺子馅儿？盆里还有些菜豆腐，少放些葱花、油、盐，在锅里炒一炒，不就成饺子馅儿了吗？杂面水饺皮，又硬又脆，薄了易破，就擀得厚一些，馅儿再填得少一些，包得弯弯的，扁扁的，样子就像个锄刃。因此，城里人把菜豆腐水饺又叫做"厨钍"；庄户人叫"扁食"。我问道："为啥叫'厨钍'呢？"父亲说："'厨钍'不仅形状像个'锄刃'，还有坑人之意。水饺馅儿当然是肉的香，冬天包白菜猪肉水饺才是正宗。用菜豆腐做馅儿，只是凑合而已，就像包馄饨一样，其实也是凑合，本来馅儿不多了，少填点儿馅儿就包成馄饨了，再多放点汤，凑合着吃顿不就是混了一顿饭吗？无论'厨钍'也好，'馄饨'也罢，都是穷日子逼出来的，是糊弄人的法子。"听了父亲的一番解释，我恍然大悟，不仅知道了"厨钍"的寓意，还懂得"馄饨"的来历，这都是过紧日子的产物。

常言道："巧妇难为无米之炊。"在闹饥荒的岁月里，村里家家户户都吃食堂，整天靠吃菜团子、菜豆腐熬日子。过冬至哪有面粉包饺子，三年都没吃上过"过年饺子"，尽管母亲的手巧，也是无用武之地的。后来，食堂散伙了，日子才一天天地好过了，但是老百姓的好日子也不是一天就能过出来的，是辛辛苦苦地干出来的，也是一辈一辈地熬出来的。女儿曾问："过紧日子，你觉得苦不苦呢？"我答道："苦！说不苦是假的。我从小就兄弟姊妹们多，父母再拼命干，也很难养活这么多孩子，只好勒紧裤腰带，省吃俭用，恨不得一分钱掰成八瓣儿花。过去的日子，虽然苦一些，但苦中也有甜，如今的日子甜中也有苦。"女儿又问："为什么呢？"我答道："因为在过去有疼我、爱我的爹娘啊！还有那与我同甘苦共命运的父老乡亲们，就是过苦日子，也觉得甜。如今他们都不在人世了，可惜他们都没有赶上今天的好日子，咱们日子过得再富裕，但仍烦恼，缺乏幸福感，你说对吗？"女儿说："是的。人心无足蛇吞象，好了伤疤忘了疼。"我说："知足者常乐！咱们对生活的要求低一些，不就少一份烦恼，多一份快乐了吗？好日子来之不易，要知道感恩，不仅要感谢父母的养育之恩，还要感谢父老乡亲们和家乡的热土之恩，也要感恩大自然。"

在家乡过冬至，我不仅吃过母亲包的菜豆腐饺子，还曾吃过我老伴儿的姥姥家包的"厨饪"。1971 年冬天，我去城里盖房子当小工，冬至那天傍晚，当我步行到健康东街白浪河桥头时，巧遇焕成放学回家，他家住黄家庄子，正好与我同路。焕成是我老伴儿庄新苓的表弟，是三舅家的次子，他还有个哥和姐。每年正月初三，他都跟着哥哥焕杰到庄家去给姑姑拜年。我与老伴儿原是同学，回乡务农后，又在同一个生产队里干活，业余时间还跟其父学医，因此常去她家，便有机会遇到焕成，当年正月初三我才与他相识。

我们沿着健康街向东走，一路上，我们肩并肩，手挽手，说着、笑着，不知不觉就到了黄家庄子村头。焕成说："哥，到咱家暖和一会儿再走吧！"我看了看天，见太阳还没落山，便对他说："好吧，俺去认认门，马上就走！"

黄家庄子位于健康东街与潍州路的十字路口西南侧，离我村仅有四里路。村里只有一条街，还是条沟，我们顺着沟进了村。

焕成在路西一家柴门口停下来，说："哥，咱到家了。"院墙低矮，站在墙外，就可看到院内一切，北面有三间草房，房前只栽着一棵枣树。

"娘，俺庄哥来啦！"焕成一进院门就喊着，并拉着我的手进屋。焕杰兄已在堂屋接着，说："是庄家（ga）的客（kěi）儿，请进东里间。"桂芳表姐收拾着面板，三妗子拿着笤帚，一边扫炕，一边对我说："他哥，快上炕头上暖和暖和。"

屋里空荡荡的，没有桌椅，只有个衣柜，上面放着一大盖垫刚包好的水饺。南面是个大土炕，炕上只铺着床席子，炕头上仅有一床旧被子。三舅揣着手，盘着腿，坐在炕东头。他微笑着亲切地说："来，炕头上坐。"我坐在炕沿上，三妗子吩咐道："焕成，快帮你哥脱鞋上炕坐，焕杰烧火，桂芳下扁食。"焕成立刻上前动手给我脱鞋，我急忙推辞道："不用了，我稍坐会儿，就去赶路。""咋的啦？头回儿来家就不实在。"三舅说着，就收敛了笑容。"哥，听话，别让咱爹生气。"他一边劝着，一边帮我脱鞋。三妗子坐在我对面，看着我的脸，一会儿就眉开眼笑了，说："过年时就听焕成说，他在姑家认识了个哥，今儿才得一见，让俺真高兴。你来得正巧，今儿过冬至，刚包的扁食，你吃了再走。"我说："俺娘也肯定在家里包菜豆腐饺子，好吃得很呀！"三妗子高兴地说："这就是用菜豆腐包的呀！庄户土话叫扁食。咱啃了一冬天窝窝头和咸菜疙瘩，真靠人，过冬至总得凑合着包顿扁食，也解解馋吧！"三舅是个地地道道的庄稼汉，他沉默寡言，在一旁静静地坐着，听别人拉呱。三妗子薄薄的嘴唇，十分健谈，且很热情好客。

我坐在炕头上与三妗子拉呱，一会儿就觉得炕席热起来，在这时候，焕成搬来张小小的炕桌子，接着，焕杰兄端上一大盖垫热气腾腾的饺子。三舅拿起筷子，说："先吃吧，你还要赶路！"三妗子说："不知道咸淡，也不知道苦不？"我尝了个，说："香，真香！"一家人围着盖垫就吃了起来。我问道："姐呢？怎么不见她来吃呢？"焕成说："她在外间吃。"一会儿，一大盖垫上的饺子就风卷残云了。

当我放下筷子，穿上鞋子，走到了外间的时候，见表姐还站在灶台前，啃着窝窝头，喝饺子汤。我才知道，刚才我吃的饺子是姐省出来的，我心里感到很惭愧，后悔不该留下来吃桂芳姐的饺子。

人生在世，债可抵，情难还，债有数，情无价。后来，我在外地求学期间，还没来得及报答三舅的恩情，他老人家就病逝了，留给我的是终生的遗憾，未了的情，我感到非常内疚。

2010年元月6日上午，我和老伴儿去潍坊早市买菜，买了袋菜豆腐，是用萝卜缨子做的。老伴闻了闻，说："有点儿糊气味。"我抓出一点尝了尝，微微有点儿发苦，说："就要这个味儿。"老伴儿笑着说："啥年代了，还搞忆苦思甜？"我悄悄对她说："我要带回滨州去，咱们包饺子，还要告诉你个秘密。"

当天下午我们就返回滨州。傍晚一到家，老伴儿和面，我炒菜豆腐调馅儿、包水饺，菜豆腐很吃油，放入许多油也看不出来，因此，过去在油房里是不准炒菜豆腐吃，怕伙计们费油。为了把馅儿调得更香一些，我就多放葱姜、花生油和香油，还放入五香面、味精等调味品。老伴儿擅长擀饺子皮儿，她擀的皮儿又圆又薄；我擅长包水饺，包得快，馅儿多、肚大、翅小，又美观又大方，是大家公认的包饺子能手。

我一边包着饺子，一边和老伴儿拉呱，老伴儿问我："你不是要告诉我个秘密吗？"我答道："是的，这其实也算不上什么秘密了，已经成为历史了。"于是我就把第一次去黄家庄子过冬至吃菜豆腐水饺的事如实地讲给她听，她惊讶地说："啊，当年咱还仅仅处在初恋阶段，你就私自去俺姥姥家做客啦，也太实在了吧！"我说："正因为我当时傻实在，才引起了一场误会，招来意外的麻烦呢！""有啥可误会的呢？""当年三妗子还真看中了我那股傻实在劲儿，正月初三，焕成又来走姑家，还给俺娘准备下一份礼。焕成执意要到我家去看望俺娘，当时他根本不知道，俺娘还不同意咱俩的事，他一上了实在劲儿，我也挡不住了。结果，他到了俺家，就被俺娘给赶出了家门。真对不起，让三妗子一家无辜受到伤害。至今我感到很惭愧。"老伴儿劝我说："事已过去这么多年，不必再自责了。"我说："这么久了，我还没得机会向焕成表弟道歉，怎么能让我心里放得下呢？何况如今三妗子已不在人世了，这份情让我如何了结呢？"

不到一个小时，饺子已经包好。老伴儿去下饺子，煮熟了，她先让我尝了尝，问道："味道咋样？"我答道："香，实在是香。但不如咱娘包的香，也不如当年三妗子包的饺子香。真奇怪，我放了那么多油和佐料，怎么就不出当年那个味儿呢？还有点儿苦涩味儿。"老伴儿说："这才是忆苦饭啊！"我说："不对，咱们吃着当年过紧日子最好吃的饺子，怎么能叫忆苦饭呢？"老伴儿问："那叫什么饭？"我想了想，说："当年娘和三妗子包的冬至饺子，都是少油无盐的，但不乏亲情和乡情，那才是最好的香料啊！就叫这冬至饺子为感恩饭吧！"老伴听了点头称是。

从此，每年过冬至，我和老伴儿就包菜豆腐水饺，让每个饺子都充满亲情和爱心，也让女儿吃了牢记住乡愁。

姥姥门前那条河

悠悠的钟声，撞开了新年之门，每当人们陶醉在辞旧迎新的欢乐时刻，我的心情却感到沉重起来，因为 1960 年元旦曾是我的落难日，童年的往事历历在目。所以多少年来，每逢元旦，就会想起我在虞河落入冰窟的情景。

那天，天一蒙蒙亮，母亲就把我叫醒，说："今天你到姥姥家去趟，让她给你姐做件棉袄，快去快回，千万别在姥姥家吃饭……"一听说去姥姥家，我就一骨碌爬起来，饭也顾不得吃，背起包袱，蹦蹦跶跶地朝姥姥家奔去。

姥姥家在东北方邻村，离我家仅有一公里。姥姥家门前有条河，名叫虞河。河水澄清，四季常流，鱼虾多，还有毛螃蟹。从小每逢我到姥姥家，表哥们总爱带我去下河洗澡，摸鱼、捕虾、捉螃蟹。带回家后姥姥用一点油煎煎，味美可口。河滩上长满了各种野花、野草和各种树木。春天里，岸边一排排的柳树，像一群群婀娜多姿的少女，在暖风中翩翩起舞。我和小伙伴们折几根柳条，编成草帽，戴在头上，拧个柳哨，吹开了一地野花，吹入了童年的梦。夏日里，最有激情的事是与伙伴们在河里打水仗，彼此往身上、脸上打水，打得睁不开眼，只好败下阵来，逃到岸上，用细沙土把自己的光腚埋起来，晒日光浴。一夏天，身上晒得黑不溜秋的。最逗人的事，是在苇湾里扎猛。小孩们在岸上排成长队，屏住口气一个接一个地扎到深水里，在湾底下抓把渍泥，再爬上岸，用泥巴涂满脸上，身上只露着一口白牙，做个鬼脸，又一头扎到水里，一会儿再上岸时，脸上、身上已冲洗得干干净净。随后在芦苇丛里采些苇叶，让大人们包粽子。来到秋天，我们在河滩里成为一群食野者，乘大人不注意，就钻入玉米地掰几个嫩棒子，揣进怀里，还扒地瓜、偷花生，然后找个僻静处，用土块垒个灶，把玉米、地瓜、花生一层层地摆放在灶上，在底下点火，再去豆地里捉蝈蝈、捕蚂蚱。回来后那袅袅青烟已经散尽，扒开烫手的土块，露出已烤熟

160

的地瓜、玉米，大家一起上前争食着。野餐后，每人抓把灶灰，在各自脸上涂抹得成了大花脸，又列队，学着娘们儿的舞姿，扭着腰，摆动着臀部，在沙滩上扭起了秧歌。一边扭，一边哼着："扭啊扭啊扭啊扭，一扭扭到十八九……"过路人见了都笑弯了腰。想起这些趣事，甭说我走姥姥家心里有多恣儿啦！

那天早晨我一跨进姥姥大门，就被表哥们截住，我丢下包袱，没等我和姥姥说完话，就被二表哥、三表哥拉着手溜出家门，向东到虞河溜冰。冬日的虞河，天气特别冷，河滩里光秃秃的，野草也被冻在冰里，榆树树皮也早已被人们剥光吃了，树上连只麻雀的影子也不见了，只听到西北风在树梢上"呜呜呜"地叫着。昔日岸边那些翠柳，像衣衫褴褛、蓬头散发的老妪，在凛冽的寒风里冻得瑟瑟发抖。河水漫滩结了厚厚的冰。这时太阳已从东方升起，阳光照在冰上，耀得人睁不开眼，我用手打个凉棚，才勉强睁开泪眼，发现河心里有十几人影在晃动，他们箭一般地朝我们冲来，呼喊着三表哥的乳名："铁成、老铁"。我和表哥们也滑着冰，迎着太阳冲上前去与他们会合。划得太猛，我们在冰上相互碰撞，摔倒在冰上，有的划破了手，有的还碰破了鼻子，流着血……然而谁也不在乎，大家呼喊着彼此的绰号，扳着膀子搂着腰，狂欢着。大家正处在欢乐的时刻，意外的事情发生了。当我向河心走了几步时，突然感到脚下一软，身子一抖，只听到"噗嗤"一声，两脚就陷入冰窟。身子渐渐下沉，我急忙把胳膊肘向两边一撑，就支在冰上，只露着上半截的身子，我急忙呼救："表哥，救我！"当场就把大伙们惊呆了，两位表哥急忙上前，抓着我的胳膊，把我从冰窟中提了上来。

我在冰上落水的消息迅速传遍了姥姥村里的大街小巷，当我们爬上崖头时，姥姥家门口已站满了人，大家一齐上前七手八脚把我抬到姥姥的炕上，费了好大劲才给我脱去已结冰的鞋袜和棉衣，这时我惊魂未定，浑身直打哆嗦。

记得当时姥姥家炕上只铺着领破草席，仅有一床旧棉被和一床灰色的线毯。舅舅因胃病开了刀，刚出院不久，躺在炕东头，姥姥从舅舅盖的被子上抽下线毯，把我光腚身子包起来，放在炕头的西南墙角里。灶已久不生火，炕头上冰凉，屋子里挤满了人，前来问寒问暖，有的还送来了柴火。

我蜷起身子，躲在墙角里，倾听着人们的议论，这时我才晓得，我落水的地方正在河心。下游修拦河坝，把上游的水拦住了，涨得已有两人多深。修河坝的民工为了取水做饭，早上刚在冰上用大铁锤砸开了一个洞，只能放下一只桶，因为天冷，取完水很快就结了一层薄冰。当时若不是我反应得快，用胳膊支撑住身子，一旦沉入冰下，后果将不堪设想！想到自己差一点就见不到慈祥的姥姥，鼻子一酸，泪水就像断了线的珍珠，不住地往下掉。姥姥伸过青筋暴跳的手，一边给我擦泪，一边安慰我："外甥，别害怕，有姥姥在……"说着就抓起我那麻木的脚，搓了几把，然后解开怀，揣进她的怀里。我想把脚抽回，但腿却不听使唤，怎么也动弹不得。外间传来"咕嗒、咕嗒"有节奏的风箱声，一会儿，腚底下的炕头先热乎起来。姥姥家的这间低矮的草房里，前来探望的人仍络绎不绝。村里仅有的上百户人家，几乎每家都来过。他们都把我看作是自家的亲戚，我便成了全村民们公共客人。一时间我成了位引人注目的新闻人物，灶上的烈火在熊熊地燃烧着，村民们浓浓的情和姥姥的情在激烈地燃烧着，共同化作一股暖流，温暖着我的心，又像春风一样，吹遍我的全身。我腿脚慢慢恢复了知觉。腚底下的炕头，像热鳌子一样，烙得我已坐不住了。身上不觉得冷了，肚子却饿得火辣辣地疼。

那时村村都吃食堂，家家都不开灶，姥姥家里一点吃的东西也没有。我在炕头上烙得像热锅上的蚂蚁，一直熬到中午。大表哥从食堂里打来了一罐子稀粥，和几个菜团子。粥是用地瓜面熬的，稀稀的，像清水一样能照出人影，上面仅漂着几片胡萝卜；菜团子是用地瓜蔓磨成的粉，再掺上黄菜叶子捏成的。啊，这就是那天姥姥家仅有的新年午饭！姥姥拿起勺子，伸进瓦罐里，舀了两下，盛上头一碗，先给舅舅，又盛了两半碗，给我和她自己；然后在筐里抓了两个菜团子，吩咐妗子把剩下的菜团子和汤端到外间，与表哥们分食。舅舅挣扎着从被窝里爬起来，他一声不吭，咬着牙，紧锁住眉头，高大的身躯已蜷成佝偻状，胸膛上的肋骨几条都能数清，腹部正中还有一条长长的切口，像一条大蜈蚣。他端起碗，手在不住地颤抖着，用筷子夹了两片胡萝卜，哆哆嗦嗦地放在我的碗里。姥姥抓起了一个菜团子塞到我手里，"凑合着吃吧，外甥，我实在拿不出好的干粮给你吃，等咱日子过好了，我给你蒸白馍……"没说完，话就卡在嗓子眼里了。她又拿起仅有的一个菜团子，一掰两半，与舅舅一人仅分得半块菜团子。我夹起那片鲜红的胡萝卜，先用舌尖舔了舔沾在上面的汤，有一股烂瓜干的苦味，咬下一小块，慢慢地咀嚼着，觉得是甘甜如蜜一般，从此，我再也没吃到那么甜的胡萝卜，半个世纪过去了，那种甘、苦的滋味，仍在我心里不断地回味着。

傍晚，我穿上妗子给我烤干的棉衣，身上暖和和的，姥姥牵着我的手送我上路，爬上西崖头，就可望见我的村东头，隐约可见夕阳的余晖在我家房顶上滑落。姥姥停住脚步，"俺在这个埝儿望着你，放心走吧。"我含泪与姥姥道别，走一会儿，我就回头望一下，姥姥就朝我招招手。她在那高高的崖头上站成了一棵弯腰的老榆树，直到在我眼里变模糊，最后才消失……

岁月悠悠，暗淡了许多红尘旧影，却抹不掉童年的记忆。今年春节回老家，老伴儿陪我重游故地。我们沿着虞河去寻找童年岁月的影子和往昔的欢乐与忧伤，还有那道不尽对姥姥的思念和深情……我们一边观景，一边谈着童年的趣事。我们不觉已来到姥姥家的村头，竟然找不到姥姥家门。当年那些熟悉的面孔都不见了，旧村庄已消失。姥姥站的那个西崖也不见了，向西望去全是一片高楼，在旧村址上建起了个大花园，今年春天来得早，柳树已开始发芽，草也绿了，一群孩子在放风筝，在当年落水的地方，我停住了脚步。望着蜿蜒北去的流水出神，心里在发问：我的那些小伙伴如今在哪儿？我的那些可爱的小鱼、小虾、小蟹子跑到哪儿去了？还有那些蝈蝈和蚂蚱们都蹦到哪儿了？当年那茂密芦苇和那些细沙又在哪儿……然而这一切都消失得无影无踪了，河面上只有那无限的惆怅和缕缕的乡愁。

我对着曾经像母亲一样爱我、疼我、惩罚我、哺育过我的虞河，情不自禁地一咏三叹："外婆门前有条河，流水弯弯趣事多；老大犹做儿时梦，笑醒五更扭秧歌……"

（2018年作品《姥姥门前那条河》荣获"践行伟大中国梦·德鑫杯"全国优秀文艺作品征评暨第六届中国作家新创作论坛特别荣誉奖）

童年童趣话游戏

如果问我:"你童年做过游戏吗?"我会觉得匪夷所思,这个问题实在问得古怪。没有游戏相伴的童年是不可想象的,也是不存在的。如果真有这样的人,一定是世界上最可怜最不幸的人!

儿童游戏,也叫童戏或儿戏。人们不是常把成年人办事不认真叫做"视同儿戏"吗?儿戏不同于正规戏剧,它只是小孩子闹着玩儿的小把戏。道具极其简单,一条手绢、一条毛巾或围巾,一个口哨,甚至更简单的物品,都可以玩得津津有味。更无需专门的戏台,随时随地,只要有活动空间,有喜欢与你一起做游戏的小朋友,就足够了。

儿时经常做的游戏有:捉迷藏、摸面乎、老鹰叼小鸡、捉坏蛋、丢手绢、娶媳妇、扔沙包、跳房、击鼓传花等。现在想,当大家一起玩儿的时候,童心、童趣得到了最纯粹的表达,个性得到了最真实的展现,智力也得到了开发。做游戏要有激情,需要智慧,它不仅能使儿童得到快乐,还培养孩子们的社交能力,学会交朋友,懂得游戏法则,守规矩,知进退,把自己融入集体当中去,实际是未来生活的预演,对将来步入社会很有帮助。

若你感兴趣,可沿着我的记忆线索,一窥我当年在南园子做游戏的情景,分享我童年的幸福与快乐。游戏小天地,人生大舞台,我们从小天地一路走来,一步步走向人生的大舞台,去展现辉煌的人生。

捉迷藏

捉迷藏，又叫躲猫猫，俗称"藏人儿"。那是我小时候最喜欢玩的游戏。且爱耍点儿小聪明，搞些恶作剧，惹得别人担惊受怕，又气又急，啼笑皆非，自己却躲在一边偷着乐。

南园子与南屋、后院、北屋都相通，在南园子里有柴火垛，家园大，房屋多，门后及屋内各个角落都有藏身之处，我的兄弟姊妹多，因此，很有条件做捉迷藏的游戏。

初做"藏人儿"游戏，是我先躲藏，让哥哥或姐姐找我。哥哥领着我玩，他一不注意，我就躲在门后，哥哥一回头，不见我的身影，就回来找。他把门一闭，就找到我了。我兴奋地张开双臂搂住他的脖子，在他脸上热吻着，兄弟俩儿激动的心跳在一起，这就是我当年"藏人儿"的一种感觉。

后来，我不再躲在门后，开始藏在墙角处，有时还藏在床底下或桌子底下，就不容易被人发现了。哥哥大声问道："藏好了吗?"我不禁答道："藏好了，找吧!"哥哥循声赶来，一下子就把我从墙角或桌子底下揪出来了。真奇怪，我自以为藏得够严密了，怎么让他轻而易举地发现了呢?

哥哥、姐姐都去上学了，大弟弟比我小三岁，他既聪明伶俐，又长得可爱。我和他做游戏，他常躲在门后，却露着双脚，我一下就捉到他。后来他躲在桌子底下，或床底下，我就难找到他了。我学着哥哥、姐姐的样子大声问道："藏好了吗?"起初他还答应："找吧!"后来干脆就不吭声了。我恍然大悟"藏人儿"是让孩子长心眼，要藏而不露，才避免被人捉住。若躲在门后，是最易暴露的，藏在桌子底下或床底下，若是一吭声，就会走漏风声，也很容易被人捉住。

有一天下午，哥哥、姐姐放了暑假，一有闲空就和我在家里做"藏人儿"的游戏。当时北屋刚建成，还没住人。屋里只放着个大囤脚，是用蜡条编的，还没圈子，上面仅有个盖子，里面空着。我一掀开盖子，就钻进去，躺在里面，只见黑洞洞的，不一会儿，我就睡着了，直到傍晚我才被人们吵醒。

在朦胧中，我听到院子里吵吵嚷嚷的，母亲大声问道："南屋里，南园子里都找过了没有?"姐姐答道："找过了。"母亲又问："北屋里找过了吗?"姐姐答道："已经找过好几遍了。"母亲急忙问道："外面都找过了吗?"哥哥答道："过道里，各家各户都找遍了，井里、圩子墙沟里、湾里也都找遍了，也没见个人影!"母亲听了，哭着说："急死俺了，老天爷呀，你把孩子藏在哪个旮旯了，快让他回来吧!"哥哥、姐姐也随着母亲喊着我的乳名，哭了起来。邻居的婶子、大娘都上前劝母亲先别伤心，大家伙儿再帮着找找。我急忙跑出北屋，大声喊道："别找了，我在这儿!"姐姐上前一把搂住我，破涕为笑。她一边拍打着我的屁股，一边喊着："急死俺了，你躲到哪个老鼠窟窿里了，咋的让大家伙儿找了一个下午都找不到呀!"我捂着屁股说："我藏在那个囤脚里，不一会儿就睡着了。"一场闹剧，惊动了四邻，惹得母亲为我担心，全家为我着急。这就是当年我这个捣蛋鬼搞的恶作剧。看到一家人为我急成了这个样子，我却更感到美滋滋的。也许小孩都是这个心理，让大家都在乎自己，才感到满足了。

从此，母亲对我们兄弟姊妹们约法三章：玩"藏人儿"游戏，不准躲在危险处，不准藏得太久，最多不超过半小时，不准藏起来睡觉。尽管如此，后来我还是没有记取以前的教训，仍然要点儿小心眼儿，藏到人们意想不到的地方，让人难以捉到。曾记得有一次，我和五六位堂兄弟们在爷爷、奶奶家玩"藏人儿"游戏，当时爷爷住在老宅子里。老宅子是个四合院，房子很多，天井很小，街门口还有个大门洞子。堂兄弟们多数藏在大门洞里，我却躲进了西厢房里。西厢房里放着一口刚打出的棺材，外面还抹上油漆，全是楸木的，木纹非常漂亮，没有一个疤，里面装饰着粉红色的平绒。棺盖半掩着，我用力掀了一下，却没掀动。这时候，我听到外面天井里有脚步声，就急忙钻进棺材里躲藏起来。堂弟在门口喊了声，"有人吗？"堂哥说："屋里有口棺材，谁还敢进去呢？"说完之后，院子里就静悄悄的，我躲在棺材里过了约有半个小时，再也没有听到院子里有一点儿动静，就待不住了。我从棺材里爬出来，先跑到过道里，又到大街上也没有见到堂兄弟们的影子。我后悔自己不该躲进棺材里，让他们找不到我，也许他们找不到我，就气得不找了，不愿意和我玩了。做游戏是为了寻开心，结果是他们离我而去，只剩我独自一人，还有什么快乐可言呢？

后来，我去问奶奶："西屋里咋的放口棺材？是谁家的？"奶奶说："是五老嬷的，是儿子们刚为她打的口喜材。她家里没地方放，就找你爷爷商量好，先临时放一下。"我又问道："人还没死，为啥先做下口棺材，行吗？"奶奶答道："人老了，总得要死，早备下寿材，一来可增寿，二来可冲喜，咋的不行呢？"我又问道："不犯冲吗？"奶奶答道："不会的，咱这里有这么个风俗习惯，不等老人去世，孝子们就给她准备好了寿材。不仅不犯冲，还会祈求天赐吉祥，让老人延年益寿哩！"

尽管奶奶不在乎，但在我心里总不愿意接受，别人家的棺材放在自己家里，不管吉利不吉利，让人一见到屋里放口棺材，就感到瘆人。对奶奶的解说我半信半疑，也许是大年五更死了头驴，不好也要说好，只不过是自圆其说而已。我不禁去问爷爷："你让别人家的棺材放在咱家里，吉利吗？"爷爷答道："没法子，别人要你帮个忙，你又不能推辞，还管它吉利不吉利的。"我问道："别人真好意思的，你也太好说话了，对吗？"爷爷答道："别人尽孝心，咱尽良心，帮人一把，就是行善积德，哪有对错？"我感慨道："人还没有死，就早给他打好棺材，真是怪事！"爷爷说："这有啥奇怪的，这在过去，是常有的事，在富人家里，人还没死，连坟都早修好了，打口好棺材，需要花费好多功夫。人到了风烛残年，说不定哪一天就人死灯灭。现做口好棺材，就来不及了。"我又问道："人死了，躺在棺材里，不憋屈得慌吗？"爷爷答道："人死如灯灭，死了，死了，一切都不知道了。"我问道："人死了，又到哪儿去了？"爷爷答道："人从土里来，一旦死了，用黄土一埋，就又回到土里去了。"我搂着爷爷的脖子央求他说："爷爷奶奶都不能死，你们要长寿，天天陪着我玩好吗？"爷爷苦笑着说："好吧，俺答应你。咱都好好地活着，等你长大了，俺受够了罪，享完了福，再去见阎王爷！"我捋了捋爷爷的山羊胡子，笑着说："爷爷真好，说话算数，一言为定，咱们发誓！"我伸出小拇指头，勾住爷爷的小拇指头，我们一起喊着："拉钩上吊，一万年也不要……"从此，我再也不藏在棺材里，因为那是放死人的，所以活人是禁止入内的。

我和哥哥、姐姐、弟弟们，不仅可以随时在南园子里及家里捉迷藏，也可以在庄稼地里捉迷藏。春天，麦子长高了，就在麦地"藏人儿"。夏天，在高粱地里，就像钻进了青纱帐一样，玩捉迷藏最合适，但有一定危险。那时候，家乡还有狼，若是遇到狼，小孩儿就会被叼走的。

曾记得，一天下午，哥哥、姐姐领着我和弟弟去村东虞河玩，堂姐、堂哥也一起去了。在回家的路上，要路过一片高粱地，我们在高粱地头上休息了一会儿。听大人们说，夏日里，最凉快的地方，一是伙房门口，二是高粱地头。刚走出闷热的高粱地，坐在地头上，凉风习习，吹在身上，一会儿就解汗了，哥哥提议在高粱地里玩会儿捉迷藏。

姐姐背着弟弟和堂姐先钻进了青纱帐藏起来，我和堂哥随后也分别躲进了高粱地里。哥哥开始找我们，我藏得较深，哥哥最后一个捉到我。当我回到路上，姐姐们和堂哥已在十字路口等候着，却不见大弟弟。我不禁问道："弟弟呢？"姐姐说："回家了。"我说："不可能，他那么小，刚学会走路，不认得路，咋能回家呢？"堂姐说："丢不了，是让人接走的！"我不相信，以为她们在与我开玩笑。哥劝我说："天不早了，咱快回家吧，到家就知道了！"我说："不行，他那么小，咱不能把他丢在地里不管，要是遇到狼，就会被它吃了。"说着我就哭了起来。我重回高粱地里，哭喊着弟弟的乳名，哥哥劝也劝不住，直到日落西山，才硬把我拉出高粱地。

　　傍晚，我来到村东头，见姐姐背着弟弟已在那里等候。堂姐见我哭成了泪人，刮着我的脸皮说："不害臊，多大了还会哭鼻子，这回你可尝到了着急上火的滋味！"一提起我过去搞的那些恶作剧，就羞愧难言了。

　　南园子花开花又落，一年又一年。我的大妹妹、小弟弟、小妹妹相继出世，玩游戏的队伍越来越壮大。我的角色也逐渐发生了转换，在做躲猫猫游戏中，从一个常扮演老鼠的角色，变成黑猫警长的角色。虽然少了一份被捉的激情，但是却增加了一份责任，除了让弟弟妹妹们玩得快乐，还要保证他们的安全，常为他们着急上火。

　　捉迷藏，真有趣，有欢乐，也有忧伤，亲情难忘！

老鹰叼小鸡

傍晚，我家北屋房顶上的烟囱已停止冒烟了。父亲还没下班回家，姐姐帮着母亲收拾完锅灶，就到院子里喘了口气。虽然屋里炊烟已经散尽，但是锅里煮熟的地瓜还散发出甜丝丝的气味。我和弟弟、妹妹在院子里不住地咽着口水，焦急地等待着父亲回来吃饭。

大哥从麦田里回来，刚放下锨，又抓起了水桶要去老井打水。我说："缸里还满着，你就歇会儿吧！"大弟弟说："咱们玩会儿游戏，等着咱大*来家吃饭，好吗？"我问："玩啥游戏？"弟弟妹妹们一起喊道："老鹰叼小鸡！"

老鹰叼小鸡是我们兄弟姊妹们最喜欢玩的游戏。按照惯例，大哥扮老鹰，大姐扮老母鸡，我排在大姐之后，大弟弟、大妹妹在我身后都扮小鸡，小弟弟当鸡尾，排在末尾。

大姐在院子一站，我站在她身后双手抓住她的后衣襟，大弟弟抓住我的后衣襟，大妹妹抓住他的后衣襟，小弟弟抓住大妹妹的后衣襟，列成一路纵队，跑起来就像耍龙灯一样，摇头摆尾的。列好阵势，游戏开始。

大哥模仿着老鹰的样子，先张开双臂，就像老鹰展翅一样，手指弯曲呈鹰爪状，两眼一瞪，瞪得大大的、圆圆的，眼珠滴溜溜一转，鼻子弄成鹰钩鼻，活像一只饿极了的老鹰，凶猛地扑向鸡群，小鸡发出一阵惊叫，并迅速躲向老母鸡身后。

大姐严阵以待，临危不惧，沉着应战。她张开双臂，就像只英勇好斗的鸟眼子鸡一样，亮出利爪，对老鹰又抓又拧，拼命地护住身后的小鸡。

大哥被逼无奈，只好放弃从正面进攻，改向侧翼进攻。他忽左忽右，声东击西，伺机发动突然袭击，吓得我们惊慌失措，一时乱了阵脚，首尾

---

* 我们称父亲为"大"。

难以相顾。小弟弟一撒手，就掉队出列了，大哥乘机捉住他。大姐急忙上前营救，已来不及了。

老鹰叼走了一只小鸡，气焰更加嚣张，又对鸡群发起更猛烈的进攻。母鸡也不示弱，舞动双翼，拼命地驱赶着老鹰。小鸡们惊呼着，呐喊着，不断变换着队形，不停地左右摇摆着。经过一段时间的对峙，小鸡们体力消耗过大，渐渐不支，阵势松弛，老鹰乘机又发动了一次袭击，又一只小鸡落单，被老鹰叼走了。

大妹妹掉队，出列，又被大哥捉住，只剩下我和大弟弟这两只小鸡了。队列减员一半，大姐的负担减轻了。我和大弟弟与大姐紧密配合，大哥不再处于优势，就难得下手捉住我们。双方处于相持阶段，他发动了多次袭击，都没成功。大姐乘机发动反攻，大哥就败下阵来。这时候，院门外响起了车铃声，是父亲回来了。游戏结束，我们进屋准备吃晚饭。

春荒难度，家里仅剩下地瓜可以维持生活。母亲只煮了一大锅地瓜，作为全家的晚餐。春天的地瓜，淀粉已糖化，吃起来比蜜还甜。虽然好吃，但是吃多了容易引起胃酸过多，我经常口吐酸水。那年，村里不吃食堂了，我家已有地瓜吃，能填饱肚子，我们就心满意足了。做完游戏，我已饥肠辘辘，感到那晚母亲煮的地瓜特别香甜。我们兄弟姊妹每年围着饭桌，不一会儿就把一大锅地瓜，风卷残云了。

1962年春天是个极不平凡的春天。地里的小草正在发芽，南园子里的杏花落了，桃花开了，梁上的燕子开始垒窝，麦苗已返青，到处春意盎然。哥哥、姐姐下学务农，在生产队里干活，挣工分，从此不用父亲再拿钱交队里买口粮了。我们兄弟姊妹六个，在父母的呵护下，渐渐长大了，不再遭受别人的白眼和欺凌。我家不再挨饿了。从此日子一天比一天好起来了。我和弟弟、妹妹们无忧无虑地在学校里读书，与同学们一起唱歌、做游戏。然而，我欢乐的童年即将结束，不久就步入少年了。

老鹰叼小鸡是家乡传统游戏之一，是祖祖辈辈传下来的。它不仅给儿童带来了快乐，还使儿童感受了浓厚的亲情。它成为连接亲情的纽带，把兄弟姊妹团结得更加紧密，使家庭更加和睦。它虽然是个儿戏，但是它却演绎出当时农耕文明的现实生活，生动地体现庄户人家在艰难岁月里的生存状态。使我自然而然地联想起母亲在家庭生活中扮演着的重要角色。

　　我永远不会忘记在那最艰苦的岁月里，母亲忍饥挨饿，从自己口里省出口饭，来养活我们姊妹兄弟六个。她精心呵护我们成长，当遇到自己的孩子受人欺负的时候，她总是挺身而出，不畏强暴，据理力争。宁肯自己受委屈，也绝不让孩子们受伤害，就像游戏中的老母鸡一样，与老鹰拼命地抗争。尽管当时父亲在外工作，母亲自己势单力薄，但是她临危不惧，从不妥协，在困难面前，永不低头。她对儿女们无私、无畏、敢于担当，在家中树立了楷模。

　　玩老鹰叼小鸡游戏，不仅能使孩子们感受到母爱和亲情，还锻炼孩子们毅力和树立团结合作的精神，使兄弟姊妹更加勇敢、坚定，兄友弟恭，和睦相处。

　　假如时光可以倒流，我还想与兄弟姊妹们在老家做一次老鹰叼小鸡的游戏。回首一望，爱恨全无，个人恩怨已化作缕缕乡愁。

丢手绢

一提起当年与同学们"丢手绢"的事，就会使人心潮澎湃。乍一听，很有些浪漫情调，想必是它与男女情爱有关，会使人产生许多联想。其实则不然，这里记忆的只不过是我儿时与同学们做的一种游戏而已，一条小小的手绢，仅作为道具并不起眼，拿起来，只要在同学之间再把它一丢，就会激发出许多浪漫与激情，把儿戏迅速地推向新高潮。

儿时，家乡的孩子们还不兴带手绢。为了便于给小孩子擦鼻涕，就裁块纱布，用关针关在罩衣的肩部。孩子长大后，上了学就用不上了。一般来说，男生们没有带手绢的习惯，带手绢似乎成了女生们的专利。因此做游戏所用的手绢，大多数是女生们提供的。当时，市场上棉花和布匹的供应是相当紧张的，每人每年仅发三尺布票，只有钱，没有布票，也买不到布。庄户人家既无钱，又没有布票，哪有条件来给孩子们做手绢呢？商店里即使有现成的手绢，也买不起。女生们的手绢多数是自己动手缝的，用旧衣衫裁下一块方巾，缭一下边就成。哪管它什么红的、黄的、白的、黑的、素的，还是花的，只要有块布就行，因此女生们的手绢是五花八门的，确实拿不出手，真有点寒酸。一般来说，女生的手绢是不允许男生碰的，似乎在手绢里藏着个人的许多隐私。只有在班里做游戏时，万不得已，才羞羞答答地从衣兜里掏出来，交给大家用一下。可不要小瞧这块普普通通的小手绢的作用，一旦它成为游戏中的道具，它就有了无穷的魅力，为全班同学们所瞩目，都在关注着它落谁家。它会使淑女们变为辣妹，小天使们也变得癫狂起来。

游戏开始了，大家先列成一队，围成一个圆圈就地坐下来。先找出一位同学或自告奋勇者来丢手绢。他拿着手绢站在圈外，围着同学身后顺时针方向转，趁哪位同学不注意，就偷偷地把手绢丢在她身后，然后迅速地离开，继续顺时针快跑。他跑回丢手绢的位置，如果手绢仍没被她发现，他就冲上前去把她和手绢一起抓住。他可以坐在她的座位上，而她拿着手绢出列，到圈子中央唱支歌或表演个节目。

如果他刚丢下手绢，当场就被她发现并被她一把抓住了，他就算失误了，接过手绢，重新再丢。如果被她发现得晚一些，他就继续顺时针向前跑，她抓起手绢也要顺时针方向追。如果他没被她追上，已转回到她的空座上，坐下来，她就不能再抓他了，那么就换成她来丢手绢。人人遵守这个游戏规则，不得违背，否则就乱了，游戏就不能顺利进行。做游戏是为了玩得开心，与大家分享快乐，一旦发生争执，就不快乐了。因此，大家必须自觉遵守规则，避免闹纠纷。

一般来说，丢手绢者是找那些精力不集中、反应迟钝、行动缓慢的同学作为目标。这样成功率高，自己也不会被人逮住。因此做这种游戏，可以锻炼学生们的反应能力。能集中精力，增强参与意识，使每个学生都能愉快地交流感情，建立友谊。小学生的思想比较单纯，尤其在我儿时，民风淳朴，社会风气正，学生的精神没有被污染，比较纯洁。因此，小学同学间的感情和友谊也比较真诚。大部分都一个村的，又是同宗同族的，血浓于水，血脉相连，亲情、乡情很浓厚。大家一起玩游戏是团结和睦的象征，不存在任何敌意。

男生向女生丢手绢的几率多，使气氛更加活跃。在那个年代，学生入学年龄大，八岁才上学，有的上学晚，十岁以后才上一年级。全班共二十多名同学，从一年级一直到小学毕业，在一起共上了六年学。虽然男女同学，从小就是青梅竹马，两小无猜，但是，在那些岁月里，人们的观念还比较封建。受此影响，男女同学思想也比较封建。年龄越大的，思想越保守。这与当时的家庭教育密切相关，主要还受了儒家思想文化的深远影响。上了完小，多数同学已步入少年，少数同学已是青年了。情窦初开，对男女之间的关系，越来越敏感，开始相互设防，男女同桌都划出"三八线"。男女界线分明，距离加大。在教室里，男女同学不说话，害怕别人说闲话，抹杀了人的天性，虚伪取代了真诚，阻碍了男女生之间的正常交流。同学们的真实情感受到很大的压抑。一做丢手绢游戏，同学们就像又回到了解放区一样，天又明亮了，又恢复了人的天性，大放情怀，不再顾及那些闲言碎语，可以嬉皮笑脸，打打闹闹了。把平常的压抑感都释放出来，把真实的性情展现出来，把虚假的面具摘掉，露出了真诚。

当男生把手绢偷偷地丢在女生背后的时候，女生发现了，悄声说："讨厌！"抓起手绢就追上去，死缠烂打，决不轻饶。遇到不喜欢闹的男生，就不追了，一转手就把手绢丢到了她喜欢闹的男生背后。男生们喜欢把手绢丢给辣妹，比较直白；女生则比较含蓄，就像抛绣球一样，不会轻易抛出的。手绢在男生女生之间丢来丢去，你追我，我追你，传递着男女生的真情实意。我想，满园春色能关得住吗？若要关，越关不住的。如果顺其自然了，玩儿游戏可解除压力，因势利导才是解决问题的最佳选择，靠骗人的谎言和强行压制，只能抹杀小孩的个性，把情商扼杀在摇篮里，一旦孩子的情商缺失，是后患无穷的。孩子长大了不入群，不会交朋友，不会与人相处，不能融入社会，这才是父母最大的难题。

做丢手绢游戏，既能开发儿童的智商，又能开发儿童的情商，何乐而不为呢？

娶媳妇

常言道："做梦娶媳妇，光想好事。"是的，自古以来，娶媳妇乃是人生四大喜事之一，谁不想好事呢？我从小就喜欢做娶媳妇的游戏。当时，我虽然不知道娶媳妇究竟是怎么一回事，但是总以为这是个很有趣的游戏。大家总是让我扮新郎，白天做儿戏，晚上也做娶媳妇的梦。梦一醒，我就长大了。真娶了媳妇，还觉得如同恍然一梦，似梦非梦，亦真亦幻的。

小时候做娶媳妇游戏很简单，不用骑马，也不用吹吹打打，只要哥哥、姐姐两手一搭就成了我坐的轿，而扮做新娘的花轿则是两位堂姐搭成的。结婚典礼就免了，不用拜堂成亲，只要哥哥、姐姐抬着我，两个堂姐抬着堂妹在南园子里转两圈，就算成亲了。迎亲的自然是弟弟、妹妹来扮演了。

坐花轿是我们最开心的事。哥哥、姐姐用手及胳膊搭成的轿，既温馨，又牢固，我坐上去又平稳，又舒服。尽管他们走几步，还要颠一颠，真是越颠，心里越恣儿。我就像坐在摇篮里一样放心，就让她们任意颠吧，反正也摔不着我。他们一边颠，一边模仿着吹喇叭的调子，"呜——夯——啊，呜夯。"喜气洋洋的，笑着，闹着，把南园子闹翻了天。颠得我笑出了泪，再看新娘那边，堂姐们更疯狂，把扮新娘的堂妹，颠得乐开了花。没有仪仗队，没有繁文缛节，不用花费一分钱，就把一对新人送进了洞房。我掀开了新娘的盖头，仔细地端详堂妹，她虽无沉鱼落雁之貌，也无闭月羞花之容，但是我们从小就青梅竹马，两小无猜，亲密无间。我想，长大了，我一定娶一位像她一样称心如意的新娘。弟弟妹妹们都挤进来，要喜糖，闹洞房，闹得新娘脸上泛起了红云。

过去，按当地风俗，娶媳妇也是非常热闹的。富裕人家办喜事，有钱就办得体面一些，婚礼隆重。新郎、新娘都坐四台花轿，还要有伴郎和伴娘，还有拉毡的、压轿的，另外是仪仗队，挑灯的、打旗的、敲锣的、打鼓的、吹喇叭的等等一起组成浩浩荡荡的迎亲队伍。

　　仅一乘小小的花轿，大姑娘第一次坐进去，就被人家抬走了，从此成了人家的媳妇。婆家如何？丈夫如何？她从来未谋过面，只凭父母之命，媒妁之言，她就把个人的命运交给了人家。只好嫁鸡随鸡，嫁狗随狗了。她孤独地躲进轿子里，是喜，是忧，只有天知道了。

　　在坐花轿之前，还要吃婆家送来的饺子。下轿时，还要吃碗面。这叫"上轿饺子，下轿汤"。在吃饺子时，别人问她"生吗？"新娘肯定地回答："生！"是早生贵子之意。新娘在离家时，还要哭上两声，以表示对父母养育之恩的感谢之情，对娘家的恋恋不舍之意。

　　庄户人家的小家碧玉，虽没有城里大家闺秀的凤冠霞帔，但是总要化个妆，穿上件最喜庆、最亮丽的嫁衣。一般是大红旗袍或红袄、红裤，一身大红，以表示喜庆。在洞房花烛下熠熠生辉，光彩照人。无论是天生丽质，还是丑女，这一天，只要一打扮，都变成了美女。即使是容貌不美，一上花轿，就像个红心萝卜一样，心里可美着哩！

　　结婚当天，新郎官儿非常神气。他头戴毡礼帽，帽顶两边还插着状元花，身着长袍马褂，若骑高头大马，那就更英俊潇洒了。虽非久旱逢甘露，他乡遇故知，也非金榜题名时，但是这天却是洞房花烛夜，是他大喜的日子。除了天老爷以外，这天他最大。他坐着花轿，率领着浩浩荡荡的迎亲队伍，大摇大摆地走在大路上，若遇到了县太爷，县太爷也要给他让道的。

　　我们村的村民大都是姓庄的，都是一个老祖宗。是在洪武二年从成都迁来的，迄今已六百多年了。村里的许多风俗习惯，除了受齐鲁文化的影响以外，还保留着巴蜀文化的传统。因此，与邻村存在着许多文化差异。新郎坐着一乘花轿去接新娘的。另乘花轿是不能让它空着的，就找个八九岁的男孩来压着轿，回来时，男孩就不能坐轿了，让新娘坐着这顶花轿来成亲。

　　鞭炮齐鸣，锣鼓喧天，喇叭响起，喜迎花轿来到大门前，花轿一落地，新娘先露出双脚，让人看看脚的大小。过去妇女大都要缠足，讲究的是脚越小越受看，头脸被盖头遮住，是看不到的，看媳妇的人们，就不能品头，只能论足了。下轿时，不能让足先着地，拉毡的把毡铺在地上，让新娘踩着它下轿，两位伴娘扶她过门。

　　新娘过门时，有人将两块用红纸包着的砖坯，放在门楼上，还要插上双筷子。筷子是新郎在新娘家坐席时偷来的，筷子是快快生子之意。

典礼在院内或天井里举行，一面设一香案，摆上供品、香炉、烧上香，点上红蜡烛。由司仪主持婚礼，一拜天地，二拜高堂，夫妻对拜，都要跪下行大礼，礼毕后，才入洞房。

在进堂屋门时，还有人设一拦门棍，让新娘跨越，一进洞房门时，还要过火盆，以防带入不祥之物。

新娘入了洞房，先坐床，新郎掀开新娘的盖头，才让人来看新娘，闹洞房。

亲友们来贺喜，吃喜酒。丰盛的喜宴，都是按一定程序进行，酒过三巡，菜过五味，父母向前来贺喜的亲朋好友、来宾们，一一敬酒致谢。客人们彬彬有礼，频频举杯与主人分享快乐和幸福。

散尽喜宴，送走客人，闹完了喜房，夫妻喝了交杯酒，才算大功告成了。父母的心里就像有一块石头落了地一样的轻松，放心过日子。贫穷人家，说个媳妇，已很困难。娶媳妇本来就没有钱，怎舍得花钱买体面、讲排场、大操大办呢？只好将就着从简办理，没有钱雇人、雇轿，就雇辆大车，把新媳妇拉回家，没有仪仗队，没庞大的迎亲队伍，没丰盛的喜宴和热闹的场面，草草了事照常拜了天地。因此婚礼是因自家的生活条件而举行的。庄户人家娶媳妇，是为了给儿子成家，实实在在过日子，不是为了摆阔气给别人看的。

从我有了记忆，村里娶媳妇的风俗习惯已经发生了改变。村里已没有贫富之分，村民们都一样贫困，举办婚礼一律从简，没有花轿，没有吹吹打打，用辆生产队的大车，把新媳妇拉到家，拜了天地就算成了婚。谁也不攀比，谁也不笑话谁。我娶媳妇就更简单了，家里没请一位客人，我借了辆自行车，母亲给了十元钱，让我带着新媳妇去城里转了一圈，就算是旅行结婚了。后来我们白手起家，如今日子过得也很好的。就像当年做儿戏一样快乐，值得庆幸的是我娶了个称心如意的媳妇，她就像上帝派来的一位天使，监督我少犯错误。让我平安地度过一生，她就心满意足了。

在儿时做游戏时，我曾问姐姐："人为啥要娶媳妇呢？"姐姐答道："为了过日子，媳妇给你做饭、洗衣服，晚上还可以为你伸被窝。"只是没有告诉我，新媳妇还要为我生孩子。记得有一天，小弟弟说："我长大了，娶媳妇，也当大！"大就是爸爸，当大是当爸爸的意思，后来别人见了他就问他："你啥时候当大？"他自信地说："在我长大了的时候！"

小时候，大人告诉我："你是俺从南沟里抱来的。"当时我信以为真，以为小孩都是大人们从南沟里抱来的。直到上了中学，学了生理卫生课，才懂得科学道理。我发现小孩儿越来越精，一个不到六周岁的儿童，就懂得了娶媳妇，生儿育女的道理。可以说明人类文明的进步。大人们不再用那些善意的谎言来哄小孩了，而是用科学道理来引导孩子。让他从小就知道，人从哪里来，到哪里去，要感谢父母的养育之恩。

游戏结束，大梦初醒，恢复人的本性，去体验本真生命的真实情感。追求完美的人生，更好地传宗接代，完成造人工程。让人类在地球上生生不息，这才是娶媳妇的真实目的。真正的男子汉，娶个媳妇，生儿育女，担当起家庭和社会责任，踏踏实实地过好日子，才能称得上一位丈夫，这是我从做儿戏中悟出的一个道理。

本来儿童做娶媳妇游戏是既简单又有趣的事，但如今人们却把喜事搞得越来越复杂了。办喜事的场面做得越大越虚，中不中，洋不洋的，成了一场闹剧。已失去了婚姻的真正目的，犹同一场儿戏，结果是散得比结得还快。这到底是为什么？值得反思。

捉坏蛋

如果有人来问你："你愿意当坏蛋吗?"你肯定回答:"我不愿意!"坏蛋就像过街老鼠,人人喊打,是没有个好下场的,不是被打就是被捉,还要受惩罚,谁还愿意当坏蛋呢?是的,即使是个干了不少坏事的人,也不认为自己是个坏蛋。就是小孩做游戏,也没愿意扮演坏蛋的。若是缺了这个角色,儿戏就做不成了。在无奈之下,只好轮流当,我也偶尔扮演过坏蛋,尝了尝个中滋味。

在上小学的时候,同学们喜欢做"捉坏蛋"的游戏,后来改做"抓特务"。虽然是个儿戏,但是同学们做得也十分认真。都要按程序来进行,是模仿戏剧和电影的剧情而表演的,多是根据传统戏剧来的。人物角色有县官、衙役、原告、被告和证人等角色,坏蛋的犯罪内容多是盗窃罪。

游戏一开始,小偷就出场了。他入室行窃,被原告发现,大声呼喊:"快来人呀,抓贼啊!"小偷一听就着急了,抓起人家一个包袱,急忙翻墙逃走,被邻居堵住去路,小偷撞到邻居,慌不择路,又被石头绊了一跤,丢了一只鞋子,小偷逃走。邻居拾起鞋子,与原告去衙门报案。县官命捕快将其缉拿归案,并搜出一包袱赃物。

县官升堂,三班六衙高呼"威武",原告呈上状子,县官喊"带犯人",捕快提着包袱,带小偷上堂受审。县官一拍惊堂木,说:"大胆贼子,还不从实招来!"小偷抵赖,开口喊道:"大老爷冤枉啊!"县官说:"带证人上堂。"证人持一鞋子上堂,县官怒喝:"人证、物证都在,还敢抵赖,大刑伺候!"衙役们上前行刑。

县官说:"人证、物证据实,还不招供?"犯人只好认罪伏法。县官当堂宣布:"犯人某某,因犯盗窃罪,判处重打二十大板,以儆效尤。退堂!"

游戏结束,扮演坏蛋的孩子,捂着屁股说:"你们下手真狠呀!"大家问他:"还敢犯王法不?"他沮丧着脸说:"再也不敢了!"小时候做游戏,我也尝过受刑的滋味。

虽然是儿戏一场，但是从此使我明白了个道理，既做王孙公子，就别犯王法，犯了法就要受到法律的惩罚。

少儿时期，我崇尚英雄。父母就是儿女心目中的英雄，也是儿女们的启蒙老师。从小父母就教育我们，要多行善积德，做个好人，不做坏蛋。父母没有许多文化，也不会讲什么大道理，只是三言两语的大实话，主要是在行动上给我们做个样子。经过大人的认真示教，潜移默化，久而久之，就成了我们的家教，并树立了良好的家风。他们用祖训、家规和家风，来教育培养我们成长。上了学，又接受老师的管教，逐渐懂得了为人处世的道理。开始树雄心，立壮志，确定人生的奋斗目标。

一天，有位同学问我："你说，做好人好，还是做坏人好呢？"我坚定地回答："当然是做好人好！"同学听了不以为然，说："不对，俺说是做坏人好！"我听了不禁惊讶地问："啊？真奇怪，世上还有甘心做坏人的，为啥？"同学说："俗话说：'人善被人欺，马善被人骑。'做好人光受欺负，不仅自己吃亏，一家人也跟着倒霉；做坏人，净赚便宜，还可欺负别人，依俺看，还是做个坏人好。"我说："俺没听说过，真是奇谈怪论！"他说："这有啥奇怪的？当今世上，不就是撑死胆大的，饿死胆小的吗？酷的怕愣的，愣的怕不要命的，只要敢不要命了，还怕啥？连鬼都怕恶人呀！"

经历了人生坎坷与苦难，感受了世态炎凉，我以为：世上真正的好人和坏人少，而不好不坏的人多。人活在世上本来不容易，总是避免了错误，也会犯点儿糊涂，干傻事，做坏事，尽管如此，也不能算是个坏人。其实，有的坏人，也不是一点儿好事也不做。世上没有永远的坏人，也没有永远的好人。好事做多了，不就变成了好人吗？关键是别昧着良心干坏事，心甘情愿地去做坏蛋，那就没救了。

我经常扪心自问，自己究竟算是个什么样的人？我想过去是，坏事曾做过，好事也做过。过去的坏事，如今成了好事；过去的好事，如今反成了坏事。虽然犯过错误，但无大过，也没立过功，顶多算是个不好不坏的人，只不过是个凡夫俗子而已。古人云："人非圣贤，孰能无过。"犯了过错并不可怕，可怕的是不承认自己的错误，甚至去掩饰自己的错误，不忏悔，不反思，把一切错误推给别人，怨天尤人，千方百计找借口，竭力为自己推卸责任。

曾记得老主任告诫我说："有些过去的功劳，可能是现在的错误，你今后负责科里的工作，要敢当坏蛋。"我百思不得其解，后来我干了主任，终于明白了，他是要我正确地对待自己，不要把个人太当回事儿，不要虚荣爱面子，要公平正义，大胆负责，敢得罪人，不要做"老好人"。

我追求完美的人生，也要求别人也同样完美，并嘱咐女儿在外要多结交好人，与他人好好地相处。记得有一天深夜，她从北京打来电话，我一接起电话，就听到女儿的哭声，她哭了半天才说："爸爸，你以前只教我与好人相处，怎么不教我与那些不好不坏的人相处呢？世上哪有几个真正的好人，多数是些不好不坏的人，让我如何对待呢？"女儿孑然一身在外求学，遇到了困难，受了委屈，求助于我，我当时也鞭长莫及，只好多加安慰。我说："既然你改变不了别人，只好改变自己。最好的解决办法就是'宽容别人，严于律己'。"放下电话，我又陷入了沉思，世上本无完人，我本身做事并不完美，怎能要求别人去尽善尽美呢？过去对女儿确实做了些人生误导，才使她陷于困境，这是我在家教中的失误，值得反思。

当好人也罢，当坏人也罢，都是个人的做人原则。做好人是我的初心和理想，总不能拿人生做儿戏。但是做儿戏除了得到快乐以外，还启迪了人生智慧，这就足够了。

若世上坏人当道，必定是好人受气，坏人能把人变成鬼，好人能把鬼变成人，地狱和天堂，你将如何选择呢？

扔沙包

沙包俗名"沙布袋"，也是我儿时常见的玩意儿。沙包里装的不一定是沙子，一般是糠或秕谷，也有的装些玉米粒、高粱粒或豆粒等。

沙包都是自制的，女孩们都会缝。先把小碎布裁成正方形，边长约有五厘米，再把六块同样大小的方布片，缝成立方体，留一小口，从该口填入内容物，最后再缝合即成。沙包不宜填充得太满，填上一多半即可，这样不会过重，且易于滚动。

沙包的玩法有两种：一是扔沙包，二是踢沙包。扔沙包是一种游戏；踢沙包则可以单踢或踢着沙包跳房，也是一种儿童游戏。

扔沙包必须有多人来参与，分为攻守双方。攻方就是扔沙包者，只需要一个人来扔。而守方则可由多人来躲沙包，人员不限。

扔沙包游戏也有约定俗成的规则：一是不宜采用装有硬东西做成的沙包，如沙子、玉米等，以免击伤或击疼他人。一般多用软的沙包，如秕谷、糠、麸子等软质沙包。二是只准向人身上扔，不准朝人脸上或头上扔，否则，为犯规。三是守方只准躲闪，不能用手接沙包。四是攻守双方保持一定距离，在事先划定的范围内活动，不能出界。双方保持约十米左右的距离，守方的活动范围约两间平房大小，出界犯规。五是攻方若一次击中守方，守方被击中者，出列受罚一次。攻方若没击中守方，受罚一次并换为守者。受罚者必须给大家表演个节目，可唱首儿歌或跳个舞，若都不会，可学个狗叫、猫叫、羊叫或驴叫都行。

扔沙包游戏，无论攻守双方，一是要有智慧，二是要有胆量，三是要有技巧。攻守双方互动起来，才更有趣味。游戏一开始，双方都会紧张起来。攻者寻找扔沙包的目标，而守方盯着沙包，以判断扔来的方向，选择躲的方位，巧妙地避开沙包的攻击。

作为一个机智的攻者，就像一位老练的狩猎者。他先驱赶一下猎物，侦查情况，找准目标，然后发动突然袭击。他先扬起手，虚晃一下，在这时候，一群守者就开始慌乱起来，只要阵脚一乱，就会有机可乘了。他找准的攻击目标往往是那些慌者、怯者，反应慢、行动迟缓者。战场上是勇者胜，怯者败，游戏场上也是如此，也是在打精神战、心理战。他不仅要找准目标，还要采取声东击西的战术，出其不意地突然发起攻击，就会成功地击中目标。

作为一个机灵的守者来说，勇敢、机智、沉着尤为重要。不但要胆大心细，遇事不慌，严阵以待，不露一点儿破绽，还要机动灵活，才能巧妙地躲开扔来的沙包。

扔沙包这个游戏场面相当激烈，是攻守双方斗智斗勇的一次较量，能玩出儿童们的机智和胆量。成败并不重要，关键的问题是让儿童们长点儿心眼，长点儿见识，长点儿记性，经受一下挫折教育，对日后步入人生是大有益处的。

受惩罚也不是件丢人的事，还给儿童提供了一次才艺表演的机会。儿童都有表演的欲望，表演什么并不重要，可以自由选择，不受任何限制，贵在参与，能自然地发挥个人才能，活跃游戏场面，产生互动效果。

记得有一次，全班同学做扔沙包的游戏，其中有两位男同学受罚最多，会唱的歌都唱了，舞也跳了，只好学狗叫。一男生运了运气，就龇牙咧嘴地叫了起来，"哪、哪、哪"。另一男生听了没好气地说："这哪儿像狗叫？分明是在敲豆腐梆子！"那位男生不服气地说："咋不像狗叫？儿歌里不就是说：小狗'哪、哪'咬，亲家来得早吗？"另一男生说："不对，是小狗'汪汪'咬！"两人就犟上劲了，互不服气，争得面红耳赤的，面对面地咬了起来，一个"哪、哪、哪"，另一个"汪、汪、汪"咬了半天，咬得难舍难分，只好让班长评评理。班长慢条斯理地说："真是的，两只狗叫得都对，不过，一只是笨狗，另一只是犟狗，大家说对吗？"同学们异口同声地说："对。"说完就"哈、哈、哈"地笑弯了腰。

后来，两人终于开窍了。扔沙包也不再违规受罚，不再学狗叫，我再也没有听到过那么正宗的狗叫了。

摸面乎

上世纪五十年代，村里大都是些老房子，而且十分简陋；仅有少部分是四合院，房间多，天井小，街门口有间房子，叫做"大门洞子"；有的过道，是从屋子里穿过去，被称作"屋过道"。村里还有些没有盖起房子的空地，俗称"闲园子"，这些都成了儿童们的游乐场。小时候，我们经常在大门洞子里或屋过道里做游戏，因为里面只走人，不乱放杂物，所以最适合做摸面乎游戏。

傍晚，家里还没做好饭，下地干活的大人们还没回到家，孩子们就偷闲聚在大门洞子或屋过道里摸面乎。这种游戏极其简单，摸面乎的孩子只要把眼用毛巾或围巾蒙起来，在冬天，用棉帽子把眼一遮就可以了。其他孩子们躲在一边，让蒙上眼的孩子摸。若被他摸到，还要猜出其姓名，猜对了，就解下围巾，换人再摸。一旦蒙上眼，就看不见事了，只能用耳朵听动静，来判断别人所处的方位，才能摸到，因此，躲在一边的孩子们是不能发出响声，否则就会被摸到。孩子们玩得正欢，饭已做好，大人们都到家了，游戏到此结束，各自回家吃饭。

在屋过道或大门洞子里摸面乎，因为空间狭小，容不下许多孩子，所以只能做这种小打小闹的儿戏。如果孩子多，就到闲园子里去做游戏，摸面乎的花样也丰富多了。我家本来兄弟姊妹多，再加上本过道的堂兄弟姊妹多，又有个闲园子，因此，很有条件做摸面乎游戏，而且玩的花样多，场面又大、又热闹。这种游戏又叫"瞎子摸瘸子"，可以多个孩子来一起扮瞎子，都要把眼蒙起来；扮瘸子的孩子，先用条围巾或毛巾把一侧的手绑在同侧的脚踝部。这样一捆绑，就站不起来了，跑起来一瘸一颠的，样子十分滑稽。他口里衔着个哨子，一边吹一边跑，扮瞎子的孩子们就循声赶来摸他。若摸到了就另换他人，其他人围成个大圈，在观看呐喊助威。瞎子们在圈子里盲目乱闯，就会相互碰撞，若瘸子在两个瞎子中间吹声口哨，就立即躲开，两个瞎子就会撞到一起，又搂又摸，十分搞笑。

上了小学，在学校的操场上，同学们常做这种游戏。可以在课间活动时做，也可以在上体育课的时候做游戏，参与的人一多，就更热闹了。记得有一天下午，我班上体育课，要做瞎子摸瘸子的游戏。大家在操场上刚站好队，天就突然下起雨来，只好回到教室，体育老师就给同学们讲了个故事。

从前，在大街上你经常会遇到盲人敲着锣来村里，是为村民算卦的，人们称其为"先生"。他背着个三弦乐器，右手拿着根竹竿在地上探路，这叫"明杖"。左手提着个小铜锣，还连着个小槌子。它向前走几步，攥紧把手，铜锣就会发出"叮当"的一声，有些善男信女就会闻声赶来，请他到家中算命。

有一天上午，天气很热，两个算命先生在村头上相遇。村头上有棵老槐树，树下支着一盘碾，两位算命先生就坐在碾盘上乘凉。这时候，路上来了个卖甜瓜的。他挑着两筐刚摘的银瓜，高声叫卖着："又甜又脆的甜瓜，先尝后买呀！"两位算命先生叫住他。他掰下两小块甜瓜，让先生们尝了尝，又递给他们每人一个大甜瓜。先生们摸了摸甜瓜，说："好是好，就是太大，吃不了。"两人商量着只买了一个大甜瓜。

在卖甜瓜的人走以后，两个算命先生就轮流着啃起了甜瓜。那位先生咬了一口，递给另一位先生，他咬了一口，就又递回到那位先生手里，就这样一人一口地啃着，两人递来递去，在这时候，来了个小男孩，他乘机接过瓜，就躲在碾砣后面。

未接到瓜的先生说："给我！"递瓜的先生说："早给你了，你还给我！"两人争执起来，互不相让。你怨我，我怨你，吵着吵着就动起了手，他们抢起明杖和铜锣，"叮当叮当"地打了起来，他们你来我往，打得难舍难分，一会儿就把明杖打折了，铜锣也摔破了，惊动了街坊邻居，都围上来看热闹，其中有位老人是那个小孩的爷爷。他见自家的孙子，正抱着个大甜瓜，躲在碾砣后面偷着笑，心里一下就明白了。他要回甜瓜交给两位算命先生说："对不起，是俺家那个不懂事的孩子，跟你们开了个玩笑，让你们发生了误会。"说完又拉起孙子向他俩赔礼道歉。

老师在台上比手划脚，讲得津津有味，但是同学们却在底下嘀嘀咕咕。

186

老师问："故事有趣吗?"学生们回答"没趣!"老师问："为什么?"有的同学说："小孩子不懂事,不应该这样捉弄人!"有的同学说："小孩子不该拿盲人开心,盲人看不见事已经很苦恼,应该给予同情,更不能增加他的痛苦!"老师问道："你们玩'瞎子摸瘸子'开心吗?"同学们回答:"非常开心!"老师又问："为什么?"同学们回答说:"这是做儿童游戏,当然开心,和故事里的孩子不是一回事儿。他是在欺负盲人,使坏点子,捉弄人,寻开心。"老师说:"对,盲人、瘸子都是残疾人,应当尊重他们,同情他们,咱不能把自己的快乐建立在别人的痛苦之上,更不能把人生当儿戏。"

听了老师讲的故事和同学们的谈话讨论,我恍然大悟。做摸面乎游戏很有趣,它不仅让孩子们在玩游戏中得到快乐,还让孩子们扮演瞎子或瘸子,是为了体验一下残疾人的痛苦,从而启发孩子们的善良之心。

小时候,我经常听大人们说,村里有"四大了不得"。一是"铁算盘"会识字了不得;二是小哑巴会说话了不得;三是老瘸腿会走路了不得;四是大瞎汉能看事了不得。

铁算盘是小哑巴的父亲。虽然他一字不识,但他很会算账。去城南门前赶集卖菜,一提起称,一看几斤几两马上就一口喝出钱数来,而且是分毫不差,人称"铁算盘"。小哑巴为其长子,自小聋哑,虽然没上过一天学,但是他识字很多,一看就会,还会写,可惜不会念,只是用手比划。不知为何,老瘸腿的一条腿一辈子伸不开,只能拄着双拐走路。别看他那条腿残疾却是条绿林好汉,过去曾闯过江湖。以上三人都住一条街东头,离我家不远,因此,自小我都认识。唯独大瞎汉家住村西头,离我家远,与他相见恨晚。

初见大瞎汉,是在我上中学的时候。一天下午,我回家路过村西头,见他挑着水桶,刚走出马棚门口去井上打水。我跟在他身后,突然,我身后来了个骑自行车的小伙子,按着车铃铛"叮当叮当"地响,我急忙让路,但他却不让道,小伙子急了,吼了声:"前边是个聋子还是瞎子?"他听了停下来,向路边横跨一步,当车子从他身边路过时,他猛地向后一转身,担杖和水桶一悠荡,就把小伙子和车子一起撞翻在地。他怒喝一声:"爷瞎,你小子也瞎吗?"小伙子吓得再也没敢吭气,爬起来推着车子赶紧溜走了。

我仍悄悄地跟着他，看他怎样到井上打水。井在西门里老槐树下，离马棚不远。井上有架辘轳，他挑着小桶一直冲着井口走去，这时，我为他捏着一把汗，担心他一不小心，就会掉入井里。他放下担杖，水桶正放在井沿上，然后，他熟练地把水桶挂在井绳头上的铁钩里，放入井中。他一手扶着辘轳，另一手握住辘轳把绞动着，待水桶出了井口，就一把提起水桶，顺势把辘轳向后一松，水桶就放在井沿上，然后摘下铁钩，就这样稳稳当当地打完了两桶水。看他打水的动作，根本不以为他是个瞎子。他挑起水，从容地走下井台，我才松了一口气。

他挑着满满的两桶水，走起路来样子十分轻松，不用手扶担杖，就像挑着两只空桶一样，不用费力。我望着他的背影，他光着头，秃头顶上还留着个疤，赤着胳膊，露出许多肉疙瘩，我不无感慨地说："啊，这人真了不得！"身边有位乡亲说："他就是咱庄四大了不得之一呀！"

回到家，我对母亲谈起了路上的见闻，母亲叮嘱我说："瞎子看不见了，心里就又闷又气，爱发脾气，千万别惹他，离他远着点儿！"我连连答应道："是，是，是，这次俺又长记性了，放心吧娘，俺知道厉害了，不再惹事了。"

大瞎汉和我家在一个生产队，他是个饲养员，在马棚里喂牲口。我下学后回乡务农，常去马棚里牵牲口，就常与他打交道。按辈分，我称他七哥，一见他就喊他声"七哥"，他就抓住我的手，用力一握，我就不禁惊叫一声："哎呀，好疼啊！"他就"嘿，嘿，嘿"地笑起来，说："让你知道俺的厉害！"我尊他哥，他称我弟，亲如一家。他正值壮年，没成个家，整天与牲口为伴，见了我特别亲热。他虽然看不见，但是他的听觉很灵敏，当我一进马棚院子，他就听出是我的脚步声，喊着我的名字，出来迎着我，使我心里感到很温暖。他自幼双目失明，没见过天日，在黑暗里摸索着喂牲口过日子，受不到人们应有的尊重，享受不到人起码的尊严。对于他的不幸，我内心十分同情。我常想，我应当善待这位兄长，要多关心、体贴他，帮助他，最重要的是尊重他的人格，使他感到世界是光明的，有太阳，有星星和月亮。尽管他看不到，但要让他听得到太阳在升起，能摸得到温暖的阳光，更重要的是让他能触摸到我的心是红的，血是热的。

铁算盘、小哑巴和老瘸腿这三大了不得，也都是我的乡亲爷们儿，我都要叫他们爷爷。我想，我长大了想当一名人民教师，教会铁算盘爷爷认字，不再当睁眼瞎。我还想去学医，做一名白衣战士，救死扶伤，治好他们的残疾。让盲人重见光明，让聋哑人开口说话，让瘸腿重新站起来走路……遗憾的是，还没等我的理想实现，他们就相继去世了，他们悄悄地走了，已了无声息。

其实，他们生前并没有要求我为他们做点儿什么。只要我喊他们一声爷爷或叫声哥，真诚地赞美他们一句，给他们一声亲切的问候，一次微笑，一个友好手势，握握手或打个招呼，那就足够了，长大后，我终于明白，赞美是世上最廉价的感情投资，微笑是世间最温暖的阳光，打招呼，手势及握手都是打开心灵之门的钥匙。这都是不费吹灰之力的事情，然而我们却未能毫不吝啬地给他们。这才是人生最大的遗憾。

常言道："天有不测风云，人有旦夕祸福。"人活着一辈子，不知要经历多少风雨苦难。世上不都是灿烂阳光、鲜花和掌声。说不定哪天就会遇到倒霉的事，与人磕磕碰碰的事时有发生，尤其是当今路上行人多、车多、交通事故多，轻则伤，重则残甚至导致死亡。虽然人们都在追求着事业的成功和完美的人生，但是完美的人生知多少呢？

而今我不妨再做次摸面乎的游戏，换位思考一下，假如我是个残疾人，我在渴望什么呢？想到这里，我的耳边仿佛又响起韦唯的歌声，"……只要人人都献出一片爱，世界将变成美好的人间……"

跳　房

　　跳房，或跳房子，是流行于 20 世纪 50 年代至 80 年代的一种儿童游戏。这种游戏曾风行全国，只是各地名字不同，比如有的叫跳方阵、跳方格、跳格子等，香港称为跳飞机。如果我说它是一种世界性游戏，你可能不相信，1963 年阿根廷作家胡利奥·科塔萨尔就写过一本长篇小说《跳房子》，其中描绘了不少跳房子的细节；据我所知，游戏规则各国都差不多，只是玩家们所画的房子形状和数量的组合各有不同罢了。

　　在我的家乡，游戏是这样玩的：先用木棒或粉笔在地面上画出六个方格，代表六间房子，最末一格外面画一个圆圈，代表一眼水井，看来"背井离乡"这句话不错，有家之处一口乡井是少不的。跳房必须把一条腿屈起来，另一条腿单腿跳，一只脚踢着沙包往前走，另一只脚不能沾地，否则就是违规。大概过日子就是如此，每一步都不会那么顺溜，总是一步一步踢踏着走的。跳房用的沙包，是用布缝制的，名曰沙包，其实里面填充的是粮食：玉米或豆粒，皆是故乡的主粮。有房有粮才能生存，才能过好日子，即使一个小小的游戏，也蕴藏着最简单最实用的生活哲理。沙包是立方体的，在踢它时可以被动地缓缓滚动；它不能像皮球那样一下子滚很远，却能在一个地方牢牢扎根。在诸多儿童游戏中，跳房算是难度较大的一种，因为单腿跳很难保持身体的平衡，而且还要踢着沙包跳，跳完六间方格，需要一定体力和技巧。参加这项游戏的多是六七岁以上的较大儿童，女孩最擅长，男孩略显笨拙，不如女孩轻巧灵活。妙龄少女，穿红挂绿，蝴蝶结连同油亮的发辫一起飘飞，摇曳生姿，真是美丽极了。

　　具体活动程序是：跳房从第一间房子开始。先把沙包扔在这间房子里，单腿跳入后，用单脚把沙包踢入第二间房子。然后再跳入第二间房子内，单脚把沙包踢入第三间房子内。按这样顺序，一直把沙包踢入第六间房子内，完成整个历程。最后一边跳着，一边用力把沙包往外一踢，若是沙包

190

越过了外面那眼井，就算你成功地赢得了一间房子；若落入井内，就宣告这一轮"奋斗"失败了，并且失去了竞争资格，换成别人跳，你在一旁观望。等别人同样也输了退场了，你再进入"战场"。若是前面你已经赢了某一间房子，你就可以把沙袋扔到前面一间，继续跳下去，直到六间房子全赢了，就算赢得了一套房子。看来这套房子还不算小，有六个房间呢！有了一套房子，一眼水井，便可以安居乐业了。我从小就跟哥哥、姐姐在南园子里学跳房、踢沙包，又教会了弟弟妹妹们跳房。后来上学，又和同学们一起跳房，成了跳房的高手，这在男孩中无疑属于佼佼者。我赢得了很多"房子"，一套又一套，得来全不费功夫。这些画在地上的"房子"，像梦又像影子，是我童年的"诗和远方"。

然而房子在我的生活中可不像游戏那般轻松。我亲眼目睹了父亲操持着盖家中北房时的艰难与苦辛。长大以后，又跟着父亲翻盖南房。当时家里没有钱，本来是盖不起房的，但是父亲坚持要盖房子。我问父亲："家里已有房子住，你为啥还要操心盖房子呢？"父亲苦笑着说："谁还愿意操心受累，省吃俭用地忙活着盖房呢？你们很快就要长大了，要成家立业；你兄弟四个，就是一家两间，还需要八间房吧。若是没房，怎么娶媳妇？总不能一辈子'单腿儿蹦'啊！再说我若不给你们盖房子，就会让你们穷大半辈子呀。"

我本来以为，自己很幸运，成了公家人，就像进了保险箱一样，不用再走父亲的老路，花费一生心血去为儿女辛辛苦苦操心费力盖房子了，谁知还要操心为孩子买房，又加上买车。把半生的全部积蓄搭上，连养老费都拿出来，还是不够，只好硬着头皮去贷款。当我在贷款合同上，按下血红的手印时，情不自禁地叹了口气说："我这不是变成了杨白劳了吗？"同事们听了笑着说："如今做杨白劳比当黄世仁好，欠债的是大爷，要债的是孙子，能贷款才是好样的！"我暗自庆幸，多亏当年响应国家计划生育的号召。若是像我父母一样生了我们兄弟姊妹七八个，那可怎么办呢？

女儿与我开玩笑说："别难过，你现在已是'三有'干部了。"我问道："哪'三有'呢？"女儿说："如今咱家已有房，有车有贷款，总比过去'三无'强吧？"既然已成房奴，我也无可奈何，心情更加沉重。

回忆起当年，我在南园子里踢着沙包，跳房赢了那么多房子，虽然是虚拟的，但是心里却感到很快乐。如今我既有了福利房，又有了商品房，还有了贷款，怎么就高兴不起来呢？

记得有人曾对我说："与人不睦，劝人盖屋。"我问道："为啥？"他说："如果那人忙着去盖屋，还有闲工夫与你过不去吗？"如今不用自己去忙着盖房了，投机商们却趁机钻空子，与购房者玩起了"击鼓传花"的游戏。先把房价炒高，再把昂贵的房价巧妙地转传给了下家，让你无可奈何地掏尽腰包，甚至不惜用高息贷款去购买商品房，把大家都变成了房奴。在"精英"的眼里，老百姓是下家，只不过是炒房中的倒霉蛋，炒房泡沫一旦破裂，下家多数是输家，受害最深，难过的日子还在后面哩。

炒房如同跳房游戏，要把握住平衡，一不小心就会落入陷阱。其实陷阱并不可怕，生活处处是陷阱，可悲的是人们甘心往陷阱里跳，这就没救了。

我想，当人们的良知沉睡的时候；当人们被开发商们忽悠着去热衷于炒房的时候；当房价一路飙升，或房价居高不下，购房者因买不起房子而发愁，万般无奈，只好望房兴叹的时候，谁还记得自己童年跳房游戏的初心与欢乐，谁还记得杜甫的那首诗："……安得广厦千万间，大庇天下寒士俱欢颜！风雨不动安如山。呜呼！何时眼前突兀见此屋，吾庐独破受冻死亦足！"这是何等的胸怀！

由此看来自古至今，房子问题历来是民生大事，休养生息，岂能居无定所？"房住不炒"，势在必行。

击鼓传花

击鼓传花，也称传彩球。为中国民间游戏，流行于中国各地，是一种老少皆宜的游戏。在诸多游戏中，击鼓传花，应属最文雅、最有情调的游戏，但在民间流行的仍属一种雅俗共赏的文化娱乐活动。

自从我有了记忆，我就跟着姐姐、哥哥在南园子里，与玩伴们一起做击鼓传花游戏。当杏花满枝头的时候，是南园子最热闹的季节，最适合做这种游戏。

农谚道："二月里清明见花，三月里清明不见花。"每逢二月里过清明时，南园子里杏花如期而至，那棵杏树是以李子树本为砧木，与杏树嫁接而成的，故称为"李木杏"，比一般杏树开花晚几天，常与桃花一起开。当年，此树正值花旺期，树冠呈伞状，枝繁花密，枝头上开满了洁白如玉的小花，似杏花，又似李花，一簇簇的，在暖风里，散发出诱人的清香。

蜜蜂总是捷足先登，作为南园子里的第一位客人，它毫不客气地落在花蕊上采蜜，直到把两边的蜜囊装满，才恋恋不舍地离开，粉蝶也接踵而来，它在花间飞舞着，一旦落下来，就用纤细的吸管吸着花露，白色的粉蝶一飞入洁白的杏花里，就难以寻找了。我家兄弟姊妹们也绝不辜负这大好的时光，来南园子里，看杏花，在花下唱歌、跳舞、做游戏，把美好的春光留在南园子里。堂姐领着一群少女，也来到南园子里打秋千，老家俗称"打悠千"，南园子里顿时沸腾起来。

荡罢秋千，那些少女们也有些倦意。她们气喘吁吁的，面如桃花，围着杏树，席地而坐，仰面欣赏着洁白如雪的杏花，大口呼吸着杏花散出的清香。堂姐提议，在杏树下做击鼓传花的游戏。少女们鼓掌响应。

大姐折下一根细小的花枝，递给身边的一位少女，堂姐接过我手中的拨浪鼓，大姐用围巾给她蒙上眼睛，让她站在圈外，开始摇动拨浪鼓，少女们按顺时针方向，往下传花。鼓声越来越紧，花越来越快，鼓声戛然而止，大家翘首一看，究竟花落谁家。这时花在谁手里，谁就是下家。她举着花走进圈内，甘心受罚，给大家表演一个节目。节目可自选自演，唱歌、跳舞、诗朗诵或背一段课文皆可。表演结束，给大家鞠躬致谢，大家也报以热烈的掌声。她走出圈外，接过拨浪鼓，让堂姐给她蒙上眼睛。堂姐接过花，坐到少女原来的位置上。这时鼓声响起，传花又继续进行……

该游戏不论输赢，鼓声止后，花在谁手里谁就是下家。如果遇有二位下家，为避免争执，二人可以剪刀、石头、布的结果判定下家。下家不仅得到一束鲜花，还获得了一次才艺表演机会。游戏始终在轻松愉快的气氛中进行。少女们个个温柔庄重，彬彬有礼，与打秋千时的表现迥然不同，判若两人。当时我还不知为何，人在花下击鼓传花，怎变得如此文雅。

后来我上了小学，在学校里经常与同学们做这种游戏。上体育课时，一跑累了，全班二十多位同学就围成个圈，坐在操场上，做击鼓传花的游戏。若遇有下雨或下雪天，不能去操场上体育课，大家就在教室里做这种游戏。不能围成圈，就坐在原座位上传花，若没有鼓，击鼓者就用黑板擦，背着大家的面敲黑板或桌子；若没有花，可用小孩玩的小皮球或毛线球来代替，就成了传彩球。不过，球易滚动，一不小心就会滚到地下。由此可见，该游戏的玩法是花样多多，用的道具简单，人数不限，数人、十几人，或数十人皆可。不用费大力气，也不紧张，在室内、外都可进行，且文雅。这不仅使大家得到欢乐，还可以开发同学们的智力，同时也获得一次才艺表现的机会。老少都喜欢做这种游戏。因此，便于民间流行，形成一种文化娱乐活动。我长大了，终于明白，无论是鲜花和彩球都是美和爱的象征。传花就是友爱的表达方式。

追溯击鼓传花游戏的起源与历史，可谓历史悠久，源远流长。据文献记载，击鼓传花是中国古代民间酒宴上的助兴游戏，属于酒令的一种，又称"击鼓催花"，早在唐代就已出现。唐代《羯鼓录》一书中提到李隆基善击鼓。一次，他击鼓一曲后，起初未发芽的柳枝吐出了绿色来。此典故初为"击鼓催花"，后用作行酒令，改为"击鼓传花"。杜牧《羊栏浦夜陪宴会》诗句中有"毵来香袖依稀暖，酒凸觥心泛滟光"，可以得知唐代酒宴上击鼓传花助兴的情景。

珍藏在北京故宫博物院的绢本《韩熙载夜宴图》，作画者本是南唐后主李煜身边的两位画师：顾闳中和周文矩。李后主派他们二位画家夜入韩府了解实情，是以韩熙载夜宴的场景默画成图，无疑是中国古代绘画的杰作，真实地描绘出韩熙载夜宴中击鼓传花的情景，刻画出的人物，为我们留下了一幅历史的画卷。

宋代诗人范成大《上元纪吴中节物俳谐体三十二韵》诗有"酒垆先叠鼓，灯市蚤投琼"。

清代曹雪芹先生在他著的《红楼梦》第五十四回里也有对击鼓传花游戏场景详细的描写。

纵观历史的发展，我们不难发现，击鼓传花本来是民间游戏，当它一旦进入庙堂和官宦之家传的鲜花就变味了。不仅沾上了一股酒色之气，还散发着糜烂腐败之气和血腥之味。唐玄宗，嗜酒好色，不爱江山爱美人，结果招致安史之乱，差一点儿把江山丢了。南唐后主李煜，也是位击鼓传花的玩家，最终却成了下家，结果做了亡国之君，成了阶下囚，才发出"问君能有几多愁，恰似一江春水向东流"的哀叹；韩熙载本是唐后主击鼓传花的下家，在国难当头的危急时刻，仍不思进取，不作为，大搞腐败。尽管他用夜宴击鼓来放烟雾弹，企图蒙蔽李后主。他使的韬光养晦之计，早已被李后主识破，也没逃脱李后主的手心，最后落得个惨遭杀害的下场。再看看曹雪芹笔下的贾府里做的击鼓传花游戏，尽管王熙凤口蜜腹剑，诡计多端，但毕竟是："机关算尽，太聪明，反误了卿卿性命"。在官场的相互倾轧下，贾府大厦将倾，已处在风雨飘摇之中，犹如击鼓传花，一不留神，鼓止花落，富贵家便成为下家，也难逃树倒猢狲散的厄运。古往今来世间多少名利客并不是看不透名利场的险恶，而是世上的名权利的诱惑力太大，毕竟有些执迷不悟者会上当受骗的，权钱交易是十分危险的游戏，一旦入了围，就厄运难逃了。

如今，有的投机商热衷于搞击鼓传花的游戏，他们千方百计地把人性中的真善美变成假丑恶，利用击鼓传花这个游戏来欺骗人，先给你洗脑，再拉你下水，无论啥玩意儿，只要能赚钱，他们都可大肆炒作，他们无孔不入，渗透到各个领域，以伪善的面孔出现，打着高科技开发及文化传承的幌子，到处招摇撞骗，唯利是图。他们的能量大得惊人，能把一只兔子炒得比骡子还值钱，一棵草也能炒得比黄金还贵，如：君子兰、冬虫夏草等，连葱姜蒜也不放过，炒成天价。最热点的是炒股票、炒房地产、炒药材、炒保健品等。他们利用传销等手段，发展下线、会员等。说穿了，就是在玩击鼓传花的把戏，不过这与儿戏中的击鼓传花内容截然不同。这种游戏是损人利己的，满是铜臭之气，都是坑人的陷阱。人一旦陷入就不能立身自拔了。陷阱固然有危险，可怕的却是人们麻木不仁，仍坐在陷阱口上，甚至甘心堕落下去，明明已成为下家，还指望国家和人民为自己买单呢。自己利欲熏心，上当受骗，还想天上掉馅饼。自古以来，骗子骗人是从不会与人商量的，受骗者永远是下家。就这样投机商、不法开发商们屡屡得逞，更加肆无忌惮地拉起虎皮当大旗，堂而皇之地玩起"击鼓传花"的鬼把戏。把一束束"罂粟花"塞到消费者手里，不择手段争抢着下家，让下家感到犹如哑巴吃黄连，有苦难言。看着"花"烂在自己手里，卖不出去，又舍不得丢掉，左右为难，拿不定主意，尤其可怜的是那些离退休老人，一生的积蓄和养老费都被骗去，吃保健品，搞民间投资，少则数万，多则上百万。明知上当受骗了还不敢报案，不敢声张，让更多的老人继续上当受骗，形成恶性循环。

　　总而言之，击鼓传花已经遭到魔鬼的无情践踏，早已失去了原味。本来是民间的游戏，但在名利场上和商场上就成了骗人的鬼把戏。既然是民间的游戏，应该还其于民。

　　儿童游戏本是纯真、纯善、纯美的童趣，也最能体现真、善、美的人性，决不能允许假、丑、恶的劣根性来亵渎它，更不能使之蒙羞。但愿击鼓传花这种游戏返璞归真，恢复良好的名誉，重塑文明形象，使之传承下去，给儿童带来无穷的欢乐。